ROMAN

Johanne Lykke Holm

TRADUIT DU SUÉDOIS PAR
Catherine Renaud

SOLEIL ROUGE

Pour Khashayar

Je ne suis pas mère et n'ai pas de mère,
je ne suis pas sœur, étant sans frère ni sœur,
je suis couchée devant la porte et ne suis pourtant pas le chien
de garde,
je parle mais ne dis rien, je vis
et ne vis pas, j'ai de longs cheveux et cependant ne ressens
rien de ce que les femmes, à ce qu'on dit, ressentent

Électre
HUGO VON HOFMANNSTHAL

I

India pose la main sur le comptoir et demande deux tranches de bifteck. L'employée acquiesce d'un bref signe de tête, attrape le morceau de viande et le place devant elle. Des ustensiles argentés accrochés sur le mur derrière elle étincellent dans la lueur crue des néons. L'employée découpe et pèse la viande, du sang se répand sur le métal où elle travaille. Sous ses gants en plastique, ses ongles vernis dans une nuance de rose jurent avec le rouge. Elle fait un paquet sur lequel elle écrit le prix à l'aide d'un marqueur. Plus loin, du côté des produits de nettoyage, quelque chose tombe par terre et India tourne la tête dans cette direction. De la poudre blanche sur les carreaux bleus. Devant elle, quelqu'un frappe la vitre. India sursaute, croise le regard de l'employée par-dessus le comptoir. Elle prend le paquet à deux mains et le dépose dans son panier. Elle baisse les yeux vers le sol. Ses sandales en plastique, sa chaînette de cheville, la grille où s'écoule l'eau sanguinolente. Lorsqu'elle relève la tête, l'employée est déjà occupée avec la cliente suivante, le dos tourné, sortant un plat en aluminium d'un réfrigérateur rutilant.

India passe la main sur sa nuque en sueur et poursuit son chemin à travers le supermarché.

Elle prend du pain, des tomates, du vin rouge. Elle s'empare du dernier gâteau à la caroube du rayon. Elle attrape une lourde grappe de raisins presque noirs, mais se ravise. Elle choisit à la place une pastèque, petite mais parfaite, et une grosse poignée de cerises. Elle s'arrête au rayon des produits laitiers, demeure un instant debout pour se rafraîchir face aux immenses frigos. Elle ferme les yeux, inspire l'humidité, puis prend une bouteille de crème et un paquet de beurre, avant de regarder dans son panier pour s'assurer de ne rien avoir oublié. En se dirigeant vers la caisse, elle ajoute des dattes, du sel, de l'eau minérale. Elle soulève le panier et pose les articles sur le tapis roulant, attrape un paquet de chewing-gums à la cannelle. Elle salue la caissière de la tête, paye rapidement et commence à tout ranger dans son filet à provisions. Les bouteilles de vin ne rentrent pas, elle les serre contre sa poitrine, accroche le sac au creux de son bras. Elle jette un coup d'œil de côté. Les autres femmes sont là. Elles tendent des billets et des pièces, s'interpellent et rient. Près de la porte, une fillette épluche une orange. Elle laisse les pelures tomber sur le sol, puis s'essuie les mains sur sa robe d'un air embarrassé.

Une fois à l'extérieur du supermarché, la chaleur est insupportable. Le soleil s'est rapproché de la terre comme pour la brûler. India a envie d'allumer une cigarette, mais préfère traverser la rue pour se rendre chez le fleuriste. L'asphalte est mou sous ses sandales et dégage une forte odeur, celle d'une usine en feu, quelque chose de toxique et de volcanique. Elle pousse la porte de l'épaule, une clochette retentit au-dessus d'elle. À l'intérieur, l'air est frais et parfumé, tout est coloré, vivant, elle voit des dahlias, du lierre et des tournesols, une végétation extravagante qui s'étend jusqu'au plafond. Et, au milieu de toute cette verdure, la fleuriste, en partie vaporeuse, tel un esprit de l'air, les cheveux rassemblés en deux petits chignons mous derrière les oreilles. Elle lève les yeux lorsqu'India entre, mais ne dit rien, continuant de travailler à sa composition florale, nouant un ruban funéraire noir à la tige raide d'un lilas.

India balaye la pièce du regard, les seaux en plastique d'eucalyptus et les réfrigérateurs de fleurs éclairés, scintillant de couleurs éclatantes. Elle s'attarde sur un anthurium violet foncé, mais choisit comme toujours le moins cher : des œillets vert vif, déjà ouverts. La vendeuse enveloppe les fleurs dans du papier journal et les attache avec de la ficelle. Derrière le comptoir est accroché un miroir sale, où les plantes et le cou de la fleuriste se reflètent, noyés dans la lumière du luminaire. Une goutte de sueur coule de la racine des cheveux d'India, descend le long de son front et de son nez, se dépose dans le creux au-dessus de l'arc de Cupidon, continue à rouler et disparaît dans sa bouche. Le sel lui fait penser à la mer, lorsqu'on boit la tasse et qu'on avale, elle passe sa langue sur ses dents, qui semblent être en caoutchouc ou comme des coraux, elle sent le goût piquant des algues. La clochette de la porte retentit et India se retourne. Un jeune homme qui regarde ses pieds. Nerveux au point d'être flou, incapable de supporter d'être dans son propre corps. Elle le voit se déplacer fébrilement entre les brassées de roses rouges. La vendeuse sourit presque imperceptiblement, puis baisse les yeux sur les œillets devant elle, serviles et d'un vert criard, attrape ses ciseaux et poursuit son travail.

Ce n'est que lorsqu'India s'apprête à prendre le bouquet qu'elle se souvient qu'elle tient les bouteilles de vin dans ses bras, en plus du filet qui déborde. Elle penche la tête, comme pour s'excuser, et pose le tout sur le comptoir. La fleuriste lui tend le bouquet d'un geste exercé. India s'empare des fleurs, sort son portefeuille de son soutien-gorge et paye avec un billet. La vendeuse fait le tour du comptoir. Elle porte des bottes noires qui montent jusqu'aux genoux, comme si la chaleur extérieure ne la concernait absolument pas. Elle s'approche tout près d'India et lui accroche son filet à provisions et ses bouteilles, comme s'ils étaient les détails d'un costume très compliqué, un corset où chaque ruban devait être serré avec un nœud particulier. La fleuriste interroge India du regard et finit par lui glisser son bouquet sous le bras. Elle l'inspecte de la tête aux pieds, admire son œuvre. Les femmes se regardent par-dessus les fleurs vertes. India est étrangement gênée, rit nerveusement et baisse les yeux. Elle lance un merci, un peu trop fort, et pousse la porte d'un coup d'épaule.

Dehors, la chaleur la frappe de nouveau de plein fouet. Elle reste immobile, s'habituant à la poussière, à la lumière du jour et à l'air sec. La fraîcheur de la boutique s'attarde un instant sur sa peau avant de s'évaporer. Elle se sent sous le joug de la météo, domptée par les températures élevées. Au-dessus d'elle, les nuages suspendus se reflètent sur les toits en tôle. La ville est étendue, mais dense, située en bordure d'un fleuve insipide qui se jette dans un delta labyrinthique, où des saules pleureurs bougent mollement au-dessus de la surface de l'eau, célébrant le fleuve de leur spectacle silencieux. Ce fleuve, qui a donné son nom à la ville et aux montagnes environnantes, même s'il n'est jamais réellement visible où que l'on se trouve, se contente de se faire connaître par son odeur douceâtre et par les tempêtes qui, de temps en temps, s'y rassemblent pour ensuite s'abattre sur la ville, en un vent violent et sale balayant les rues comme un gang de jeunes impatients et sanguinaires, sortant les habitants de leur sommeil engourdi. Les gens d'ici sont fatigués, mais travailleurs. Chaque jour est une répétition du précédent et, sans ces tempêtes récurrentes, la ville sombrerait encore plus profondément dans un sommeil collectif qui ressemble surtout à la mort. Ici, dans la ville au bord du fleuve, une fatigue se transmet de génération en génération, car personne ne trouve jamais le repos, même pendant les moments de détente. Ici, l'oisiveté est juste un travail supplémentaire, qu'il faut supporter, tout comme les catastrophes et les aléas du destin, les naissances d'enfants et les enterrements. Tout est pareil, puisque tout est épuisant, et la seule chose qui peut sembler revigorante pour les gens d'ici, c'est ce vent, qui vient avec la fin du printemps et le début de l'automne, et, en de rares occasions, les jours de fin d'été comme celui-ci, où India marche dans les rues, son filet à provisions appuyé contre sa hanche, et ses œillets, déjà ouverts, coincés sous son bras.

Elle se redresse, immobile un instant, et respire. Elle a mal dans ses poumons et au creux de son coude, elle aura de vilaines cloques, des boursouflures rouge feu qui éclateront et laisseront couler un liquide transparent. Elle regarde les bâtiments blancs qui forment une couronne autour de la place. Sur toutes les façades se trouve une ombre grise qui, si l'on s'en approche, sent vaguement la fumée et les gaz d'échappement. La circulation gronde autour d'elle et le smog, dense et jaune, est suspendu aux montagnes derrière. Elle marche lente-ment et s'arrête souvent, manque plusieurs fois de laisser tomber les bouteilles et les tomates, sent le filet glisser. Elle arrive au parc, où une affiche l'informe que le bassin de la piscine municipale sera ouvert jusqu'à la fin du mois. Sur une ardoise, le gardien a écrit à la craie bleu clair la température du jour, trente-sept degrés à l'ombre, en grandes lettres rondes.

Du pied, elle pousse la grille et traverse la pelouse en biais, passe devant quelques buissons d'arbres à mastic qui sentent la térébenthine verte et la barbe à papa. Ses sandales claquent lorsqu'elle marche, un bruit rythmé et apaisant qui va de pair avec l'été déjà perdu : se promener le long d'une rue déserte quand tout le monde est en vacances, entendre l'écho de ses pas, parce qu'on est seul dans la chaleur et que la ville donc nous appartient, tout simplement parce qu'elle n'appartient à personne d'autre. Autour d'elle s'élèvent de grands bosquets verts découpés en forme de cubes et de sphères. Elle passe devant un cyprès et un petit kiosque blanc où l'on peut acheter des boissons gazeuses et des chips. Sur une butte se tient une collection de statues qui surplombent la piscine. Cela sent le chlore et les pierres humides lorsqu'elle passe entre l'eau vert clair et les chaises longues en plastique. Dans la partie peu profonde du bassin, une femme flotte, allongée sur le dos, entourée d'enfants en bas âge. La femme nage vers le bord, attrape un paquet de cigarettes, puis fume lentement, les bras sur le rebord. Ses joues sont luisantes du fait de l'eau et brillent sous le soleil ardent. Un enfant assis sur une pierre à côté d'elle boit un jus de melon dans une brique en forme de pyramide. India le salue et l'enfant lui répond. Elle continue à marcher, la sueur coulant entre ses seins et ses cuisses.

Lorsqu'elle tourne dans leur rue, son pas s'accélère automatiquement, comme si elle devait arriver pour quelque chose d'urgent, prendre un train bondé en direction du sud, traverser la gare en courant, le cœur lui sautant presque de la poitrine, fermement décidée à ne pas rater le train qui doit la sauver de la canicule et la conduire sur la côte, là où l'on dit que le vent de la mer se lève le soir et où l'on peut acheter des boissons fraîches et des beignets à la vanille à des marchands sur le front de mer. Elle pousse le portail et, avant de traverser la cour intérieure, elle tourne la tête vers le ciel, où un avion militaire se déplace plus vite que son propre bruit, dessinant un panache blanc derrière lui comme une queue.

Ils habitent au sixième étage du premier d'une longue rangée d'immeubles identiques, des blocs de béton imprenables au milieu d'une végétation luxuriante. Les balcons sont remplis de plantes en pot et d'antennes satellites, çà et là quelqu'un a accroché un drapeau à la balustrade. Sur la façade, des slogans contradictoires sont inscrits en lettres rouges, parfois cachés derrière des affiches publicitaires et des annonces manuscrites. Pour elle, c'est l'endroit le plus heureux du monde, parce que c'est le leur et aussi celui des autres, les voisins, toutes ces personnes qui vivent leur vie à proximité, le bruit dans les canalisations, l'ascenseur et la cage d'escalier qui résonne lorsque les adolescents la dévalent le soir.

Elle remarque un ballon qui roule le long de l'une des allées carrelées traversant la pelouse, il roule et roule encore, comme s'il était doté d'une vie propre, pour finalement atterrir dans l'un des bassins rectangulaires où, à une autre époque, quelqu'un avait lâché des poissons rouges et de minuscules grenouilles au milieu des nénuphars. C'est le ballon de l'enfant des voisins, elle reconnaît le nom écrit sur la sphère jaune pétant. Elle veut le sauver de l'eau, mais ne trouve nulle part où poser ses courses. Elle voit un jeune homme nettoyer les allées un peu plus loin, va pour l'appeler, mais y renonce, elle ne sait pas pourquoi, peut-être parce qu'un rayon de soleil doré aveuglant la frappe au même instant, quelque chose de sacré qui semble appuyer une main devant sa bouche. Elle siffle une note basse et l'homme l'aperçoit. Elle fait un mouvement de la tête et il suit son regard vers le ballon. Il lui fait signe qu'il a compris et pose son tuyau d'arrosage pour se diriger vers le bassin.

Elle a oublié sa clé, presse son coude sur le bouton où autrefois il n'y avait que son nom à lui, mais qui porte désormais leurs deux noms, écrits en noir, rétroéclairés par une lumière froide. Elle a l'impression d'entendre l'interphone sonner dans l'appartement par les portes du balcon ouvertes. Elle se l'imagine, sa façon de traverser les pièces, pieds nus, fort dans sa chemise blanche froissée qu'elle lui a tendue il y a quelques heures. Il dit un bref allô. Elle répond.

— C'est moi.

Elle avance dans l'entrée et le soleil lui tombe dessus. Les après-midi, l'appartement est inondé de lumière, donnant l'impression de marcher au fond d'une eau profonde où le soleil se baigne. Dans quelques heures, à l'approche du soir, lorsque tout sera bleu et semblera figé, qu'il sera difficile de respirer, ce sera l'heure bleue où tous se déplacent plus lentement, parlant peu, attendant l'instant où l'obscurité tombera, afin de pouvoir à nouveau circuler dans les pièces, parler fort et librement dans la pénombre chaude.

Elle retire ses sandales d'un coup de pied et enfile ses pantoufles en satin qui scintillent lorsqu'elle marche. Elle appelle et Kallas répond depuis la cuisine. Dans le miroir à côté du porte-manteau, elle se voit. C'est un visage comme les autres, bronzé et transpirant, un visage d'été. Le filet à provisions pend à son bras, elle constate qu'il a laissé une trace sur sa peau, une brûlure qui lui fait mal. Elle souffle dans le creux de son coude et sent son dos dégouliner de sueur. Elle a envie de plonger son corps dans un bain de glace et d'y rester jusqu'à ce que tout se fige. Ses mains sont moites, elle craint de lâcher les bouteilles de vin et traverse l'appartement. Ils ont trois pièces, peintes en vert, en rouge et en violet. Le sol est sombre, usé et bordé de hautes piles de livres. Des plantes grimpantes se faufilent dans toutes les directions. Elles s'introduisent partout et ne connaissent rien de la gravité, elles rampent au-dessus et au-dessous de toutes leurs affaires. Dans le couloir qui mène à la cuisine est suspendu un bouquet de fleurs séchées. Elle les a accrochées là pour se souvenir du soir où il les lui a offertes. Le froid et l'obscurité, il était arrivé du métro et elle avait eu l'impression de sentir son cœur se glisser dans sa bouche.

Kallas est penché au-dessus de l'évier, il rince des verres à eau à toute vitesse. C'est un bel homme qui ne ressemble à aucun autre, à la fois éthéré comme un dieu et complètement lié à la terre, l'homme le plus terrestre qu'elle connaisse, un souverain chaleureux. Ses cheveux sont noirs, mais tournent au roux lorsque le soleil les frappe sous un certain angle. Sur son front, des traits sérieux en conflit éternel avec sa bouche qui a du mal à ne pas sourire à tout et à tous. Il rit toujours à gorge déployée, ses yeux et ses dents brillent, et quand il passe sa langue sur l'écartement qui forme comme un trait noir entre ses dents, India pense au garçon qu'il avait dû être, adorable et insondable, avec exactement le même écartement. Et ses yeux, comment les décrire ? Un noir qui parfois lui donne le vertige et parfois l'effraye. *On devrait porter des lunettes de soleil en ta présence*, dit-elle souvent en levant la main comme pour faire écran.

Elle se débarrasse de ses courses et de ses bouteilles dans un bruit sourd et il se retourne. Elle s'avance pour l'embrasser. Il est chaud de sa journée, il ne s'est pas douché. Il pose ses mains sur son cou, elles sont froides à cause de l'eau, elle frissonne. Sa bouche a un goût sucré et profond et, en un éclair, elle se souvient de la première fois :

Ils ont marché à travers les rues dans la nuit, c'était l'hiver et le fleuve était gelé. Ils se sont embrassés sur un pont en pierre où les lampadaires étaient éteints, dans une obscurité complète, mais sa mémoire revoit tout. Il lui a attrapé le cou et ils sont restés ainsi jusqu'à ce qu'il l'embrasse. Sa bouche qui ne ressemblait à aucune autre bouche à part la sienne à elle. Elle n'était pas parvenue à regarder autre chose de toute la soirée pendant qu'il parlait et agitait les bras de sa manière particulière. Il n'était tombé dans aucune de ses ruses, de ses méthodes de séduction, qu'elle avait pourtant bien rodées : *ça, je n'y crois pas une seconde*, disait-il simplement, laconique et heureux.

Dans sa version à lui de leur mythe commun, c'était au contraire elle qui s'était mise sur la pointe des pieds et avait posé ses mains autour de son cou. Les négociations sur la vérité durent depuis sept ans, malgré ses tentatives répétées de lui faire accepter une description de l'histoire diplomatiquement orientée, où *c'était* en fait lui qui l'avait embrassée, mais *elle* en revanche qui l'avait ensuite ramené chez elle. *Tu avais des draps roses*, a-t-il l'habitude de dire en soulevant un doigt, comme si cela prouvait quelque chose.

Depuis ce soir-là, tout avait suivi son cours. Il s'est avéré que Kallas avait deviné tous ses secrets dès le début, des informations intimes, enfouies dans la partie la plus fermée et la plus inaccessible d'elle-même. Comme s'il savait déjà tout. Chaque fois qu'elle prenait son élan le cœur battant pour lui confier une chose embarrassante à propos d'elle-même, une chose qu'elle n'avait jamais racontée à âme qui vive, il hochait juste la tête en signe de reconnaissance, comme si elle lui racontait un événement de leur passé commun. Il haussait les épaules, lui écartait une mèche de cheveux de son visage et inclinait la tête sur le côté. *Ce n'est pas grave, ma chérie*, disait-il, *il n'y a pas lieu de s'inquiéter.*

Elle-même, elle l'aimait plus que tout, puisqu'il *était* tout, une sorte d'espace mystique auquel elle était la seule à avoir accès, un endroit où tout était organisé de main de maître selon quelques principes sacrés connus de lui seul. Il disait *merde, comme je t'aime* et s'allongeait à ses pieds. Elle s'allongeait à côté de lui et disait la même chose. *Où étais-tu ?* demandait-il. *Pourquoi as-tu mis si longtemps ?* rétorquait-elle. Et puis les années avaient passé et toute la profondeur s'était accrue. Elle sait que cela semble idiot. Elle commence toujours l'histoire de Kallas par cette mise en garde. *Je sais que cela semble ridicule.* Elle tend la main et prend appui sur lui. *Mais ça n'en est pas moins vrai.* Et puis elle raconte, sans détour et avec le plus grand sérieux, qu'il y a un avant et un après Kallas. Comment tout ce qui avait précédé pouvait être décrit comme une sorte d'hibernation, un long coma, occasionné par on ne sait quoi, une incapacité à vivre réellement. Elle sait que leur bonheur est du genre introverti, qui transforme chaque chose en signes éclairant le monde d'un point de vue particulier. Un coup de vent qui traverse la pièce et c'est pour leur bien. Une violette qui éclot dans la nuit. Les feux qui passent du rouge au vert à l'instant où ils sortent dans la rue. De belles chaussures dont il ne reste qu'une seule paire, dans sa pointure à elle, et il la brandit à la lumière du magasin comme en triomphe.

Elle le lâche et il se retourne vers l'évier, essuie son front en sueur de sa main. Elle s'assied sur le plan de travail et le regarde, lui, ses mains et ses tâches ménagères. Sous eux, la circulation bourdonne.

— J'ai tout trouvé sauf l'eau de rose.

Il hoche la tête et ouvre le robinet, montre une salade un peu triste qu'il a dû trouver tout au fond du frigo. Elle détache les feuilles une par une et les lui tend. Elle l'observe tandis qu'il rince la salade et la pose en tas sur l'égouttoir. Son anneau d'or et ses ongles rongés. L'impatience enfantine de son corps et le calme archaïque de son âme. Ses clavicules et la petite pierre de jade de son collier qui repose dans le creux de sa gorge. Il rassemble les feuilles en un bouquet et le secoue dans l'air, éclaboussant de l'eau partout. India l'esquive rapidement, elle saute du plan de travail avant qu'il n'ait le temps de mouiller sa robe. Elle lui lance un regard furieux et il éclate de rire.

Elle se poste à la fenêtre et se penche vers l'extérieur. Dans la cour, une femme marche, un panier à linge appuyé contre son ventre. Elle avance lentement, s'arrête et regarde dans l'un des bassins où un poisson, flottant à la surface de l'eau, semble mort. Elle continue, jusqu'aux cordes à linge tout au fond de la cour, où les pinces à linge sont disposées en longues rangées, blanchies par le soleil, n'ayant plus rien de rouge. La femme se penche et soulève des tissus noirs, qui s'égouttent sur les dalles, les accroche soigneusement sur la corde, et passe la main dessus, comme pour les lisser. À côté d'elle jouent les enfants des voisins. Ils font rouler le ballon jaune vif selon des règles qu'India ne comprend pas. Auprès d'eux, l'eau et les pierres scintillent. Le jeune homme fait une pause dans son travail, il est allongé dans l'herbe, le visage tourné vers le ciel et les yeux fermés. Le tuyau d'arrosage ondule autour de lui tel un serpent endormi.

India allume une des cigarettes de Kallas et la fume lentement. Elle plisse les yeux face au soleil couchant. Des toits et des parcs, voilà tout ce qu'on peut voir depuis le sixième étage. Au-delà de la ville, à l'horizon brumeux, se dressent les grandes montagnes. À leur pied, la mer s'étale, servile. Elle ferme les yeux, fume. Kallas prononce son nom et elle se retourne. Il lui tend une tasse de café et elle l'accepte, attrape le sucre et en verse deux cuillerées, remue avec la cuillère qu'il a posée sur la soucoupe. Il lui retire la cigarette de la bouche et en tire une très légère bouffée, comme s'il voulait juste laisser la fumée effleurer ses poumons. Il lui remet la cigarette dans la bouche et lui fait un clin d'œil, jouant les charmeurs. Elle cligne de l'œil en retour, laisse la cigarette reposer entre ses lèvres et inspire profondément la fumée dans ses poumons, jusqu'à ressentir une brûlure. Elle le regarde longuement dans les yeux, elle voudrait s'y noyer. Elle contemple la fumée qui s'élève tel un pilier flottant entre eux.

Kallas se retourne pour mettre les œillets dans un vase. Il fait une entaille en diagonale avec un couteau à fruit qui brille dans la lumière de la fenêtre de la cuisine. Il allume la radio et se met aussitôt à chanter à l'unisson, c'est une chanson de sa jeunesse et il la connaît par cœur. India se détache de la fenêtre, promène sa main sur le dos de Kallas lorsqu'elle passe à côté de lui. Elle traverse le salon, fait semblant de ne pas voir les piles de linge à plier, se précipite simplement droit sur le balcon. La chaleur est différente là-haut, plus douce, moins oppressante. Elle pose sa tasse sur la balustrade, essaye de profiter de la fraîcheur d'un vent presque imperceptible. Derrière elle, un fin rideau ondule et, depuis la cuisine, on entend couler l'eau du robinet.

D'ici, on peut en fait voir jusqu'au fleuve. Il s'étend comme un trait sale derrière les immeubles et attire les regards inquiets de tous, complètement silencieux et anémique après la longue sécheresse. Au plus chaud des soirées d'été, les voisins, debout sur leurs balcons, se tournent dans sa direction, comme attirés par un pressentiment ou un murmure à peine audible venant de la cime des arbres, une angoisse corporelle, une pulsion collective à regarder le fleuve comme on veille un enfant malade. Ou comme lorsqu'on a l'envie soudaine de retrouver une vieille amie et qu'on la découvre sur son lit de mort. Dans l'entrée, les dévots sont prêts, leurs outils d'embaumement à la main. On attend encore et encore, on regrette de ne pas être venue plus tôt, de ne pas avoir eu le temps de tout dire. On baigne le front jaunissant de la mourante, on peigne doucement ses cheveux. Jusqu'à ce que tout bascule. La mourante se réveille, ses yeux s'éclaircissent et sa bouche réclame. Du lait gras, de la viande grillée, ces biscuits qu'elle mangeait lorsqu'elle était enfant. Et l'on pousse un soupir de soulagement et l'on remercie ses dieux, en promettant de toujours accourir dès qu'on nous appellera. Exactement comme les voisins, qui retournent chaque soir à leurs balcons, jusqu'au jour où tombe la première pluie de la fin d'été. C'est la même chose chaque année, on veille sur le fleuve comme sur un mourant et le fleuve survit, sauvé, comme toujours, par l'eau des montagnes.

India sursaute. À l'intérieur de l'appartement, un téléphone sonne. La sonnerie n'est pas la sienne, mais la sonnerie stridente prédéfinie que personne d'autre que lui n'utilise. Elle se retourne et appelle.

— Kallas, ça sonne !

Il ne répond pas. Le téléphone retentit encore et encore, puis se tait abruptement. Elle avale le café tiède et rentre dans l'appartement, pose sa tasse sur le rebord de la fenêtre, juste derrière la porte du balcon. Toute une collection de tasses s'y trouvent déjà, poisseuses et chauffées par le soleil, le fond tapissé de marc de café. Sa marque estampillée sur chaque tasse, une bouche rouge collée à la porcelaine. Un jour, elle les rapportera à la cuisine. Un jour, quand elle se réveillera et sera une autre personne.

Par l'une des fenêtres, un rideau entre en gonflant dans la pièce. Il ondule doucement dans l'air devant elle, tel un fantôme rose. C'est l'orage qui arrive. Elle se précipite et referme le loquet. Remarque que la lumière qui tombe sur les murs sera bientôt bleue. Sur l'un d'eux est accroché un imposant miroir ovale, dans lequel la pièce se reflète momentanément, ressemblant à la copie bon marché d'un tableau baroque. Un tableau baroque où personne n'a eu le temps de faire le ménage, pense India en se penchant pour ramasser le linge froissé sur le sol. Il y a des vêtements et des livres partout, des porte-encens, des cendriers et des petits cristaux en formation. La grande table au centre de la pièce est jonchée de photocopies, de carnets de notes et d'assiettes abandonnées. Son gros ouvrage de référence sur les symboles est ouvert à côté d'un chandelier en verre à cinq branches vert foncé.

Elle se dirige vers la chambre, le linge dans les bras. Là, une énorme photographie est fixée directement au mur. C'est la mer, mais pas sa mer à elle, au bord de laquelle elle a grandi, une autre mer, beaucoup plus immense et plus dangereuse. C'est Kallas qui a eu l'idée d'accrocher cette photo. Elle sursaute encore chaque fois qu'elle ouvre la porte et l'aperçoit. On dirait que c'est la tempête et qu'il y a des gouttes d'eau sur l'objectif de l'appareil photo. La première fois qu'elle l'a vue, elle a pensé que le photographe devait être mort, que ce devait être le vestige de la dernière action d'une personne téméraire. Elle s'est imaginé comment quelqu'un avait appuyé sur le flash et pris la photo, pour ensuite laisser son corps tomber d'une falaise et couler rapidement et sans bruit au fond de la mer, là où un tas de personnes attendaient déjà parmi les coraux. Il s'est bien sûr avéré que c'était Kallas le photographe. Lui qui se jette à l'eau, mais survit toujours. La photographie lui rappelle ce qu'elle préfère oublier, suspendue ainsi telle la confirmation qu'il y a quelque chose de téméraire en lui, quelque chose qui défie la mort. Et elle s'endort donc chaque soir sous cette mer qui les assaille nuit après nuit, tandis qu'ils dérivent dans le sommeil, deux naufragés sur un radeau.

Elle se débarrasse du linge et s'allonge sur le lit, regarde la chambre, leur désordre commun. Ils sont tous les deux le genre de personne qui retire ses vêtements et les laisse tomber par terre, des gens désordonnés qui n'apprennent jamais, même s'ils le veulent et essayent chaque jour. Partout différents vêtements, éparpillés dans la pièce en îlots noirs montagneux. Sur une table près du lit se trouvent ses bijoux et ses rubans à cheveux, ainsi que les nombreuses bagues de Kallas. Les murs sont tendus de grands tissus et un épais et beau tapis hérité de la mère de Kallas couvre le sol. Il apporte toujours le thé très lentement de la porte jusqu'au lit, terrorisé à l'idée de faire des taches, il baisse toujours les persiennes lorsque le soleil brille au plus fort et protège le tapis d'un drap chaque fois qu'ils s'absentent plus longtemps qu'une journée. C'est un travail ritualisé que sa mère ne pourra jamais voir, une sorte de chant de deuil qu'il chante avec ses mains.

India attrape le tube de cold-cream qu'elle garde sur sa table de chevet, s'en badigeonne soigneusement les mains, les ongles et les poignets, respirant l'odeur de cire et de lait. Elle tourne le regard vers une vieille affiche accrochée à côté de la fenêtre, les mots *La révolution n'est pas un lit de roses* sont écrits de sa propre main en rouge sur le fond rose. Elle se lève et se dirige vers la fenêtre qui donne sur une maison blanchie à la chaux de l'autre côté de la rue bruyante. En se penchant, on peut voir jusqu'au rond-point, où une énorme statue dorée de Vénus tombe en ruine. Les jeunes filles jettent des pièces dans le bassin qui l'entoure et font des vœux. Derrière elle, on découvre la mosquée et l'église, placées l'une à côté de l'autre comme deux reines chacune sur son trône. Et puis la mer et les montagnes, bien sûr, ces hauteurs terrestres qui s'étirent vers le ciel.

Elle se dirige jusqu'à la housse de vêtement accrochée à la porte de la penderie et tire sur la fermeture éclair. C'est comme si elle ouvrait un cocon pour atteindre ce qu'il y a de précieux et de vivant à l'intérieur, un insecte rare. La robe est très belle, presque irréellement noire et brillante, avec un petit col arrondi sur lequel quelqu'un a brodé des fleurs blanches à la main. Elle l'a achetée en solde, mais c'était tout de même encore cher, elle a retenu son souffle en tendant sa carte. Elle retire sa robe de coton pleine de sueur et la laisse tomber sur le sol. Elle entrouvre la housse et caresse le tissu. Elle ressent une sensation d'eau fraîche contre le bout de ses doigts lorsqu'elle décroche la robe du cintre. Elle la passe par-dessus sa tête et frissonne lorsque le tissu effleure sa colonne vertébrale, comme si une plume la chatouillait. Sensation complètement enfantine et innocente, mais en même temps légèrement immorale, comme si le tissu de la robe lui-même était consciemment habité par le péché essayant de corrompre son corps. Elle a envie de boire de l'alcool fort et de fumer cigarette sur cigarette, assise sur le rebord d'une fenêtre, les jambes croisées, sans rien faire.

Elle rejoint Kallas dans la cuisine et lui demande de la boutonner dans le dos.

— Tu es belle comme la nuit, dit-il.

— Tu es beau comme l'aube, réplique-t-elle comme d'habitude. C'était qui, au téléphone ?

— Je ne sais pas, dit-il. Je n'ai pas répondu.

— Tu devrais commencer à répondre au téléphone. (Elle fronce les sourcils.) Imagine, et si c'était important, Kallas.

— Ce n'est jamais important, mon amour. (Il lui plante un baiser rapide sur les lèvres.) C'est toujours quelqu'un qui veut quelque chose.

— Et quand quelqu'un veut quelque chose, tu le lui donnes, constate-t-elle.

— Exactement.

— Exactement.

Il la regarde. Sourit de ses dents éclatantes.

— Réponds quand ça sonne, Kallas.

Il hausse les épaules et retourne à la nourriture qu'il est en train de préparer. Ça sent le rouge. Elle l'observe lorsqu'il rince le riz, sept fois, avec un sérieux cérémoniel qui ne ressemble à aucun autre. Sur le plan de travail, la salade sèche sur un torchon. La nuque de Kallas est cuivrée après le long été et ses cheveux frisent sous l'effet de la chaleur. Elle s'approche de lui, s'appuie contre son dos. Il se retourne et presse ses dents contre sa gorge. Elle fait la même chose. Ils restent ainsi un moment, tels des vampires. La radio grésille puis se tait. Elle se penche en arrière et le regarde, sa bouche et ses yeux, la petite cicatrice sur une pommette. Elle l'embrasse doucement et il ferme les yeux. Ils se détachent et il pivote. India tourne le bouton de la radio, trouve la bonne fréquence. Elle jette un coup d'œil par la fenêtre. Dans la cour, les enfants se sont regroupés, le dos tourné, vêtus de noir. Se sont-ils changés ?

Un homme en uniforme avance avec détermination entre les bassins. Le vent fait gonfler le linge noir et une odeur de graillon se dégage de l'appartement du dessous. L'homme s'arrête et se dirige vers les enfants, semble essayer d'emmener l'un d'eux, un garçon. Celui-ci refuse, secoue effrontément la tête, si décidé que cela paraît presque théâtral et donc d'autant plus vrai. Pour finir, l'homme se penche et soulève l'enfant, le place sur son épaule comme un petit tronc d'arbre rebondissant. Ou un sac de pommes de terre qui aurait commencé à prendre vie.

India s'éloigne de la fenêtre et attrape les verres à vin sur la plus haute étagère. Elle les essuie avec un torchon et les pose soigneusement l'un à côté de l'autre sur un plateau. Elle va chercher le bac à glaçons dans le congélateur et se rafraîchit un instant les mains contre les glaçons qui fondent déjà, avant de les laisser s'entrechoquer dans la carafe. Elle presse des citrons et ajoute de l'eau, puis remue avec une grande cuillère en argent. Elle va chercher dans le placard une bouteille de vin avec une étiquette romantique agrémentée d'une écriture alambiquée. Un petit chérubin joufflu est en équilibre sur une vigne. Elle lève la bouteille dans la lumière. Rouge prune et huileux. Un élixir sombre.

La radio diffuse les nouvelles du soir. Il est question de températures élevées et d'enfants disparus. India entend le cliquetis des couteaux et des fourchettes contre les assiettes lorsque Kallas les pose sur le plan de travail. Elle se retourne. Le téléphone sonne de nouveau. Elle le regarde, il secoue la tête.

India s'adosse à sa chaise et jette un coup d'œil en direction de la cuisine. Sur la table, Kallas découpe avec un grand couteau. Les derniers rayons de soleil tombent par la fenêtre et frappent la chaîne en or autour de son cou, la faisant briller et paraître phosphorescente, l'espace d'une seconde, comme si elle contenait un gel doré. India en sent le goût dans sa bouche, ambre et miel, résine chaude. Puis le soleil disparaît derrière les toits et tout devient sombre. Elle voit cela se produire. Comme dans les catacombes, pense-t-elle, et elle tend la main vers la boîte d'allumettes. Elle en craque une. La flamme jaillit et s'étouffe dans le même mouvement. C'est l'humidité de l'air du fleuve, l'orage qui arrive. La vitre est embuée et sa robe lui donne l'impression d'être trempée de rosée. Elle craque une autre allumette, se dépêche d'approcher la flamme des bougies, l'une après l'autre, jusqu'à ce que toutes les cinq vacillent doucement. Leur éclat tombe sur le livre des symboles. La rose, symbole de l'amour charnel et divin. Dehors, les lampadaires s'éclairent, l'un après l'autre, jusqu'à ce que l'obscurité se soit dissipée et que toute la ville s'illumine. Elle pose les mains sur la nappe, passe le bout de ses doigts sur le tissu rugueux. À hauteur de ses yeux se trouvent les œillets qui paradent dans un vase. Ils sont encore plus verts que lorsqu'elle les a achetés, comme s'ils s'étaient abreuvés à une source enchantée au fond du vase.

Kallas entre dans la pièce, portant un grand plateau. Elle pousse le chandelier pour faire de la place, le regarde disposer le plat. Il s'assied en face d'elle et lui tend les mains. Elle presse sa bouche contre ses bagues, ferme les yeux et remercie ses dieux pour les cadeaux, la nourriture et l'amour, les œillets apparemment enchantés. Kallas ferme les yeux lui aussi, plus par politesse que par conviction. Elle sait qu'il sourit avec indulgence, elle le voit sans le regarder. Elle ouvre les yeux, croise son regard par-dessus la table. India verse le vin dans les verres, lui en tend un. Elle lève son verre et y trempe ses lèvres. Ni l'un ni l'autre ne parle. Dans l'appartement voisin, une horloge sonne paresseusement. Kallas commence à servir. Ses mouvements sont fébriles, mais attentionnés, elle l'observe. Ils mangent rapidement et boivent avec lenteur. Elle presse du citron sur la viande, verse davantage de vin. Elle lève son verre et une goutte coule sur le dos de sa main, un parfait petit filet, elle l'attrape avec la langue.

— Il va y avoir un orage, dit-elle, et il acquiesce. Que voulait Desma ?

De la fenêtre monte une odeur de béton mêlée à celle de la végétation. Elle répète sa question.

— Que voulait Desma ?

La troisième fois qu'il a sonné, India est allée chercher le téléphone de Kallas, le lui a tendu d'un air décidé et n'a pas bougé avant qu'il ne se soit essuyé les mains sur un torchon, n'ait poussé un gros soupir et répondu avec un bref : *Oui ?* Elle a alors vu la métamorphose s'opérer, la voix familière à l'autre bout le transfigurer comme par enchantement. *Desma !* s'est-il écrié joyeusement, son visage s'éclairant d'un grand sourire. Il a semblé tout oublier d'India et de la nourriture sur le feu, a bondi jusqu'au rebord de la fenêtre de la cuisine, puis penché la tête en arrière, ressemblant un instant à un jeune garçon invité à sa première fête quelque part sur une place parmi les bruits de l'eau jaillissant de la fontaine et les moteurs, les rires des filles et les bouteilles de liqueur sirupeuse volées, la lumière dorée qui se déverse sur les pavés pendant qu'on s'adosse contre un mur aussi nonchalamment que possible, observant quelqu'un qui roule de ses mains expertes des cigarettes que l'on fume ensuite les yeux fermés, à la manière d'un adulte.

Il n'y a qu'une seule personne sur terre capable de rendre à Kallas son adolescence. India a entendu la voix de Desma à l'autre bout du fil, rythmée et chaleureuse et remplie d'une sorte de tristesse enfantine qui lui faisait parfois penser à ces tempêtes mortelles mais enjouées de septembre. Ces tempêtes tièdes qui balayent le pays sans hésiter, porteuses d'ordre et de chaos, occasionnant des dégâts, mais dans un rythme des plus réguliers, revenant chaque année avec une ponctualité presque glaçante. De la même façon, Desma fait irruption dans la vie de Kallas chaque année à la même époque, de sa manière chaotique qui donne malgré tout ses contours à sa vie. C'est septembre, alors elle appelle. L'amie d'enfance, la protectrice. Une grande sœur.

Kallas sourit à India de l'autre côté de la table.

— Elle nous demande si nous voulons venir à la mer, dit-il. Tous les deux.

— Quelle mer ?

— La mer de Desma. La grande maison, tu sais.

Le silence s'installe un instant. Elle réfléchit à ses différentes options.

— Lafayette est là aussi ?

Il hoche la tête.

— D'accord, dit-elle en jetant un coup d'œil par la porte du balcon.

De l'autre côté de la rue, quelqu'un a ouvert toutes les fenêtres de son appartement, une grosse couette blanche est suspendue à la balustrade du balcon, elle peut presque en sentir l'odeur, le duvet mêlé à la fraîcheur du soir, cette douceur résiduelle d'un corps endormi. Elle n'est jamais allée dans la grande maison de Desma. Kallas s'y rendait chaque fin d'été alors qu'elle restait en ville, s'installant chez Nadia quelques jours, dormant sur le balcon sous l'auvent et parlant avec Kallas au téléphone le soir, toujours avec le même bruit de fond, de la porcelaine qui s'entrechoque et un grondement qui devait être la mer. Elle imagine le bord de mer et la grande maison. Les mains de Desma qui distribuent les serviettes de bain et les snacks. Kallas assis dans le jardin, heureux, écoutant une de ses histoires à dormir debout. India croise son regard.

— Okay, on y va, dit-elle en lui souriant, presque avec défi, comme si la décision était radicale, une chose révolutionnaire qui les détournerait en un instant de leur orbite habituelle.

— Tu es sérieuse ? demande-t-il, incrédule.

— Oui, répond-elle. On y va.

Il s'illumine. S'étire par-dessus la table pour encadrer son visage de ses mains, l'embrasse rapidement.

— Je vais l'appeler tout de suite, dit-il d'une voix qui déborde presque - cela fait des années qu'il attend ce moment. Je lui ai dit que je devais juste t'en parler.

Elle hoche la tête. Ne sait plus pourquoi elle avait hésité à le suivre. La mer. La grande maison et l'abondance qu'elle contient. Il n'y a qu'un idiot pour refuser cela. Kallas se lève et disparaît, son verre de vin à la main. Elle hoche à nouveau la tête, droit dans la pièce vide. Elle ferme les yeux un petit instant, elle s'imagine au fond de la mer, les courants lui tirent les cheveux et ses joues sont froides. Elle ouvre les yeux et se lève dans le même mouvement. Elle enlève les assiettes sales et le plat. Elle va même récupérer les tasses à café moisies sur le rebord de la fenêtre. Dans le couloir, elle a tout à coup l'impression que quelqu'un a tracé une croix sur le mur, une ombre qui disparaît à l'instant où elle regarde dans cette direction, comme absorbée par le papier peint. Dans la cuisine, le gâteau à la caroube attend sur un plat en verre. Elle sort des tasses et des cuillères, prépare un thé fort. Puis elle porte le tout dans le couloir sur un plateau en argent. Dans le salon, Kallas s'est à nouveau assis. Il regarde droit devant lui, plongé dans quelque chose qui lui échappe. Ses mains sont ouvertes sur la table, larges et délicates. Elle le contemple. Les poils drus sur ses bras, la chemise blanche. Elle pose le plateau sur la méridienne près de la fenêtre. Elle allume d'autres bougies. Elle fait brûler de l'encens. Elle va s'asseoir sur les genoux de Kallas, presse sa bouche contre son cou.

— Nous avons décidé qu'elle viendrait nous chercher au train, dit-il doucement, en appuyant son visage contre les cheveux d'India. Il y en a un demain soir à sept heures.

Elle hoche la tête et passe son doigt le long de ses sourcils.

— Il est peut-être temps que tu enregistres son numéro ?

Il secoue la tête.

— Pas besoin d'enregistrer de numéro, dit-il. Tout est mémorisé là-dedans.

Il frappe légèrement son index sur sa tempe. Elle lève les yeux au ciel et sourit.

— Je suis tellement content que tu viennes, dit-il. Enfin.

— Moi aussi, dit-elle.

— Je vais tout te montrer, lance-t-il. La maison et la mer.

Elle pose son front contre sa poitrine, attrape la chaîne dans sa bouche. Son odeur de vanille, de fumée, de terre noire. La pression monte dans l'appartement, une électricité sombre roule entre les rues puis dans la pièce, s'installe sur les meubles et sur les murs et fait crépiter doucement leurs cheveux. Puis tout s'estompe, un bref instant de silence total, une parenthèse hors du temps où il n'y a aucun mouvement. C'est alors que le tonnerre arrive. Le ciel s'ouvre et une pluie torrentielle s'abat sur les cours intérieures et les trottoirs, à travers les fenêtres ouvertes et là, sur les toits des immeubles, on peut voir les éclairs telles des queues d'argent. Coup après coup, des sirènes, et puis ce liquide métallique qui se répand sur le ciel nocturne, depuis une main gigantesque à hauteur de la lune.

Elle se lève et va à la fenêtre, où une bougie vacille dans l'air humide. Elle s'agenouille sur la méridienne et sort la tête, laisse la pluie mouiller son visage et ses cheveux, ouvre la bouche pour la remplir. Derrière elle,

Kallas est complètement silencieux, comme si la tension du ciel l'avait traversée et venait de se transmettre à lui. Elle appuie sa tête dans ses mains et un phénomène lumineux sillonne le ciel. Obsidienne et magma. Un scintillement cosmique. Il prononce son nom et elle se retourne. Elle rit, un bruit presque spectral, elle met sa main devant sa bouche. Ses dents bien trop droites. Or et émail.

— Viens, dit-elle.

Il s'approche et s'assied sur le sol à côté de la méridienne. Elle coupe une grosse part de gâteau, lève l'assiette vers son visage. Le gâteau sent les herbes, comme s'il venait d'un couvent. Elle le casse en deux morceaux et des miettes tombent par terre. Kallas pose sa tête sur ses genoux. Elle passe la main à travers ses cheveux, approche son visage et inspire son odeur. Ils boivent du porto dans de petits verres carrés. Elle lève le sien et croise son regard. Elle prononce son nom. Et dans son nom, comme toujours, une promesse de quelque chose d'époustouflant. De la rue montent des bruits de sirènes, de taxis, de pluie. Derrière le visage de Kallas, le ciel nocturne. Le soleil est à lui, c'est ce qu'elle a décidé. Les métaux précieux sont à lui. Et les roses. Ce qui lui appartient à elle, ce sont la lune, l'encens et tout le rouge.

Ils partent demain.

— Nous partons demain, dit-il et elle hoche la tête.

Elle prend sa main au moment où le dernier éclair de l'orage illumine le ciel et frappe l'arbre derrière la vitre. Un petit feu s'allume et se reflète dans la fenêtre de l'autre côté de la rue.

À L'AUBE, ELLE RÊVE QU'ELLE ESSORE l'eau de pluie d'une pile de petits pulls. Trois enfants sont installés à une table sous un auvent. Elle les reconnaît comme étant les siens. L'aînée, une fillette, droite dans un chemisier blanc, feuillette un gros livre aux images colorées. Les deux autres sont assis silencieusement, appuyés l'un contre l'autre tels des frères. Quelque part, un orchestre joue. C'est un rêve heureux. Elle tord pull après pull et l'eau de pluie se déverse dans un grand tonneau.

Lorsqu'elle se réveille, la chambre est encore dans la pénombre. De l'autre côté de la fenêtre, le matin est à peine naissant. Elle reste allongée et étudie les formes qui apparaissent sur les murs à chaque passage d'un tramway : des ombres qui dansent au plafond et tombent sur le sol, des chevaux tirant des calèches et des forêts touffues, quelqu'un qui se précipite dans la lande pour se transformer en dragon l'instant d'après. C'est un jeu qui lui rappelle son enfance. Elle ferme les yeux, mais ne parvient pas à saisir le souvenir. À l'étage au-dessus, quelque chose tombe par terre. Elle ouvre les yeux, son cœur bat plus fort et elle pose sa main sur sa poitrine pour le calmer. Elle écoute l'immeuble. L'eau dans les canalisations, quelqu'un qui descend lentement l'escalier. Dans la rue, la circulation est ce qu'elle est d'habitude à cette heure de la journée, l'heure grise entre la nuit et le petit matin. On entend le tohu-bohu des camionnettes de livraison et le crissement des rails du tramway, grondement rythmique qu'elle associe au silence. Du bord du fleuve, une faible lumière s'élève doucement vers le ciel au-dessus d'eux. La lumière est allumée dans l'appartement d'en face. De son lit, elle peut en voir l'intérieur. Elle aperçoit une femme qui traverse les pièces d'un pas rapide, portant un objet. Ses cheveux noirs tombent dans son dos à la façon d'un voile de mariée.

India se retourne dans le lit, face à Kallas. Elle pose sa main sur sa bouche jusqu'à ce qu'il se réveille et pose sa main à lui sur la sienne. Ils ferment les yeux, les ouvrent. Il se rendort. Elle reste allongée en silence et ferme les yeux, face au plafond. À l'intérieur de ses paupières, les visages des enfants de son rêve apparaissent à un rythme régulier, comme si les images lui étaient envoyées depuis un endroit lointain dans l'univers, la dimension des enfants non nés qui palpite, un ordre sacré. Dans les yeux des enfants brille le même minéral noir que celui qui brille dans ceux de Kallas. Elle ferme les yeux, les ouvre. Un tramway passe. Kallas se tourne dans son sommeil, l'attrape et la serre fort contre lui. Ils se battent dans le lit et il l'entraîne dans le sommeil, un fleuve noir où ils s'enfoncent ensemble dans les masses d'eau. Elle dort d'un sommeil léger et agité et rêve qu'elle est paralysée.

Lorsqu'elle se réveille à nouveau, la pièce est baignée de soleil. Kallas est allongé, complètement immobile, comme une pierre. C'est pour cela qu'on prend soin des pierres qu'on trouve, pense-t-elle, pour ne pas les réveiller par mégarde, ces créatures pétrifiées de l'ancien temps. Par la fenêtre, on entend le bruit de la circulation matinale, tous ceux qui se déplacent à travers la ville avant que celle-ci ne se réveille. Elle se lève et étire ses bras vers le plafond, s'approche de la fenêtre. Dehors, l'asphalte est scintillant et silencieux, rincé après la pluie.

Dans la rue, les femmes commencent à affluer. C'est leur heure. Il est sept heures, l'heure où les boulangeries ouvrent, ainsi que les bistrots. On peut s'arrêter en route pour une petite tasse de café et une cigarette. On peut être ce genre de personne. Elle voit que c'est un matin lumineux où tout est à sa place et quelque chose éclot dans sa poitrine. La légèreté qui ne vient jamais de l'intérieur, mais de l'ordre des choses, des vitres des fenêtres brillantes et du ciel là-haut, qui s'étire, haut et bleu vers la mer. Sur le balcon d'en face, la femme secoue la couette blanche de la veille, trempée de pluie, presque grise, qui s'égoutte sur le balcon du dessous.

India se penche sur le lit et murmure son nom. Il ouvre les yeux. Se réveille rapidement comme toujours et sans transition, comme s'il n'avait pas du tout dormi. Il la regarde, se frotte le visage de la main. Une araignée presque invisible s'avance sur sa main à elle depuis le drap, elle la balaye avec effroi. Elle prend mentalement note de consulter *araignée* dans le livre des symboles. Elle se penche et l'embrasse sur le front.

— C'est le matin, mon amour.

Il gémit, souhaite se rendormir.

— Tu veux du café ?

Il se retourne dans le lit et elle se dirige vers la cuisine. Dans le séjour, tout est comme ils l'avaient laissé. La porte du balcon est ouverte et fait entrer l'air et les bruits du matin, une péniche sur le fleuve et quelque chose qui doit provenir d'un chantier, des voix fortes d'hommes et des rires, le bruit des machines et du travail. Elle ramasse le cendrier et les tasses de café, jette un coup d'œil sur la nappe salie. Des taches de vin rouge et quelque chose qui doit être de la cendre. Elle prend note mentalement d'acheter davantage de vinaigre blanc et de bicarbonate pour la faire tremper.

Dans la cuisine, il fait encore sombre. Le soleil met de longues heures à parvenir jusqu'ici, mais lorsqu'il le fait, toujours au moment où le travail se termine pour la journée, alors c'est comme une pièce de théâtre, une cascade d'or provenant des mains généreuses du dieu.

Elle remplit la bouilloire et appuie sur le bouton, sort la boîte à café et deux tasses. La fenêtre de la cuisine est ouverte elle aussi, elle va la fermer. En bas dans la cour, quelques voisins sont en route pour le travail. Quelques heures plus tôt, c'étaient les infirmières et les ouvriers du bâtiment qui s'étaient dépêchés sur les dalles. Elle le sait pour les avoir vus de nombreuses fois. En tenues de travail et sérieux, enveloppés dans les dernières ténèbres de la nuit. Avec l'aube, les enseignants sortent ensuite de leurs appartements, toujours d'un pas pressé et sans regarder autour d'eux, des papiers et des livres serrés contre leurs poitrines. Viennent alors les parents, en groupes ou seuls, des papas avec des enfants en bas âge sur les épaules et des mamans qui traînent derrière elles des écolières récalcitrantes. Un peu plus tard, c'est à son tour à elle. Elle a l'habitude de sortir dans la cour à la même heure que ceux qui vont aussi travailler à l'université. Chaque matin, elle salue d'un signe de tête une femme plus âgée portant une mallette, qu'elle a toujours imaginée, pour une raison quelconque, travailler à la faculté de droit. Qui sont les autres qui partent de chez eux après elle, elle ne le sait pas avec certitude, mais ce doivent être les artistes et les étudiants, les personnes sans attache.

Pour Kallas, c'est un peu comme cela lui chante. Certains jours, il est au bureau avant qu'elle ne se réveille, d'autres jours il n'y va pas du tout. Elle ne comprend toujours pas comment il s'en sort, mais quand elle lui demande ce qu'en pense son patron, il se contente de hausser les épaules. Il dit qu'il préfère travailler la nuit, qu'il prend parfois le métro avec les vrais travailleurs de nuit pour être au bureau pendant que tous les autres dorment.

Elle finit de préparer le café et le porte dans la chambre, en faisant attention de ne pas en renverser sur le tapis. Les tasses fument. Kallas s'est rendormi, mais se réveille lorsqu'elle pose à grand bruit le plateau sur la table de chevet. Elle lui caresse le front et prononce son nom, lui tend son café une fois qu'il s'est redressé. Ils boivent avec rapidité et avidité, en silence. Il allume deux cigarettes et lui en donne une.

— Tu es mignonne avec tout ton reste de maquillage, dit-il en souriant.

Elle le regarde en pouffant, se frotte la paupière du doigt. Ils se contemplent.

— Tu as hâte ? demande-t-elle.

Il hausse les sourcils.

— De quoi ?

— La mer et Desma.

— Toujours, dit-il en soufflant la fumée sur son visage.

India s'est installée dans le hall de la faculté pour travailler. Les néons grésillent et quelque part le ronronnement d'un aspirateur se fait entendre. Aucun bruit ne s'élève du sol en linoléum et, depuis un cadre bon marché accroché au mur face à la table où elle est assise, le doyen la regarde. La faculté a ses quartiers dans un édifice surdimensionné, au style administratif austère. De loin, il ressemble à un monolithe de l'espace, quelque chose d'hostile qui semble observer et juger l'espèce humaine. India a parfois le sentiment que le bâtiment préférerait tous les recracher. Les seuils de portes sont trop hauts, le sol est glissant et l'éclat des néons pique les yeux. C'est un bâtiment qui hait les gens. Tous ses collègues le lui rendent bien et regardent avec envie la faculté de botanique en face, avec son jardin sauvage et ses larges marches de pierre où les botanistes s'asseyent avec leurs petites tasses de thé et leurs doigts verts, mais India s'est toujours sentie à l'aise ici, coincée entre les murs de béton. Ici, rien ne vient troubler ses pensées. Un bruit sourd retentit lorsque quelqu'un monte l'escalier en courant, mais dans l'ensemble le bâtiment est étrangement silencieux, comme une cellule capitonnée. Sur les murs, qui, certains jours ensoleillés, scintillent tel de l'anthracite, grimpent du lierre et des clématites, et le long du mur du fond se trouve un énorme aquarium où des poissons chatoyants nagent à travers l'eau douce trouble. C'est beau, à sa manière, une beauté discrète, cachée sous toute la laideur.

Elle est assise à une table en stratifié usée, près d'une fenêtre donnant sur la cour intérieure mal entretenue. Dans la fontaine, des tortues et les feuilles fanées des peupliers flottent doucement au-dessus d'un lit de pièces de cuivre sales qu'elle a vu les enfants de ses collègues jeter en arcs de cercle parfaits par-dessus leurs épaules, directement dans l'eau tout en faisant un vœu, lors de l'une des nombreuses soirées organisées où les adultes se côtoient des heures durant, pendant que les enfants sont relégués aux couloirs et aux cours intérieures avec leurs bouteilles de soda tièdes. Maintenant, les pièces luisent là, au fond, parmi les cailloux et les capsules, fières et luminescentes, parce que les enfants les ont rendues magiques. On souhaite quelque chose et on l'obtient. Les animaux dans la fontaine ont l'air léthargiques, malades, elle doit penser à en informer le gardien. Puis elle sursaute. Elle a vu quelque chose que ses yeux n'ont pas eu le temps d'enregistrer. Elle les plisse et aperçoit une silhouette vêtue de noir au milieu de tout ce vert. C'est Nadja, assise les pieds sur un banc de pierre et qui lit, à demi cachée derrière un buisson.

Nadja est depuis peu maîtresse de conférence, tout comme India. Elles forment la jeune garde. Du moins, c'est ainsi que les professeurs plus âgés ont l'habitude de les appeler en riant fort et longtemps. India et Nadja sont d'accord que cette expression est toujours à moitié révérencieuse et à moitié condescendante. Quoi qu'il en soit, Nadja sait tout ce qu'il y a à savoir sur les tragédies grecques. Si on lui pose une question sur Clytemnestre, elle répond, rapide comme l'éclair et avec une précision étonnante. India a une théorie au sujet de son travail sur les tragédies grecques : la fin sanglante et funeste de la famille évite à Nadja de devoir affronter sa propre histoire familiale. Une fois, lorsqu'India a mentionné sa théorie à Nadja, celle-ci s'est contentée de secouer la tête et d'émettre un petit rire dédaigneux. India n'en a plus reparlé depuis, mais malgré tout, elle aborde toujours Nadja avec la tendresse et l'attention dont elle sait que toutes les personnes endurcies par le chaos ont besoin. Elles sont pareilles, Nadja et elle, enfants du même manque d'enfance. Elles n'en parlent jamais, mais elles le savent. Déjà de nombreuses années auparavant, alors qu'elles étaient encore étudiantes et qu'elles avaient l'habitude de chuchoter pendant les cours et de partager une tasse du café noir pétrole de la machine durant les pauses, il était évident qu'à leur manière à elles, si particulière, elles allaient ensemble.

India frappe au carreau et Nadja sursaute. Elle croise son regard à travers la vitre sale. Nadja sourit et fait un geste de la main, se lève et avance avec précaution sur le sentier pavé, les yeux tournés vers le sol, comme si elle craignait de marcher sur une tortue. Un vent fade entre à sa suite lorsqu'elle pousse la porte de verre qui sépare le hall de la cour intérieure. Au comptoir de l'accueil, Klaudia lève la tête de ses papiers. Au même instant, la porte d'entrée s'ouvre et le vent s'engouffre dans la pièce, accompagné du bruit de la rue. Le courant d'air balaye les papiers posés sur la table devant India. Elle a juste le temps de plaquer les mains sur la pile et d'empêcher les histoires photocopiées de s'envoler. Elle tourne le regard vers la porte et voit arriver un coursier à vélo, un paquet volumineux dans les bras. Elle l'observe tandis qu'il s'avance jusqu'à la réception. Il ressemble à un soldat romain avec un cerf mort dans les bras, majestueux et sérieux, un homme chargé d'une mission. Lorsqu'elle l'aperçoit, Klaudia devient rouge comme une cerise et baisse les yeux.

— Tiens donc. (India entend la voix rauque de Nadja juste derrière son épaule droite.) Klaudia et le garçon de courses.

— Toujours se méfier de l'eau qui dort, dit India en hochant la tête lentement.

— Bonjour mon amie, dit Nadja en passant la main sur les cheveux d'India.

— Salut camarade, répond India en levant les yeux.

Nadja se laisse tomber en face d'India, lâchant son livre bruyamment sur la table. Elle est vêtue d'un costume d'homme confectionné dans un tissu aérien. De ses mains, on ne voit que les ongles bien entretenus, dépassant à peine au bout de ses grandes manches. Ses cheveux sont longs et ondulent sur ses épaules et deux opales argentées pendent à ses oreilles. C'est la plus belle femme qu'India ait jamais vue. Une déesse. Nadja appuie son menton sur ses mains et regarde longuement India. Elles se sourient, avec chaleur et sans réserve.

— Ça fait longtemps, dit India.

Elle tend la main et serre le bras de Nadja.

— Comment vas-tu ? demande Nadja.

— J'ai travaillé tout l'été, répond India. Et toi ?

— Comme d'habitude. Travail et ennui. Je suis allée à la plage avec Paloma quelques fois lorsqu'elle m'a rappelé qu'elle était une enfant malgré tout.

India revoit la fille de Nadja, l'expression déterminée de la fillette. Les sourcils de Nadja brillent d'un éclat noir dans la lumière du plafond.

— J'ai pensé à toi l'autre jour, dit Nadja.

Au même instant, les portes de l'amphithéâtre s'ouvrent et les historiens, presque tous vêtus de façon identique, en sortent à flots, bruyants et excités. Jeunes hommes en polos et vestes de costume. On dirait une horde de bisons, pense India. L'un d'eux heurte l'épaule de Nadja, qui lui crie dessus. Il se tourne.

— C'est quoi ce bordel, Gideon ?

— Désolé, Nadja, répond-il avec un beau sourire. Je ne t'avais pas vue.

— Ne m'appelle plus jamais.

Nadja a l'air vraiment sérieuse, mais ses yeux brillent. Il sourit encore plus largement.

— Je t'appelle plus tard.

Il lui envoie un baiser du bout des doigts et Nadja secoue la tête en riant.

— Quel idiot, dit-elle avec un grand sourire.

— Un idiot bien mignon, constate India.

— Oui. Bien trop mignon.

Les historiens disparaissent dans leurs bureaux et tout redevient calme. Les néons grésillent au-dessus d'elles et India tourne la tête dans leur direction. Près du comptoir, Klaudia parle à voix basse avec le coursier à vélo.

— Tu as pensé à moi ?

Nadja la regarde, songeuse, perdue dans d'autres réflexions, puis elle secoue la tête.

— Oui, c'est ça, dit-elle. J'étais au cinéma l'autre soir.

— Qu'est-ce que tu es allée voir ?

— Peu importe, dit-elle en lui souriant et levant les mains en une sorte de mouvement de refus. Crois-moi, inutile d'aller gaspiller ton temps avec ça.

Nadja se penche au-dessus de la table et prend son élan.

— Écoute un peu. Ce film est vraiment nul. Il n'y a pas de mots pour décrire combien il est mauvais. Mais je reste assise. J'ai mon pop-corn, j'ai mon café, tout va bien.

Elle braque ses yeux sur India, s'assure qu'elle a toute son attention. India fait un geste de la main, l'invitant à poursuivre.

— L'action est incompréhensible, je peux te le dire. Un truc à propos d'une bande de filles qui sont envoyées dans une sorte d'école militaire, ou peu importe comment ça s'appelle, beaucoup de scènes avec ces filles et leurs grosses armes, et puis tout à coup elles se retrouvent dans une belle propriété quelque part. Pouf, juste comme ça. Comment sont-elles arrivées là ? Personne ne le sait.

India rit et Nadja l'observe avec satisfaction, elle la tient dans son filet.

— Tu vois un peu !

Elle ouvre les mains.

— Mais ce que je veux te raconter, dit-elle en se penchant encore plus au-dessus de la table. Ce qui m'a fait penser à toi, c'est qu'il y avait une sorte de film dans le film, si tu vois ce que je veux dire. Un récit enchâssé.

India hoche la tête.

— Elles sont donc arrivées dans cette propriété qu'elles croient désertée. Elles posent leurs armes et s'apprêtent à se mettre à l'aise, lorsqu'elles entendent un bruit à l'étage supérieur. Et alors ça coupe.

Elle fait un mouvement rapide dans l'air devant le visage d'India.

— Tout devient tout noir. Un black-out. Et puis nous nous retrouvons tout à coup dans une chambre d'enfant abandonnée, avec du papier peint à fleurs, où une très vieille gouvernante semble vivre avec un enfant tout aussi vieux et fantomatique joué par un adulte.

India se penche en avant.

— Henry James ! s'exclame-t-elle.

— Exactement, dit Nadja, triomphalement. Henry James, mon amie.

— Et alors tu as pensé à moi.

— Oui, bien sûr que j'ai pensé à toi.

— Tu dois me dire comment ça s'appelle, Nadja

Nadja secoue lentement la tête.

— Jamais de la vie.

— Tu plaisantes.

Nadja se contente de continuer à secouer la tête.

— Mais tu te rends compte quand même que je dois y faire référence dans mon travail.

Nadja rit.

— Fais-moi confiance, tu ne veux pas le voir et sous aucun prétexte tu ne dois y faire référence dans ton travail. Je voulais juste que tu le saches. Henry James vit une vie secrète au-delà de la tombe dans ce film bizarre qui n'aurait jamais dû voir le jour. C'est incroyable quand même ?

— Mais tu dois bien comprendre...

Nadja lève la main pour l'arrêter, la conversation est terminée. India rit brièvement, abandonne et pose son menton dans ses mains. Nadja caresse la joue d'India. Comme une maman, pense India en inspirant son odeur de poivre noir et de roses, un parfum coûteux dont elles avaient acheté chacune un flacon lorsqu'elles avaient toutes les deux reçu leur première bourse d'études.

— Tu sais que je t'aime, petite idiote, dit Nadja.

— Tu sais que je t'aime encore plus, dit India.

Quelque chose traverse le hall. Tout devient silencieux. Elles se regardent. Au-dessus d'elles, l'horloge sonne dix heures. Comme si c'était un signal, elles se lèvent et rassemblent leurs affaires, se dirigent vers la salle de repos avec tous leurs livres et leurs papiers. Dans une pièce voisine, un téléphone retentit. Personne ne répond.

Durant sa pause déjeuner, India se rend à pied au grand magasin, à quelques rues de là. Elle achète du pain, des tomates et une bouteille d'eau minérale à la cafétéria du troisième étage. Elle s'assied sur un tabouret de bar, le visage tourné vers un mur de miroir dépoli qui scintille dans la lumière froide.

Derrière elle se trouvent des hommes. Ils portent des costumes et des chaussures de luxe et sentent fort l'après-rasage. Elle voit qu'ils la regardent en chuchotant, se faisant des signes de la tête. Elle a envie de se retourner et de montrer les dents, mais ne le fait pas, parce qu'elle a peur des hommes – en particulier de ce genre-là. Elle baisse les yeux vers ses mains, soulève de temps en temps son verre jusqu'à sa bouche et boit. L'eau minérale lui gratte la gorge et lui donne l'impression de nettoyer son corps de l'intérieur. Dans le miroir, la serveuse du café a aussi tourné son regard vers ses mains, loin des hommes. India mange rapidement, boit de l'eau. Une fois les hommes partis, bruyamment et dans un nuage de fumée, elle sort son rouge à lèvres et se peint la bouche en rouge, s'observant un instant dans le miroir.

Elle porte son plateau jusqu'au comptoir et fait un signe de tête à la serveuse qui lui répond par le même signe de tête complice. Ensuite, India prend l'escalier roulant pour descendre au rayon des chaussures, admire un moment une paire de bottes blanches à lacets et talons hauts. Elles semblent sorties d'un conte de fées. Elle passe son doigt sur la laque étincelante avant de baisser les bras, en un geste de capitulation. Elle n'aurait jamais les moyens de se les offrir.

Elle franchit les portes automatiques et débouche dans la rue, la circulation est dense et bruyante. C'est la semaine où les derniers vacanciers reviennent. Sur le siège arrière d'une voiture arrêtée au feu rouge juste devant elle, une fillette est assise, en train de fixer d'un regard vide les vitrines du grand magasin. Ses yeux commencent à étinceler, elle a aperçu quelque chose. India se retourne, prête à découvrir quelque chose d'incroyable, un œuf en argent recouvert de véritables diamants, mais ne voit que le rayon jouets du rez-de-chaussée. Des maisons de poupée, des cubes en bois et des ballons de plage rayés. Il devait y avoir quelque chose de phosphorescent là-dedans qu'India ne pouvait pas voir avec ses yeux d'adulte. Lorsqu'elle se tourne à nouveau, la fillette a disparu, remplacée par d'autres fillettes, des rangées interminables de fillettes sur le siège arrière qui brûlent de tristesse et pressent leur nez contre la vitre, cherchant des échappatoires pour fuir leur famille, des échappatoires qu'India sait qu'elles finiront par trouver, quelque part avant leur treizième anniversaire, parce que c'est dans l'ordre des choses. On a treize ans, on se transforme en quelque chose d'impossible, pour devenir son propre arbre malade, une plante libre et heureuse.

Elle se dépêche de traverser la rue. Elle est restée immobile trop longtemps et le feu passe au rouge. Quelqu'un la klaxonne et elle regarde dans cette direction. Un petit monsieur derrière le volant, les yeux furieux et les joues brillantes. Elle montre les dents. Elle a l'impression de lancer des éclairs, comme si la peur qu'elle vient de ressentir à la cafétéria l'avait chargée d'électricité. Elle reste là à le fixer du regard jusqu'à ce qu'il baisse les yeux, puis se dépêche de continuer à traverser la rue, en zigzaguant et manquant d'entrer en collision avec une femme à mobylette. Sur le trottoir de l'autre côté, un jeune garçon vend des marrons. Elle reste debout un moment, inhalant la fumée de son grill, calmant ses mains tremblantes avec l'odeur du charbon brûlé. Elle donne une pièce au garçon et tend ses mains en coupe pour y récupérer la monnaie. L'odeur des marrons est forte et douce et le sac en papier est tout chaud.

De l'épaule, elle pousse la porte de l'université et entre dans l'espace frais et humide. Toujours aussi calme, aucun étudiant en vue. Avant leur retour des vacances d'été, le bâtiment est silencieux comme une tombe. Aucun rire brut ni aucune musique tonitruante des téléphones, juste ce silence sacré. Derrière le comptoir de l'accueil, Klaudia est assise avec son déjeuner. Toujours la même chose, du pain blanc avec de la salade, une canette de soda, deux oranges. India lui fait un signe de tête en passant, mais Klaudia ne la voit pas. Au-dessus du comptoir, l'horloge indique midi et demi et, dans la cour intérieure, le gardien se promène avec une épuisette. Elle traverse le hall, se traîne en haut de l'escalier. Dans le bureau, Nadja est penchée sur ses livres. Les deux fenêtres sont ouvertes et de l'extérieur un bruissement monte des arbres. India dépose le sac de marrons devant Nadja.

— Mange.

Ils ont décidé qu'elle rejoindrait Kallas directement à la gare une fois sa journée de travail terminée. Ils doivent se retrouver au restaurant qui donne sur les voies. Il y a toujours une bonne odeur de gasoil là-haut et elle apprécie la façon dont ils y servent le vin : avec une petite serviette en papier nouée autour du pied du verre.

Avant de quitter l'université, elle se glisse dans les toilettes des femmes. Elle retouche son rouge à lèvres, se parfume les poignets et se passe les mains dans les cheveux. Le bâtiment est désert, c'est vendredi et tout le monde est déjà parti. Elle imagine ses collègues plus âgés, rentrant auprès de leurs femmes, un bouquet de fleurs à la main et une bouteille de vin coincée sous le bras. Et puis les étudiants encore en vacances d'été, de jeunes filles serrées les unes contre les autres dans un des bars sur les avenues, s'allumant mutuellement leurs cigarettes et absorbant avidement les dernières chaleurs, oubliant pour un moment l'incompréhensibilité du fait qu'elles seront bientôt enfermées dans ce château de béton pour un nouveau semestre. Durant des mois glacés où tout dégouline d'humidité, parmi les odeurs des corps d'autrui, assises seules sous les plafonniers blafards dans des chambres de location, mourant d'ennui. Elle lève les yeux vers le miroir, elle aperçoit son dos dédoublé à l'infini, dans la rangée de miroirs sur le mur derrière elle. Elle entend un bruit et sursaute. Un bruissement dans l'une des cabines, comme si quelqu'un tournait le robinet, à l'intérieur.

— Hé ho ?

Son cœur commence à battre la chamade lorsqu'elle entend sa propre voix résonner dans la pièce carrelée.

— Hé ho ? répète-t-elle, puisque personne ne répond.

Elle croise son regard hanté dans le miroir avant de se précipiter en direction de la cage d'escalier. Le couloir est plongé dans l'obscurité et un ventilateur ronronne au plafond. Elle avance doucement, essayant de respirer profondément et avec lenteur pour calmer son cœur qui s'emballe. Elle croit entendre quelque chose sous le bourdonnement du ventilateur. Elle croit entendre une mer de voix, comme si les murs crépitaient de toutes les conversations dont ils ont été témoins depuis la construction du bâtiment, des papiers tournesol inébranlables et silencieux qui savent tout sur tous, mais ne révèlent jamais rien. Elle passe sa veste d'été sur ses épaules et se dépêche de descendre le grand escalier. Ses oreilles bourdonnent lorsqu'elle traverse le hall en courant. Les poissons semblent luminescents dans leur aquarium, éclairé par en dessous d'une lumière bleue et laiteuse. Elle a envie de s'arrêter pour regarder les coraux, qui sont soudain particulièrement rouges dans cette eau noire, mais son pouls élevé la pousse à avancer, à se jeter contre les portes avec une force excessive.

Dans la rue, la soirée de fin d'été respire. Elle reste un moment debout à reprendre son souffle, a envie de rire d'elle-même, de se débarrasser du mal. Une femme adulte, qui a peur des fantômes. Elle regarde autour d'elle. Les lampadaires ne sont pas encore allumés, mais le soleil se couche. Là-haut, la lune se tient prête dans les coulisses. India commence à marcher en direction de la gare, s'imprégnant de l'odeur et du brouhaha de la circulation. Tout vibre ce soir, comme si tout et tous savaient que l'automne allait bientôt arriver en grondant avec tout son rouge, sa pluie, sa terre et ses fruits charnus. Comme si tout et tous savaient que c'est maintenant ou jamais, ce soir ou aucun soir, qu'il faut tenter sa chance et saisir ce qu'on peut, tous les trésors dont on peut s'emparer, une pierre noir de nuit absolument parfaite, trouvée sur la plage un jour où le soleil était haut au-dessus de la mer et où les enfants jouaient à leurs jeux préférés, oublieux du reste du monde.

Elle s'engage dans une rue secondaire, se glisse entre les personnes qui semblent toutes se déplacer dans une direction opposée, vers quelque chose qu'elle ignore, comme s'il y avait un festival ou un carnaval quelque part, un jour saint qu'elle n'avait jamais célébré. Sur la place, des décorations en papier blanc sont accrochées aux arbres et les immeubles projettent des ombres violettes dans le soleil bas. Au coin d'une rue, elle choisit une brassée d'eucalyptus, la seule plante capable de survivre à un voyage en train par cette chaleur, pense-t-elle en payant avec un billet. Dans une boutique de souvenirs à côté de la gare, elle achète un sachet de caramels de toutes les couleurs. Un cadeau enfantin, mais les caramels semblent presque incontournables, là dans leur sachet de cellophane. Kallas a pris du thé. Ils ne viennent pas les mains vides.

Elle monte lentement l'escalier jusqu'au majestueux restaurant dissimulé derrière une discrète porte coulissante, sous une grande horloge de gare. Il est six heures et quart, elle est à l'heure. Elle pousse la porte de l'épaule et entre. C'est une pièce recouverte de marbre et remplie de plantes vertes. Des haut-parleurs diffusent de la musique et un doux bruissement semble s'élever du sol. Elle ressent Kallas avant de le voir, une sorte de force magnétique qui émane d'un coin du restaurant. Elle regarde dans cette direction et il est effectivement assis là, un peu usé et fatigué, penché sur un journal. Elle traverse la pièce, le dos droit. Jette un coup d'œil vers les autres tables. De vieilles femmes et un couple d'amoureux. Des touristes quelconques.

Elle pose la main sur le cou de Kallas et il lève la tête. Il sourit et elle pense qu'elle voudrait l'avoir dans sa bouche, son corps tout entier, comme une perle qu'elle garderait sous sa langue toute la soirée pendant que les gens parleraient et parleraient autour d'elle, inconscients de cet homme secret qu'elle garderait à l'intérieur. Elle s'assied en face de lui et retire ses chaussures sous la table, étire ses pieds. Ils se sourient. Elle boit un verre d'eau très rapidement. Dans la salle du restaurant, les grandes portes vitrées donnant sur le balcon sont ouvertes, et de la rue montent une brise chaude et une odeur d'huile de friture, de gaz d'échappement. La femme de l'une des autres tables passe avec un enfant, elle le tient par la main. L'enfant regarde droit vers India puis détourne la tête.

— Salut, dit Kallas en lui tendant la main. Comment s'est passée ta journée ?

— Longue, répond-elle, consciente au même instant du serveur qui se tient déjà près de leur table, une ombre allongée qui tombe sur la nappe.

Il a dû se déplacer dans un silence inhumain, comme un fantôme. Elle lève les yeux et le regarde. C'est un jeune homme apathique, aux paupières tombantes. Il a l'air de pouvoir s'endormir debout, les bras appuyés sur un pilier invisible. Elle a envie de rire, se concentre sur les mains de Kallas posées sur la table entre eux, aussi lourdes que du plomb. Elle étudie ses bagues. L'épaisse alliance en or, une sorte d'assurance-vie. La pierre de lune qu'elle lui a offerte en cadeau le jour où la radio a annoncé que la première lune de sang de la décennie allait passer cette nuit-là au-dessus de la ville. Et puis la petite bague avec les différentes pierres dans des tons pastel provenant de la ville portuaire où était née la mère de Kallas.

Comme toujours, il commande pour eux deux. De la truite et du pain. Du vin blanc frais dans de petits verres. Le serveur acquiesce et disparaît, enfonçant son carnet dans la poche de son tablier. Kallas s'étire vers sa bouche, l'embrasse, murmure quelque chose dans ses cheveux. Les haut-parleurs suspendus au plafond au-dessus d'eux grésillent. La musique est interrompue et une voix monocorde les informe des départs et des retards de trains. La voix énumère une longue liste de changements de voie, devenant de plus en plus monotone pour ensuite s'éteindre et disparaître complètement, suivie d'une brève ritournelle, le jingle strident de la compagnie ferroviaire, précédant le retour de la musique. Le serveur se glisse à travers la pièce, un plateau dans les mains, il s'arrête devant leur table et pose une corbeille à pain entre eux. Il sert le vin dans des verres ronds avec des serviettes en papier, exactement comme elle l'avait espéré. Ils boivent le vin, qui est sec et frais et d'une couleur platine. Elle rompt un morceau de pain et le porte à sa bouche.

— Tu ne veux pas me parler de toi et Desma.

Il rit.

— Encore ?

— Encore et toujours.

— Combien de temps as-tu ?

India regarde et montre la grande horloge.

— Trente-sept minutes, répond-elle en souriant de toutes ses dents.

Kallas baisse les yeux vers la table, semble prendre son élan.

— Nous n'étions que des enfants lorsque nous nous sommes rencontrés, dit-il. Nos mères se connaissaient. Elles étudiaient ensemble pour devenir infirmières. J'étais encore petit et Desma allait déjà à l'école. À mes yeux, c'était presque une adulte, sauf qu'elle ne devait avoir que neuf ans. J'accompagnais souvent ma mère en cours. Je m'asseyais par terre avec mes affaires pendant qu'elle prenait tout un tas de notes dans un cahier brun.

— Et Desma ?

— Elle attendait sa mère à la fin du cours. Elle était toujours assise dans le couloir à l'extérieur. Je m'en souviens clairement, la façon dont elle était assise et regardait devant elle comme, je ne sais pas, un putain de moine. Complètement indifférente à tout ce qui se passait autour d'elle.

— Et après, alors ?

— Après, elle m'a tendu un jour une boîte de raisins secs quand je suis passé et elle a hoché la tête avec sérieux, comme si une transaction très importante venait d'avoir lieu

Elle rit.

— Et alors, vous êtes devenus amis pour la vie

Il acquiesce.

— Ou frère et sœur, peut-être, dit-il.

— Frère et sœur pour la vie, dit-elle.

— Exactement.

Il la regarde, sourit, pose sa main sur sa joue au moment où le serveur arrive avec la truite. Ils avalent le poisson en silence, comme le feraient deux oursons au bord d'une cascade. Elle regarde ses mains lorsqu'il presse le citron directement dans sa bouche.

— C'est mon histoire préférée, dit-elle.

— La mienne aussi, dit-il. Dommage que Desma soit si sacrément agaçante.

Il fait un grand sourire, comme si cet agacement était d'une certaine façon la plus grande preuve d'amour.

— Mais surtout merveilleuse, malgré tout, dit India.

— C'est vrai, répond-il. Merveilleuse et agaçante.

Le serveur passe et Kallas lui fait signe de la main, commande un dessert pour India et un café pour lui. Le serveur acquiesce et revient bientôt avec un chariot argenté brillant, chargé de tartes et de puddings accompagnés de bouteilles de liqueur, serrés sur une nappe en papier tachée. India désigne un gâteau au chocolat, presque noir et luisant de glaçage, décoré de fleurs de mimosa séchées jaune fluo. Le serveur en coupe une part, la déplace soigneusement dans une assiette, qu'il pose devant India avant d'incliner la tête. Elle lui sourit, lève sa cuillère, dit merci. En face, Kallas verse du lait dans son café, penchant son visage sur la vapeur qui monte de la tasse. Elle tend un morceau de gâteau vers sa bouche, le force à goûter. Il tremble, comme toujours lorsqu'il mange quelque chose de sucré.

— C'est bon, dit-il en pouffant malgré le dégoût.

Elle éclate de rire.

— Tu joues la comédie, dit-elle. Personne ne peut penser que ceci est dégoûtant.

Il rit à son tour, secoue la tête. Puis ils demeurent assis en silence, se regardant de temps en temps. Le bruissement autour d'eux monte et descend. Quelqu'un rit près du bar et une femme se dirige d'un pas décidé sur ses hauts talons vers le balcon. Puis le jingle sort des haut-parleurs et les tire de ce doux moment de somnolence. La voix annonce que leur train va entrer en gare, voie sept. Kallas lève les sourcils, fait un geste en direction de son assiette. Elle avale alors le reste de son gâteau en une seule bouchée, sort son miroir de poche et se peint les lèvres. Il la regarde et lui sourit tendrement.

— Tu as du glaçage sur les dents.

Elle passe sa langue sur ses dents sucrées, se sourit dans son miroir. Ils se lèvent et traversent rapidement la salle. India paye au bar, adresse un bref signe de tête au serveur. Elle prend la main de Kallas et ils se dépêchent de rejoindre leur train.

II

Ils traversent la ville, passant devant les immeubles majestueux et les cheminées d'usine fumantes des banlieues, puis devant les villas fermées des quartiers résidentiels, ces bastions imprenables où rien ne semble vivre, à part les buissons de fleurs et les statues blanches qui se dressent près des fontaines, clignant lentement des yeux. Elle s'en aperçoit et tourne la tête dans leur direction alors qu'ils avancent en trombe sur les rails, devant les bâtiments scolaires et les stades, les petits villages où les maisons sont de plus en plus clairsemées avant de disparaître totalement au moment où ils s'engouffrent dans un tunnel, engloutis par l'obscurité. Quand ils débouchent de l'autre côté, toute trace de la ville a disparu, remplacée par d'immenses étendues et des bosquets d'arbres, avec ici et là une vue sur le fleuve qui scintille au-delà des champs.

Le compartiment sent fort le thé noir et l'eucalyptus. Elle pose sa main sur les cadeaux et la cellophane bruisse. Kallas est assis face à elle. Ils boivent du café dans des gobelets en carton sur lesquels le logo des chemins de fer nationaux est imprimé en rouge pétant.

Il porte le gobelet à ses lèvres. Elle fait de même. Le café est amer et froid et laisse une impression grumeleuse dans la bouche. Elle tend la main vers un sachet de sucre. Ils ne disent rien. Dehors, la lune est suspendue, un fruit lourd trempé dans de la cire.

Le train progresse, le sol du compartiment vibre et les vitres tremblent faiblement. India commence à somnoler, légèrement nauséeuse, elle a envie de s'appuyer contre les parois tapissées de tissu et de s'assoupir. Au lieu de cela, elle pose son front contre la vitre et plisse les yeux, réussit à discerner la seule chose que l'endroit a à offrir : des champs morts et des fermes abandonnées. Elle se souvient combien elle déteste la campagne, d'où semble émaner en permanence un mal stagnant, transmis de génération en génération et maintenant stocké dans la terre elle-même gorgée de sang, où tout est recouvert et recouvert encore et jamais déterré pour être examiné en pleine lumière, afin que soient jugés les fomenteurs du mal. Elle se souvient qu'une fois une famille entière a été assassinée là-bas, on a mis le feu à leur maison une nuit pendant que les enfants dormaient. Dans le journal, il y avait une double page, des photos de jouets et de vêtements, la maison brûlée. Les villageois ont fait corps, tel un bataillon, fermé et évasif lors des interrogatoires menés par les autorités.

Elle attrape le rideau de polyester, se tourne et regarde Kallas. Il est assis, les mains ouvertes vers le plafond, complètement immobile, une statue de pierre aux yeux clos. Il dort profondément. Elle voit quelque chose sur son front, une ombre, comme si un souvenir difficile s'y était installé pour ne pas être oublié. Elle se demande à quoi il jouait lorsqu'il était enfant, à part ce qu'il lui avait raconté. *Nous courions dans les rues*. La ride entre ses sourcils se creuse de plus en plus chaque jour. Elle se demande si ça commence à être lourd, tout ce qu'il avait à porter dans la vie, *pour que je sois enterré avec quand je mourrai*, comme il dit.

India regarde sa bouche, la tristesse qui n'apparaît que dans son sommeil. Il est plus âgé qu'elle. Il a vécu une vie plus difficile. Parfois, elle pense qu'il est né fatigué, car les fardeaux se transmettent aussi à travers les siècles, tout ce que sa mère portait, et celles qui l'ont précédée, des femmes vêtues de noir en procession à travers la vie. Sur les photos de son enfance, il est déjà accablé par la tristesse et a au moins mille ans. Elle se lève et va s'asseoir à côté de lui, attrape ses mains et les porte à son visage pour les embrasser doucement. Il ne se réveille pas. Dans le couloir, quelque chose roule sur le sol. Elle écarte le rideau et regarde dehors. Un enfant est allongé sur le ventre, un sac de billes devant lui. Il lâche les petits globes colorés l'un après l'autre, observant avec concentration leur chemin tortueux à travers le couloir du train. Il se tourne vers la porte ouverte d'un compartiment et murmure quelque chose. Un autre enfant, habillé comme un adulte, apparaît derrière lui. À côté de lui, un troisième enfant, plus jeune que le précédent, une orange à la main. Les garçons chuchotent entre eux, rient. Ils continuent à faire rouler des billes de verre sur la moquette. Ne se rendent pas compte qu'India les espionne. Les trois mousquetaires, pense-t-elle en laissant retomber le rideau.

Elle appuie sa tête contre l'épaule de Kallas et ferme les yeux. Elle reste assise un moment à écouter le bruit du train, les enfants dehors et le courant d'air de l'ouverture de la vitre. Elle est sur le point de s'endormir, ses paupières vacillent et elle a l'impression d'être allongée le dos contre une paroi, une pierre après l'autre est placée sur son visage par des mains invisibles, bientôt les dernières pierres sont posées et elle se sent sombrer. Mais alors quelque chose s'engouffre dans le compartiment et elle ouvre les yeux. Elle sait, sans l'avoir vu, qu'ils ont laissé les champs meurtriers derrière eux et sont arrivés ailleurs, où il est possible de respirer. Elle sort de son sommeil et se lève, se poste à la fenêtre. Derrière elle, Kallas dort toujours, le visage appuyé sur sa main. Elle baisse la vitre et regarde le soir, inspire l'air noir. Dehors, la lune éclaire le sable et la végétation, de petits bâtiments blancs en forme de cube et de vastes vergers. Et voilà la mer, bleu nuit sur le ciel infini. Elle sent les différentes odeurs de la côte, le salé et le piquant qui se mélangent à quelque chose de sucré et d'un peu pourri.

— La mer !

Elle le clame par la fenêtre, oubliant que Kallas dort à côté d'elle. On dirait une écolière lors d'une sortie baignade, elle s'entend et rougit, pose ses mains sur ses joues pour les rafraîchir. Elle garde la vitre ouverte pour laisser entrer l'odeur de la mer et retourne s'asseoir à côté de Kallas. Elle a l'impression de voir l'air marin remplir le compartiment et lui donner vie. Kallas attrape sa main dans son sommeil. Un moment s'écoule. Quelque chose roule encore dans le couloir et, dans le ciel, la lune semble palpiter.

Le haut-parleur grésille au-dessus d'eux et elle se redresse, comme sur commande. Une voix de femme annonce que le train arrive à la gare où ils doivent descendre. Le nom du lieu est fortement associé à Desma. Pour India, c'est un endroit mythique. La grande maison de Desma au bord de la mer, dont Kallas a parlé tant de fois qu'elle a fini par apparaître dans ses rêves. Kallas ne bouge pas, bien que la voix de la femme déchire l'air encore et encore. India pose sa bouche contre son oreille et chuchote. Il se réveille aussi rapidement qu'il s'est endormi, toujours sur le qui-vive, comme si une sirène annonçant la guerre pouvait à tout moment se mettre à retentir et l'appeler au combat.

— Salut, dit-il en clignant des yeux.

Il tend la main vers elle.

— Salut, répond-elle en écartant une mèche de cheveux du front de Kallas. Nous sommes arrivés.

INDIA MANQUE DE TOMBER SUR LE QUAI : se sentant stupide, elle regarde par-dessus son épaule, s'attendant à voir quelque part un public amusé, une mer d'hommes qui rient et se tapent sur les cuisses.

Derrière elle, Kallas descend avec toutes leurs affaires, encore à moitié endormi, mais aussi un peu fébrile, dans l'expectative. Il cherche Desma du regard, inspecte l'endroit où ils sont arrivés, le sable et les plantes, les dalles de pierre brillantes, et finit par l'apercevoir. Elle les attend plus loin, sur la petite place attenante à la gare, appuyée contre sa voiture, un cabriolet blanc et étincelant, garé négligemment sous un jacaranda dont les fleurs pendent lourdement, presque fanées. Tout transpire autour d'eux. India pense que c'est peut-être dû à l'humidité de la plage, c'est comme si les bâtiments et les pavés suintaient ici, soumis à l'immense mer salée qui respire juste derrière eux, elle la sent, la pulsation lourde et éternelle des vagues rugissantes, la grande déesse, enfant de la lune et bourreau des hommes.

India lève les yeux vers le ciel, en quête de la lune, mais ne la trouve pas. Elle a dû se cacher derrière la brume, là-haut. Kallas prononce son nom et elle sursaute. Il est impatient, fait un signe insistant de la tête. Ils se dirigent vers Desma, en criant un rapide bonjour qui résonne sur la place vide. Éblouis par les phares, ils veulent lever leurs mains devant leurs yeux, mais ne le peuvent pas, parce qu'elles sont prises par les cadeaux et les sacs et l'eucalyptus récalcitrant, la cellophane qui bruisse dès qu'elle touche quelque chose. Dans la voiture, la radio est allumée, un concerto pour piano que tout le monde connaît, mais que personne ne peut nommer.

— Salut les amis.

Desma a un grand sourire, embrasse d'abord India puis Kallas sur les joues. Elle sent la sueur et la violette, un peu le moisi. India inspire l'humidité de ses cheveux et pense que Desma aurait bien pu être une de ces déesses de l'eau à la façon dont elle se tient là, éclatante et dépassant tout le monde d'une tête, ses longs cheveux noirs formant un beau nuage autour de son visage, sa peau légèrement humide. Et puis ses yeux, d'une luminosité presque irréelle, comme peints à l'aquarelle, d'un vert pistache qui se mêle au blanc, et s'illumine pour laisser la pupille voler toute l'attention, une parfaite perle noire.

India essaye de caser tous les sacs et les cadeaux dans le coffre, entre la roue de secours, les bouteilles vides et les vêtements luxueux dans de grandes poches en plastique. Desma et Kallas se tiennent dans la lumière des phares, déjà profondément plongés dans une conversation intime qui ne semble avoir ni début ni fin, une de ces conversations qui dure depuis l'enfance et qui n'a pas encore atteint son apogée. Desma passe sa main dans les cheveux de Kallas, avec violence et tendresse, le serre fort dans ses bras.

India les laisse tranquilles, elle soulève un des vêtements et le presse contre son visage, ferme les yeux. Il sent la poudre et le moisi, comme le grenier d'une école de danse classique. Elle voit les filles en tutus de tulle et en chignons stricts, elles se racontent des histoires de fantômes entre deux costumes de scène, grattant des allumettes contre les murs. Kallas l'appelle et elle lève la tête. Desma tient la portière du siège passager, une main derrière le dos, tel un chauffeur. India croise le regard de Desma dans la lumière vive. Elles se sourient, un grand et intense sourire, liées par le fait sacré d'aimer la même personne.

Dans la voiture, ils se taisent un moment. Desma tourne le bouton de la radio, ne trouve rien, revient au concerto pour piano. Ils roulent le long de la plage déserte. D'un côté de la route, la mer s'étend vers le ciel, de l'autre, les montagnes surgissent des profondeurs. La brume se lève et la lune apparaît à nouveau, très nettement maintenant. La chaussée est bordée de lampadaires qui diffusent une lumière froide et tout est illuminé autour d'eux, comme l'est le paysage miniature artificiel d'un terrarium. Les plages sont larges et recouvertes d'une végétation qui pousse dans toutes les directions, des palmiers et des thuyas et quelque chose qui ressemble à du laurier-rose. Mais aussi des plantes en pot, des tournesols qui baissent la tête dans de grandes jarres. India voit des cabines de bain, des kiosques vendant des glaces et des bâtiments blancs, des lagunes et des falaises battues par les vents, le tout enveloppé dans la même brume douce. Sur la mer, des cargos clignotent paresseusement. Quelque part, on entend une corne de brume, un son profond et triste qui évoque la chasse à la baleine. La glace et l'obscurité. Quelqu'un crie sur les étendues ondulantes.

Desma est assise au volant à côté d'elle. Elle conduit vite mais avec assurance, plaçant ses mains méthodiquement et avec douceur, comme si la voiture n'était pas une voiture, mais un cheval. India a baissé sa vitre et l'air marin s'engouffre avec son froid particulier. Exactement la même odeur qu'en automne lorsqu'elle était petite, qu'elle marchait le long de la plage et que le ciel formait un couvercle gris sur la ville.

Sur le siège arrière, Kallas s'est assis tout au bord, pour pouvoir parler, fort et avec enthousiasme, directement à l'oreille de Desma. Il discourt sur l'hôtel qu'ils dépassent, un bâtiment extravagant, entouré de jardins d'hiver et de piscines, d'un court de tennis très éclairé. Il montre du doigt, rappelle à Desma un élément de leur passé commun. Desma rit et tend sa main en arrière pour prendre la sienne.

— C'était l'été avec Joan, tu te souviens ? dit-elle en se tournant vers lui, l'air d'avoir complètement oublié qu'elle conduit une voiture.

India écarquille les yeux et fixe le volant, paniquée, jusqu'à ce que Desma se retourne à nouveau vers la route.

— Oui, on se faufilait dans le restaurant de l'hôtel par la cuisine, pour que tu puisses aller la regarder tous les soirs, dit Kallas.

— Joan, dit Desma avec un sourire quasiment amoureux.

— Qu'est-elle devenue d'ailleurs ?

— Elle s'est finalement mariée avec ce revenant, tu te rappelles ? Celui qui était célèbre dans sa jeunesse.

— Nino ?

— Nino ! Moche comme un pou.

— Et après alors ?

— Je ne sais pas. Je suppose qu'elle mène une vie malheureuse mais fortunée, comme nous l'avions prédit.

— Pauvre Joan.

— Pauvre, pauvre Joan.

Desma quitte la route principale et s'engage sur un chemin de graviers qui s'enfonce dans une végétation basse et sèche. Derrière les thuyas, il y a de la lumière et à la radio le concerto pour piano s'enflamme. Ils se garent dans le sable devant une grande maison à étage, richement décorée. India sait qu'elle est blanche, car elle l'a vu sur des photos et dans ses rêves, mais dans cette lumière de fin de soirée, elle a plutôt l'air bleu layette. Bleu layette et scintillante. Toutes les fenêtres sont ouvertes et l'on entend du bruit au rez-de-chaussée. Ils récupèrent toutes leurs affaires et leurs sacs dans le coffre et commencent à monter l'escalier. India balaye le bâtiment du regard, essaye d'avoir une vue d'ensemble. On dirait une maison sortie d'un vieux tableau et déposée là, sur le sable, la maison d'un consul ou de quelqu'un au titre tout aussi incompréhensible, un maître d'équitation, peut-être, qui vit seul et isolé avec ses sept filles et leurs sept chiens dans une forêt profonde quelque part où la mer gèle en hiver. Ils organisent des excursions en patins à glace et chassent, quelqu'un se fait tirer dessus par erreur et le sang coule, rouge sur la glace. Elle se secoue pour se débarrasser de cette image. Kallas arrive derrière elle et pose sa main sur son cou.

— Tu vois maintenant ce que je voulais dire ?

Il sourit, l'embrasse sur les cheveux. Elle hoche la tête.

— Je comprends. Comme un palais.

Dans la cuisine, Lafayette remue le contenu d'une marmite. Il règne une forte odeur de tomate et d'ail, de vin rouge. Ses longs cheveux lui tombent dans les yeux et India pense un instant qu'il ressemble à un adolescent. Les pieds nus et la chemise lilas, un symbole suspendu à un cordon de cuir à son cou. Il s'illumine lorsqu'il les voit, salue en agitant un torchon. India lui fait un grand sourire et le salue en retour avant de parcourir l'imposante cuisine du regard. Il y a des petits citrons verts sur un plat, des raisins et des pomelos, de grosses brassées d'herbes aromatiques dans des vases en métal et des fleurs séchées dans des bocaux de verre, de l'argenterie et du cristal et d'énormes marmites brillantes sur les murs. La richesse est partout. Son regard s'arrête sur quelque chose au plafond. Une peinture. Léda et le cygne, peints à la chaux dans des tons rouges. Le cou du cygne s'enroule le long de la rosace du plafond et Léda tend ses bras suivant un angle étrange, essayant d'attraper quelque chose, un couteau de cuisine ?

— Tu n'étais encore jamais venue ici ?

Elle sursaute. Lafayette se tient à côté d'elle, penche sa tête et l'embrasse rapidement sur la joue.

— C'est tellement...

— Je sais

Lafayette lui sourit.

— On s'y habitue, dit-il. Un jour, on se réveille et on a oublié ce que coûtent les choses.

India regarde Desma et Kallas de l'autre côté de la pièce. Ils sont tout excités, enthousiastes comme des enfants trop fatigués. Ils ont balancé les sacs par terre et tentent ensemble d'ouvrir une bouteille de vin dont le bouchon paraît coincé. Kallas tient la bouteille et Desma tire, cela a l'air comique, ils se moquent d'eux-mêmes. Pour finir, le bouchon se détache avec un pop sourd et ils s'applaudissent. Lafayette et India demeurent l'un à côté de l'autre et les observent. Desma remplit des verres brillants aux pieds carrés. India prend l'un d'eux et le fait tinter contre celui de Lafayette.

— Vous êtes ici, dit Desma avec un grand sourire. Santé.

Ils lèvent leurs verres.

Ils sont assis autour d'une table dans le jardin. India a l'impression d'être sur une île, la nuit, entourée de masses d'eaux sombres qui s'étendent vers l'horizon. Elle regarde autour d'elle. Près de la clôture, l'épaisse brume marine ondule doucement, tel un rideau en coton dans une chambre d'enfant. Dans les arbres sont suspendues des lanternes en verre. La lumière est chaude, saturée, comme dans un lieu enchanté où un essaim de lucioles serait prisonnier d'une boule de verre. Les lanternes éclairent le feuillage sombre, des feuilles vert foncé en forme de cœur qui s'enroulent autour des troncs. L'odeur de la brume et du sable mouillé arrive de la mer derrière les arbres.

De la marmite s'échappent des effluves de lentilles et de sauge. Lafayette rompt le pain en gros morceaux et le distribue. Ils mangent et boivent. Pendant un moment, tout est silencieux, solennel. India prend une bouchée de pain, étonnamment affamée, bien qu'ils aient mangé avant le voyage. C'est une faim vorace qu'elle associe aux jours qui suivent une maladie grave. On se rince les cheveux à l'eau froide pour s'en débarrasser et devant le réfrigérateur on se sert directement dans les bols et les emballages qui s'y trouvent, comme pour apaiser un parasite insatiable que la maladie aurait laissé dans l'estomac. On fend une grenade pour en sucer le jus.

— Kallas t'a-t-il déjà raconté comment nous nous sommes rencontrés ?

C'est Desma qui l'interroge. Elle observe India de l'autre côté de la table.

Le regard d'India vacille : elle était absorbée dans ses pensées, la question la surprend.

— Oui, mais raconte-moi quand même, dit-elle en souriant à Desma par-dessus les bougies.

— Tu sais que la mère de Kallas a grandi au bord de la mer, dit-elle.

India hoche la tête.

— Nos mères venaient du même quartier, poursuit Desma. Mais elles ne se connaissaient pas à l'époque.

— Pourquoi ? demande India.

Desma jeta un coup d'œil à Kallas.

— La mère de Desma avait des professeurs particuliers, la mienne allait à l'école publique comme tout le monde, dit Kallas en ricanant.

Desma rit avec lui, secoue légèrement la tête.

— Il y a une rue qui traverse le quartier où nos mères ont grandi, dit-elle. D'un côté, il y a les villas.

— Et de l'autre, les immeubles de location, complète Kallas.

— Les enfants des villas restaient dans les villas, explique Desma.

— Ils ne devaient pas se mêler à la crasse des immeubles, ajoute Kallas en se penchant vers une des bougies pour allumer une cigarette.

— On peut aussi le formuler ainsi, admet Desma. Par conséquent, ce n'est que de nombreuses années plus tard, après avoir emménagé en ville, une fois adultes et devenues mères, qu'elles ont appris à se connaître. Pendant qu'elles suivaient leur formation d'infirmière.

Desma tend le bras vers son verre.

— C'était la guerre partout à cette époque, sauf que tu es trop jeune pour t'en souvenir, je suppose ?

India acquiesce, un peu anxieusement, se dit-elle, l'air de s'excuser.

— Ma mère avait décidé de devenir infirmière, bien qu'elle n'aurait jamais eu besoin d'un salaire. Elle avait eu l'idée de travailler dans un hôpital de campagne, à la frontière. Pour une raison inconnue, elle s'était imaginé être une personne noble.

Kallas rit sèchement. Desma fait un signe de tête comme pour renchérir.

— L'école était dans un vieux bâtiment en briques entouré d'un parc, poursuit Desma. Il était plutôt agréable, touffu et étendu. J'avais l'habitude de m'y rendre après la classe pour l'attendre. Je n'aimais pas rester toute seule à la maison.

— Pourquoi pas ?

— J'avais peur de tout à cette époque. C'était un endroit sinistre, là où nous habitions. N'est-ce pas, Kallas ?

— C'était un château et il n'y avait jamais le moindre adulte.

— Un château hanté, donc.

— Continue, intervient India.

— Je n'aimais pas être seule dans le château hanté, reprend Desma. Alors je m'achetais quelque chose à manger sur le chemin et j'allais attendre ma mère après l'école.

— Et alors ?

— J'avais remarqué qu'il y avait un garçon qui sortait toujours de l'auditorium avec les femmes. Il était plus jeune que moi, mais semblait vieux à l'intérieur, si tu vois ce que je veux dire ? Il avait l'air d'un petit monsieur, propre sur lui et sérieux.

India hoche la tête, regarde Kallas, affalé contre le dossier de sa chaise, souriant à Desma, la cigarette un peu lâche au coin de ses lèvres.

— Alors, un jour, je lui ai offert un caramel, dit-elle. Et depuis, on traîne ensemble.

— Ce n'était pas un caramel, c'était une boîte de raisins secs, proteste Kallas.

— Ça fait mieux avec un caramel.

— Falsificatrice historique, objecte Kallas en levant un doigt en l'air.

— Chicaneur, lui rétorque Desma en souriant.

— Tu as commencé à venir me chercher après l'école, reprend Kallas. Et alors on se raccompagnait, parfois jusqu'au château hanté, parce qu'il y avait tout là-bas, mais le plus souvent chez moi, parce qu'il y avait une présence adulte.

Desma acquiesce.

— Où habitais-tu ? demande Lafayette.

— Tu connais le quartier d'immeubles près du musée militaire ?

Lafayette hoche la tête, il voit parfaitement.

— Nous habitions là, dans un deux-pièces, ma mère et moi.

— J'ai commencé à rester dormir aussi souvent qu'ils le permettaient, dit Desma. À la fin, j'avais ma propre brosse à dents et un pyjama, offerts par ta mère.

Elle se tait et regarde ses mains. Quelque chose de lourd s'installe autour de la table, une ancienne douleur profonde qui, l'espace d'un instant, semble complètement nouvelle.

— Paix à son âme, dit Desma en levant les yeux.

— Paix à son âme, renchérit Kallas.

Ils sont au bord des larmes et tous les deux secouent rapidement la tête d'un seul corps, s'essuyant les yeux avec leurs manches avant de regarder autour d'eux, comme si de rien n'était.

— Encore du vin, quelqu'un ? demande Desma.

Tout le monde tend le bras vers son verre. Pendant un court instant, le bruit de la mer s'entend très clairement, comme s'ils y étaient, laissant les vagues se briser sur leur poitrine. Un couteau posé sur la table attrape l'éclat de la bougie et étincelle. India a envie de promener son doigt sur le fil. Elle ferme les yeux une seconde avant de se tourner vers Kallas. Il est assis à côté d'elle, perdu dans un passé inaccessible. Elle veut se pencher pour le réconforter, mais se ravise. Lafayette redresse le dos, se racle la gorge et se met à parler.

— Savez-vous que je portais un couteau, enfant ?

Les autres rient, un peu hésitants.

— Je suis sérieux, poursuit-il. Vous croyez peut-être que j'étais un gamin introverti et solitaire, assis dans un coin à empiler des choses, mais la vérité, c'est que c'était tout le contraire. J'étais énergique et toujours entouré de monde. Ce n'est que plus tard que je suis devenu ainsi.

India rit brièvement et Desma fait un mouvement nerveux de la main.

— Que faisais-tu avec un couteau ?

C'est Kallas qui pose la question. India voit les éclairs dans ses yeux.

— Je menaçais les gens avec, principalement. Sauf une fois.

— Lafayette, est-ce que tu es obligé de raconter cette histoire-là ?

Desma le scrute avec inquiétude et Lafayette lui serre la main.

— Laisse donc, ce sont nos amis.

Kallas observe Desma de l'autre côté de la table. Il y a quelque chose de l'ordre du défi dans son regard, comme lorsqu'il essaye de dire quelque chose sans parler. Le charme discret de la bourgeoisie, India l'entend dire dans sa tête, une phrase qu'il a prononcée tellement de fois qu'elle commence à avoir l'allure d'un proverbe.

— Oui, laisse-le donc, Desma, dit Kallas.

India lève les yeux de son assiette et croise ceux de Lafayette de l'autre côté de la table. Ils se sourient brièvement. Puis Lafayette se tourne vers Desma, lui caresse doucement la joue. Desma s'adosse sur sa chaise et jette la serviette en tissu qu'elle tient à la main. Elle attrape son verre de vin, abandonne. Et alors Lafayette entreprend de raconter.

— C'était l'hiver de mes treize ans. Tout avait gelé, même le fleuve. Nous nous penchions par la fenêtre de la cuisine pour faire tomber les stalactites de la gouttière sur la façade. Nous nous les mettions dans la bouche en faisant semblant de fumer, bien que nous ayons déjà commencé à fumer réellement, mon frère et moi. Nous avions un paquet de cigarettes bon marché aplati caché sous le matelas. Je me rappelle l'étiquette, c'était la photo d'une grande maison, avec des flèches et des tours, et le texte courait en quelque sorte sur la façade. Dans la salle de bain, les tuyaux avaient gelé, je me souviens de notre père qui faisait bouillir de l'eau sur la cuisinière pour nous laver.

— Et le couteau ?

Kallas a l'air impatient, presque autoritaire, comme s'il craignait que Lafayette se défile et se mette à raconter quelque chose de complètement différent, une bataille de boules de neige sous les lampadaires de la place de l'hôtel de ville une nuit d'hiver où le ciel était très bas. Lafayette lève une main, voulant retenir Kallas, calmer son empressement.

— Le couteau, je l'avais toujours avec moi. Il était glissé dans une poche spéciale de mon pantalon et parfois, je passais la main dessus pour m'assurer qu'il était toujours là.

— Pourquoi l'avais-tu ? demande India en remarquant sa voix un peu sévère, comme celle d'une maîtresse d'école.

— J'avais peur de tout à cette époque, dit-il.

— Moi aussi, dit India en essayant d'atténuer la sévérité de sa voix. C'est encore le cas. Je vois des fantômes partout. Même si je suis adulte désormais.

— Exactement comme Desma, dit Lafayette. Peur de tout.

Il embrasse Desma rapidement sur la joue.

— Mais contrairement à vous, j'ai été guéri de mes peurs dès l'enfance. Je suis devenu ami avec une bande d'enfants du quartier. Nous achetions des bonbons dans la même boutique et nous allions à la même école. C'étaient des personnes extraordinaires, qui n'avaient peur de rien. Alors je suis devenu l'un d'eux. Je me suis réveillé un matin et je n'avais plus peur de rien.

Il se tait un instant, regarde la table.

— Ils me manquent toujours.

— Vous avez perdu le contact ? demande India

Il secoue la tête de manière presque imperceptible.

— Quand nous étions petits, nous jouions comme des sauvages, nous mettions des radeaux à l'eau sur le fleuve et nous escaladions les arbres les plus hauts où nous restions jusqu'à ce que le soleil se couche et que nos mères commencent à nous chercher. Nous pouvions les entendre crier nos noms dans tout le quartier.

— Comment s'appelaient-ils ? interroge Kallas comme s'il remplissait un registre ou un rapport pour les services secrets. Tes amis.

— Castro, Ramona et Adnan, répond Lafayette mécaniquement, comme s'il donnait son propre nom.

— Et alors ? demande India, tendue.

Elle regarde Desma, qui a l'air triste, liée à quelque chose qu'il est impossible d'énoncer à voix haute.

— Ils nous gardaient à l'intérieur après l'école, à cause du froid, n'osaient pas nous laisser aller sur la glace. Je me souviens qu'ils nous surveillaient avec des regards de faucons afin de nous empêcher de sortir en cachette. Quand nous avons enfin réussi à nous rendre sur le fleuve gelé, un jour particulièrement froid où nous avions berné tous les adultes en disant que nous allions les uns chez les autres, nos pères ont surgi de nulle part dans la vieille Fiat du père d'Adnan. Ils étaient affolés, malades d'inquiétude, mais comme c'étaient des pères, ils n'ont pas été soulagés lorsqu'ils nous ont vus, mais en colère. Mon père nous a poussés sur la banquette arrière de la voiture, où le père de Ramona nous a grondés jusqu'à ce que nous nous mettions à pleurer comme des bébés.

Il glisse son regard sur la nappe tachée et puis plus loin, en direction de la mer.

— Après ça, nous sommes restés enfermés après l'école, nous rentrions toujours droit chez Castro, où nous étions sous la surveillance de sa mère, qui gardait de toute façon sa petite sœur à la maison.

Desma se penche par-dessus la table et attrape une cigarette dans le paquet de Kallas. Lafayette saisit son autre main et promène son doigt sur son alliance.

— Nous étions couchés sur le sol du salon à écouter de la musique. Parfois, la mère de Castro nous apportait des casse-croûtes. Le temps s'écoulait lentement et l'hiver durait. Nous étions sur le point de mourir d'ennui. Alors, pour finir, nous avons commencé à conspirer.

India le regarde avec des yeux ronds. Elle est de retour dans sa chambre de petite fille, où elle passait tous ses après-midi à lire des romans policiers, elle a treize ans, elle souhaite avoir un couteau, mais n'en aura jamais. Comme si tout ce que Lafayette racontait lui rappelait cette époque révolue.

— Il y avait un garçon un peu plus âgé, il avait peut-être quatorze ou quinze ans, qui avait l'habitude de traîner dans le parc juste à côté de notre école. Il était grand et costaud, il avait l'air d'un adulte, mais avec une moustache clairsemée et des mains bien trop grandes. Chaque jour, nous étions forcés de passer devant lui en rentrant de l'école et il nous insultait et nous jetait parfois des pierres, de grosses pierres. Une fois, il nous a frappé, Adnan et moi, en plein visage, avec son poing, sans aucune raison.

Il sourit, regarde les autres.

— Il a dit que nos mères étaient des putes et qu'il allait faire des choses à nos sœurs. Je me souviens que je le détestais, à la fois pour ce qu'il disait et parce qu'il me faisait penser à ce qu'on pouvait faire à nos sœurs.

Il se tait, comme s'il cherchait quelque chose, un fil rouge distendu qui le ramènerait à son souvenir.

— Oui, et donc, nous avons décidé de le punir. C'était comme si le sang s'était réchauffé en nous après toutes ces journées silencieuses et monotones à côté du radiateur dans le salon de Castro. Comme si toute l'énergie que nous avions l'habitude de dépenser en courant dans les rues ou en allumant des feux dans le port débordait et bruissait dans nos oreilles. Alors, au lieu de grimper à un arbre et d'y rester, nous avons décidé de devenir des meurtriers.

India croise le regard de Lafayette. Elle voit du coin de l'œil Kallas se redresser et s'avancer sur sa chaise. Pendant un instant, on aurait dit qu'il allait basculer et entraîner la table avec lui, faisant tomber les assiettes, les chandeliers et les cendriers qui rouleraient dans l'herbe.

— Qu'est-ce que vous avez fait alors ? demande-t-il, l'air fébrile.

Lafayette hésite une seconde avant de poursuivre.

— Nous avons sorti mon couteau et nous l'avons astiqué. Nous avons tiré au sort pour savoir qui allait le tenir et le hasard a voulu que ce soit moi. Puis nous avons dit à la mère de Castro que nous allions à la boutique acheter quelque chose, je ne me rappelle plus quoi, des gâteaux ou des chips, du chocolat au lait. Elle était fatiguée, vraiment fatiguée, je me souviens de l'air qu'elle avait. Elle s'était occupée de nous quatre et d'un bébé, sans interruption pendant plusieurs semaines, elle était épuisée. Alors elle se fichait de savoir ce que nous allions faire. Je me rappelle qu'elle s'est assise à la table de la cuisine et a allumé une cigarette, poussant un soupir de soulagement, appréciant sûrement d'avoir un moment pour elle. Oui, et puis on est partis. Droit jusqu'au parc, joyeux et exubérants, mais peut-être en réalité terrorisés. Je me souviens avoir eu un goût de sang dans la bouche toute la journée.

India agrippe la main de Kallas sous la table.

— Et ce garçon, notre victime, il était là, dans le froid, comme un géant réchauffé par un feu corporel intérieur qui n'était peut-être que la puberté. C'était en tout cas un feu différent de celui qui nous habitait. Il ne se souciait de rien. Pour lui, le monde était de la merde. La vie était de la merde.

Il se tait un instant, allume une cigarette.

— Je tenais le couteau caché dans ma petite poche, mais ma main était constamment posée dessus, toute raide et moite. Lorsque nous sommes arrivés au coin où il se trouvait, Ramona a dit quelque chose pour le provoquer, je ne me rappelle plus quoi, mais ça a dû fonctionner parce qu'il s'est jeté sur nous, comme s'il avait pensé nous dévorer tous les quatre d'un coup.

Lafayette laisse son regard glisser sur eux. Il les tient sous l'emprise de la violence de l'histoire.

— Et c'est alors que j'ai sorti mon couteau et que je l'ai poignardé dans le ventre.

Ils le dévisagent, les yeux écarquillés.

— Ça saignait ou plutôt ça pissait le sang. Je me souviens juste de la couleur, que tout était devenu rouge, et puis on a couru. Je regardais mes chaussures qui étaient poisseuses et mes mains qui n'étaient plus les miennes. Nous avons couru sans nous arrêter pour rentrer chez Castro et nous nous sommes enfermés dans la salle de bain. Sa mère est venue frapper à la porte et a demandé si tout allait bien. Nous avons laissé le robinet ouvert. L'eau coulait sur mes mains et nous ne disions rien. J'ai essayé de frotter le sang de mes chaussures, mais je pouvais à peine voir, mes yeux vacillaient comme le reste de mon corps. Je n'avais plus de contour, plus de chair, j'avais l'impression d'être irréel, si vous voyez ce que je veux dire.

— Et après ? demande Kallas.

— Après, les heures ont passé et tout le monde est rentré chez soi, nous nous sommes salués d'un signe de tête à un coin de rue, complètement silencieux et glacés de terreur, nous avons couru pour monter les escaliers vers nos appartements où nos mères attendaient avec nos frères et sœurs pour le repas, et nous avons mangé et répondu aux questions sur l'école et puis ça a sonné à la porte.

La voix de Lafayette est rythmée, douce. India se sent hypnotisée et a trop chaud. Elle a envie de plonger sa tête dans un seau d'eau froide. Au lieu de cela, elle lève son verre de vin et le porte à son front.

— La police voulait d'abord parler à mes parents et ensuite avec moi. Je me souviens du coup d'œil que m'a lancé ma mère lorsqu'elle est sortie de la cuisine, où elle avait offert aux policiers du café et des gâteaux aux amandes. Comme si j'étais un changelin, une sorte de furoncle qu'elle souhaitait avoir supprimé quand elle en avait eu l'occasion. Et de mon père, qui refusait de croiser mon regard, mais dont les mains tremblaient d'une fureur sans pareille.

— Et quand ils t'ont parlé alors ? demande Kallas.

— Notre victime avait été trouvée par la femme qui possède le kiosque à journaux juste à côté de notre école, vous savez, celui qui se situe devant le parc de la ville ? Tu dois passer devant lorsque tu vas au travail, India.

Elle hoche la tête et visualise la femme âgée.

— Elle avait appelé une ambulance puis la police et avait accompagné le garçon à l'hôpital. Il avait survécu, mais avait perdu beaucoup de sang, alors la police avait centré l'enquête sur une tentative d'homicide.

— Qu'est-il arrivé après ? demande India en se penchant en avant.

— J'ai juste tout avoué, j'ai pleuré et pleuré, et quand ils m'ont demandé d'aller chercher le couteau, je l'ai fait. Ils l'ont glissé dans un sac en plastique transparent, qu'ils ont scellé avant de le mettre dans leur mallette. Puis ils ont fait entrer mes parents et leur ont expliqué comment les choses allaient se dérouler.

— Et alors ?

— Alors mon enfance s'est terminée et j'ai passé trois ans en centre de détention pour mineurs.

Lafayette les regarde avec un sourire triste, puis s'affaisse sur sa chaise avant d'empoigner son verre de vin. India ne peut que le dévisager. Du coin de l'œil, elle aperçoit Kallas. Il est penché sur la table, semble pousser un soupir de soulagement.

— Pourquoi ne me l'as-tu jamais raconté avant ? demande Kallas en tendant la main vers Lafayette, lui attrapant le bras.

Lafayette hausse les épaules, ressemblant un instant à un petit enfant.

— C'est comme d'avouer être un imposteur, dit-il. Tu comprends ce que je veux dire ?

— Je comprends, répond Kallas. Tu le sais bien.

— Comme si j'avais dû être pendu, dit Lafayette, mais qu'au lieu de ça je suis assis ici.

Les hommes se regardent par-dessus la table.

— C'est une vraie chance que nous n'ayons pas été pendus tous les deux, dit Kallas en souriant à Lafayette.

Dans ce sourire se cache une profonde tristesse. India détourne les yeux, contemple la nappe. Elle voit Lafayette prendre la main de Kallas. Quelque chose respire autour d'eux. Le silence est total, à part la mer qui bruisse. Ils sont entrés dans un lieu auquel ni Desma ni elle n'ont accès. Un endroit où il s'est joué des choses qu'elles ne pourront jamais comprendre. India reste assise, complètement immobile, essayant de faire durer l'instant, consciente qu'elle se trouve peut-être aussi près de la vie secrète de Kallas qu'elle ne le sera jamais. Elle ferme les yeux. Elle voit le petit appartement non loin du musée militaire. Les longues journées et les courtes nuits. La belle-mère qui arrange quelque chose sur la table. Le thé et les rideaux qui gonflent. Kallas sur le sol devant la télé. Une horloge sonne quelque part et l'instant est terminé. India lève la tête et aperçoit Desma. Elle a mis ses mains sur ses yeux et reste ainsi assise, refermée sur elle-même.

Kallas attrape les cigarettes, en allume deux et en tend une à Lafayette. Autour d'eux, l'humidité de la nuit descend sur l'herbe et s'installe. India se renfonce dans sa chaise, ferme les yeux très brièvement. Kallas dit quelque chose qu'elle ne saisit pas vraiment, qui fait ruisseler le rire de Lafayette. Elle les imagine enfants, parcourant les rues de leurs quartiers respectifs. Elle ouvre les yeux. De l'autre côté de la table, Desma a laissé retomber ses mains et fixe maintenant les flammes des bougies. Elle cligne doucement des yeux, comme perdue dans de vieux souvenirs.

India se sent comme sous l'effet de drogues ou de médicaments, elle a trop bu. Elle se pince les joues, le regard toujours rivé sur Desma. La nuit se rapproche de plus en plus. Elle la voit arriver. Desma semble se secouer pour se débarrasser de quelque chose. Elle se tourne ensuite vers Kallas avec une remarque. Il rit, d'un petit rire forcé qui ne résonne pas. India essaye d'entendre ce qu'ils disent, mais n'y parvient pas.

Elle se lève, les autres la regardent. Elle veut aller ouvrir une fenêtre, ayant oublié un instant qu'ils sont assis dans un jardin, avec le ciel très haut au-dessus d'eux. Il est difficile de respirer, comme dans une cave avec des murs recouverts de tissus.

— India, ça va ?

C'est Desma qui pose la question.

India fait un geste négligent de la main, leur sourit. Elle quitte ensuite la table et s'éloigne dans le jardin, où tout est dans l'obscurité. Elle distingue le contour des roses, des buissons, et puis celui des arbres qui s'étirent vers le ciel noir. Là-haut, la lune de sang est suspendue. *Le seul ordre que Desma connaît est celui des corps célestes*, a dit Lafayette plus tôt dans la soirée en montrant Vénus, l'étoile Polaire et la ceinture d'Orion. *Là-haut, vous voyez ses dieux*. Quelque chose s'ouvre à l'intérieur d'India, une fleur maléfique, elle le sent clairement, une prémonition. Elle attrape l'amulette en argent accrochée autour de son cou, prononce une brève incantation qu'elle a gardée de son enfance, trois mots que sa grand-mère croyait capables d'éloigner le mal. Là-bas à la table, une conversation bruyante est engagée. La voix rocailleuse de Kallas et la chaleur de celle de Desma. India regarde dans cette direction. Elle les voit gesticuler. La nappe, le couteau et le pain. L'eucalyptus dans son vase. Un cercle de vin rouge là où son propre verre était posé. Lafayette est resté assis et fume lentement pour lui seul.

— Santé, crie India.

D'abord, ils ne l'entendent pas, mais lèvent la tête et l'aperçoivent là où elle se tient entre les arbres. Ils attrapent leurs verres et trinquent dans le noir.

— La bouteille est vide, dit Desma prête à se lever.

— Reste assise, dit India. Je vais en chercher une autre, dis-moi juste où.

Kallas tend la main par-dessus la table et rallume une bougie qui s'est éteinte. Lafayette semble épuisé, distrait.

— Dans l'arrière-cuisine, dit Desma. Tout au fond sur la gauche.

India hoche la tête, traverse l'herbe humide de rosée. Elle enlève ses sandales sur la terrasse et marche pieds nus dans la maison. Dans la cuisine, elle tâtonne dans le noir, ne voulant pas allumer le plafonnier. Elle passe les doigts sur les bouteilles de vin, les lève à la lumière de la lune, l'une après l'autre, jusqu'à ce qu'elle en trouve une avec la bonne étiquette, avant de la porter en bas de l'escalier de pierre et à travers le jardin, balancée sur son épaule comme un trophée de chasse.

— Je m'asseyais toujours dans la voiture quand il y avait de l'orage, mais plus maintenant, entend-elle Desma déclarer lorsqu'elle s'approche de la table.

India lève la bouteille de vin et sourit en signe de triomphe.

— Quelqu'un veut-il aller se baigner ? demande alors Kallas.

Desma se lève aussitôt, comme si son corps avait le temps de dire oui avant qu'elle n'y pense. India se met à rire, pendant une seconde, tout lui semble grotesque.

— Je reste ici, dit Lafayette.

— Sûr ?

Kallas pose la main sur son épaule et Lafayette hoche la tête, posant sa main sur la sienne. Desma ouvre la bouteille de vin qu'India lui a tendue. Elle verse un verre à Lafayette et l'embrasse rapidement sur la bouche.

— Il y a des serviettes de bain dans le placard de l'entrée, Kallas, dit-elle.

Kallas se dirige vers la maison. India l'observe comme s'il s'agissait d'une ombre. Desma attrape une lampe à pétrole accrochée à la branche d'un arbre tandis que Kallas revient en courant, les bras chargés de serviettes éponges blanches.

Ils laissent Lafayette à table. India le voit porter son verre à sa bouche et fermer les yeux. Il semble pousser un soupir de soulagement, comme s'il avait envie d'un peu de solitude. Elle reconnaît sur son visage l'expression qu'a Kallas après leurs longues conversations impossibles au cours desquelles il a raconté quelque chose d'affreux sur lui-même.

Kallas crie son nom. Elle sursaute. Lui et Desma sont déjà sur le sentier de l'autre côté de la clôture. Elle fait un signe de tête à Lafayette et se précipite dans l'obscurité. Ils se dirigent vers la mer parmi les odeurs de résine et de plantes calcinées. Kallas et Desma se parlent à voix basse. India n'écoute pas, elle avance machinalement, attirée vers l'eau comme par une force magnétique. Dès qu'elle sent le sable sous ses pieds, elle retire sa robe. Elle marche seule et en silence vers la mer qui se trouve là où elle a toujours été, noire et complètement immobile sous le ciel étoilé. Elle entre dans l'eau, suit le chemin que la lune dessine, une voie jaune d'or scintillant dans la nuit noire. Quand l'eau lui arrive à la taille, elle plonge, droit dans les ténèbres. Elle pense qu'elle nage dans les flots amers du Styx, en route vers les Enfers. Elle l'imagine. Des algues et des coraux. Elle ouvre la bouche et l'eau s'y précipite. Ça a un goût de sel, elle avale. Elle fait glisser ses mains sur les algues et les rochers, laisse son corps effleurer le sable. Lorsqu'elle remonte à la surface, les autres sont autour d'elle, ils rient et s'éclaboussent comme des enfants, heureux de cette façon archaïque de flotter dans la mer alors que le ciel est noir et que tous les autres dorment, quand la terre est terre et rien d'autre.

Elle nage un peu plus loin, jusqu'à ce que l'eau commence à être froide contre ses jambes et que quelque chose dans son corps lui dise de faire demi-tour. Elle s'est éloignée des autres, entend leurs voix au loin, et voit soudain un phare quelque part, son bruit triste et le cône de lumière qui balaye la nuit. Elle revient vers la plage, s'assied au bord de l'eau dans sa culotte mouillée. Ses cheveux tombent lourdement dans son dos, et ses doigts et sa poitrine la picotent, elle entoure ses genoux de ses bras, ferme légèrement les yeux. Un moment s'écoule. On dirait que quelqu'un l'espionne depuis les dunes. Elle se débarrasse de cette impression, fronce les sourcils. Quelqu'un crie et elle tourne la tête dans cette direction. L'instant d'après, Desma et Kallas surgissent devant elle. Desma est appuyée contre Kallas, une jambe levée.

— Elle s'est coupé le pied sur un rocher, dit Kallas, presque excité - c'est un garçon incapable de se contenir, involontairement exalté par toutes formes d'effusions de sang tant que ce n'est pas lui-même qui saigne.

— Aidez-moi juste à revenir à la maison, demande Desma, d'un ton fatigué.

Ils avancent, très lentement et avec difficulté, dans le sable sec, leurs vêtements enroulés autour de leurs épaules. India enfile sa robe.

— Je vais courir devant chercher un bandage, dit-elle en s'élançant, se sentant comme un petit animal rapide, ivre de son bain de nuit et du vin.

— Desma s'est blessée ! crie-t-elle dès qu'elle aperçoit Lafayette, assis exactement là où ils l'ont laissé.

— Rien de grave ! ajoute-t-elle en voyant son visage terrifié à la lueur des bougies. Elle s'est coupé le pied sur un rocher.

Lafayette secoue la tête, lui sourit.

— Ce n'est pas la première fois, dit-il. Elle se baigne toujours comme si elle était immortelle.

India lui sourit à son tour.

— Est-ce qu'ils rentrent ?

India acquiesce.

— Je vais aller les aider.

Lafayette disparaît en direction de la mer et India trottine vers la maison. Dans la cuisine, leurs sacs sont toujours posés juste derrière la porte. Elle enfile un des pulls de Kallas et traverse la grande maison jusqu'à ce qu'elle arrive à la salle de bain. Dans un placard, elle trouve une bande de gaze et de l'alcool. Elle aperçoit un bol en métal caché derrière une rangée de boîtes de comprimés. Elle le remplit d'eau tiède au robinet, croise son propre regard dans le miroir.

Lorsqu'elle revient dans le jardin, les autres sont déjà là. Kallas allume les bougies et verse du vin dans les verres. La mer s'entend clairement maintenant, accompagnée d'un sifflement dans les arbres, comme si, sans crier gare, ceux-ci avaient commencé à chuchoter à propos de l'automne. Lafayette s'assied sur une chaise en face de Desma et attrape son pied, l'inspecte du mieux qu'il peut dans l'ombre. India pose l'alcool et la gaze, se place à côté de Lafayette comme une infirmière qui attend les ordres. Kallas lui tend un verre de vin. Elle lui sourit, en boit une gorgée.

— J'aurais aimé que nous ayons de la camomille, dit Lafayette.

— Espèce de vieux sorcier, dit Kallas tendrement.

India entend son sourire, s'appuie contre son épaule. Kallas se penche et l'embrasse.

— Ça fait mal ? demande Lafayette.

— Mais non, dit Desma à travers la douleur.

Lafayette baigne son pied dans l'alcool et le laisse sécher, avant de soigneusement le bander avec la gaze, bien serrée. Il se lève et repose doucement le pied de Desma sur la chaise où il était assis. India lui tend un verre de vin.

— Santé, dit India.

— Santé, dit Lafayette.

— Quelle soirée, mes amis ! s'exclame Desma.

La lune est suspendue au-dessus d'eux, mais elle éclaire au-delà des thuyas, une traînée jaune ardent à l'horizon qui monte encore et encore.

C'EST À PEINE SI ELLE A DORMI. Elle a vu le matin émerger de la mer avec le soleil et tout noyer dans une lumière laiteuse, réveillant les enfants et les chiens et forçant les insomniaques qui ont veillé toute la nuit à regarder par la fenêtre en plissant les yeux. Maintenant, elle entend le soleil dehors, c'est une tonalité profonde qui se trouve toujours à l'intérieur de tout, inaudible, hormis les jours comme celui-ci, lorsque les rayons du soleil martèlent le sol, frappant jusqu'à ce que la terre cède et s'adoucisse pour s'ouvrir à la chaleur et se liquéfier jusqu'au magma.

Elle regarde Kallas. Il dort et scintille sous le soleil, presque irréel au milieu des oreillers blancs. Elle étudie son visage, ses sourcils noirs parfaits, et son arc de Cupidon, à l'image d'un chérubin. Et puis ses yeux, toujours en mouvement, même lorsqu'ils sont fermés. On dirait qu'il chasse quelque chose derrière ses paupières. Des yeux qui voient tout et s'abreuvent de tout. Elle pose sa main sur sa poitrine, l'épaisse forêt noire qui s'y trouve chatouille la paume.

— Tu es réveillée, dit-il.

Sa voix est un peu rouillée après toutes les cigarettes. Elle hoche la tête, caresse son front. Il l'attrape dans ses bras, la serre fort, le duvet bruisse entre eux et elle reconnaît son odeur, la chaleur de ses mains lorsqu'il saisit sa nuque et la regarde.

— Les puits noirs de tes yeux, dit-elle en essayant de ne pas rire.

— Le velours de tes lèvres, le parfum de rose de tes mains, répond-il avec un sérieux feint.

Ils s'embrassent longuement, tout ensommeillés. Elle se blottit contre son torse et chuchote quelque chose, s'agrippant à ses épaules. Il presse sa bouche contre ses cheveux, la soulève pour qu'elle s'allonge sur lui. Sous elle, elle sent sa chaleur, ferme les yeux, reconnaît son goût dans sa bouche, a envie de le mordre, mais se ravise. Son corps est lourd, terrestre. Ils restent étendus ainsi. Il attrape sa taille, ses bras. Un moment s'écoule.

Elle se lève, ensuite, et se dirige vers la fenêtre. Ses jambes flageolent, pareilles à du caoutchouc, et elle ressent des picotements au bout de ses doigts. Elle pose ses coudes sur le rebord de la fenêtre et respire. L'air est doux et sucré. Dans le jardin, la table, telle qu'ils l'ont laissée. Les tasses à café, les verres de vin et les miettes de gâteaux. Les noyaux de cerises. Les bougeoirs et les cendriers. La nappe est tachée, des motifs rouge sang-de-bœuf et gris soufre qui s'enroulent comme des serpents, la trace de leurs doigts collants. Elle se retourne et regarde Kallas, désireuse de revenir s'allonger auprès de lui, de s'enfoncer dans le sommeil qui l'attend peut-être, mais au lieu de cela, elle attrape sa robe de la veille et l'enfile par la tête. Odeur de fumée et de peau, avec un reste de parfum. Elle met ses bijoux, passe sa main dans ses cheveux.

— Il faut que je sorte, dit-elle.

— Je sais, dit-il en souriant, les yeux à moitié fermés.

Elle se penche pour l'embrasser et aperçoit son visage dans le petit miroir accroché à côté du lit. Elle a généralement cinq visages, mais aujourd'hui, elle semble les avoir tous perdus. Ses yeux sont de travers et sa bouche a doublé de volume. Elle essaye de faire disparaître le maquillage sous ses yeux, se contemple avec étonnement avant de détourner le regard. Elle l'embrasse rapidement sur le front. Kallas se retourne dans le lit et tire un oreiller sur sa tête, se rendormant en une seconde.

Elle ouvre doucement la porte et se faufile à travers la maison, où tout semble encore assoupi. Des odeurs de sommeil arrivent de tous les coins, comme si la demeure elle-même dormait. Elle avance devant la chambre de Desma et Lafayette. La porte est peinte dans une nuance de rose chewing-gum, comme les murs et le sol à l'intérieur, elle le sait, car elle y a passé la tête la veille lorsqu'elle essayait de trouver la salle de bain et que la maison lui faisait encore l'effet d'un labyrinthe. Elle poursuit le long du couloir, mais s'arrête devant la porte fermée d'une chambre, où le nom de l'enfant de Desma est inscrit en noir sur un petit panneau de bois. Elle tente de s'imaginer le garçon qui a habité ici, mais ne parvient qu'à faire apparaître un visage d'enfant anonyme vu une fois sur une peinture à l'huile, rien ne relie cet enfant à Desma, ni ne le rend réel. Il doit être presque adulte maintenant, pense-t-elle, parce que Kallas était adolescent lorsqu'il est né.

Elle croit entendre un robinet couler quelque part, c'est le même bruit que la veille à l'université. Elle sent quelque chose de froid le long de sa colonne vertébrale, comme si elle était chatouillée par une toute petite main glacée. Elle se fige. Son cœur devient une pierre palpitante. Elle avance sans se retourner, descend l'escalier, traverse la cuisine et sort sur la terrasse aussi vite qu'elle le peut. Elle reste debout un instant et respire profondément. Ne parvient pas à reprendre le contrôle d'elle-même. Elle essaye de se débarrasser du sentiment d'être hantée où qu'elle se trouve, comme si un fantôme vivait dans sa propre chair. Une colonne de glace, de sa gorge jusqu'à son cœur.

Elle s'approche de la table où la nuit s'est déroulée. L'herbe est toujours humide sous ses pieds et, derrière les dunes, la mer gronde. Elle reste debout et regarde tout ce qu'ils ont abandonné, les fruits à moitié mangés et les bouteilles de vin à moitié bues, l'emballage plastique d'un paquet de cigarettes, les allumettes qui ont laissé des marques sur la nappe en lin blanc. Elle se penche en avant, attrape les verres et les assiettes, frotte la nappe pour ramasser la cendre et se tache les mains. Elle sort le bout de sa langue et effleure sa paume, comme par réflexe. Le même goût que les doigts de Kallas lorsqu'elle les avait dans la bouche. Elle pose la porcelaine et les bougeoirs sur un plateau en argent que quelqu'un avait laissé tomber dans l'herbe, au milieu de toute cette végétation. Puis elle porte avec précaution le plateau vers la maison, montant très prudemment l'escalier de pierre, une demoiselle d'honneur derrière une traîne infinie, pense-t-elle en fredonnant doucement pour elle-même la marche nuptiale.

Dans la cuisine, elle se lave les mains et se rince le visage à l'eau froide. Elle boit goulûment, comme s'il s'agissait d'une source fraîche et pure, sent qu'elle n'a pas l'habitude de cette eau claire qui n'a pas le goût de chlore et d'édulcorant de l'eau municipale. Elle lève son visage du robinet, ses cheveux dégoulinants, laisse ensuite l'eau couler sur ses mains jusqu'à ce qu'elles se solidifient dans leur forme habituelle. Le froid se répand à travers son sang, elle se sent transparente, gorgée d'eau. Roussalka, pense-t-elle.

Sur le rebord de la fenêtre se trouve un somptueux bouquet de lys rouges dans un vase en métal. La première fois qu'elle a vu Desma, elle portait une robe exactement de cette couleur. Elle s'en souvient clairement, parce qu'elle n'avait encore jamais connu personne comme Desma. Elle ne croyait pas que ce genre de personne existât réellement. Elle était entrée dans le bar bruyant, haut de plafond, et India l'avait reconnue bien qu'elles ne se fussent jamais rencontrées. Elle s'était arrêtée devant leur table. Elle se rappelle que Kallas était devenu silencieux, tendu. Desma avait pris le visage d'India à deux mains et lui avait donné un baiser de papillon sur le front. *Tu es merveilleuse*, avait-elle dit. *Elle est merveilleuse*, avait-elle répété en se tournant vers Kallas, comme si India n'était plus là. Et India était restée assise toute la soirée à les écouter. Desma était à la fois sérieuse comme une tombe et légère comme si elle avait déjà tout vu. Forcément, puisqu'elle avait vécu avant le temps même, India se souvient avoir pensé, une formation rocheuse rouge qui s'était trouvée au même endroit depuis une éternité et savait donc tout sur tout.

India fait couler l'eau chaude et lave les verres et les assiettes, fait mousser le produit à vaisselle. Elle aligne les verres mouillés sur un torchon posé sur le plan de travail. Elle lave la vaisselle avec des gestes rapides mais soigneux, absorbée par cette occupation, jusqu'à ce qu'elle entende Kallas descendre. Elle se retourne et le contemple, debout dans l'embrasure de la porte.

— Tu veux du café ? demande-t-elle sans attendre la réponse.

Elle trouve du café dans le placard puis demeure immobile, à regarder la cafetière à l'œuvre. Elle est aussi brillante qu'un miroir, comme si quelqu'un l'astiquait soigneusement chaque soir, elle voit son visage, toujours déformé dans le métal.

— Je crois que les autres dorment, dit-elle.

— Je viens d'entendre quelqu'un, dit-il. Dans la salle de bain.

La cafetière se met à crachoter et elle la retire de la cuisinière, verse le café huileux dans de petites tasses blanches et lui en tend une. Il est brûlant, mais Kallas le boit rapidement, puis repose la tasse sur le plan de travail à grand bruit, comme s'il s'agissait d'un comptoir de bar, avant de s'approcher d'elle. Elle appuie sa tête contre sa poitrine, humide sous sa chemise en coton. Ils restent ainsi, complètement immobiles, écoutant la mer un moment. Par la fenêtre de la cuisine, elle observe les visiteurs de la fin de l'été qui passent sur le sentier longeant la clôture. Des enfants et des adultes en route pour la plage, exubérants, mais en même temps déjà épuisés par la journée qui s'annonce.

Kallas prend ses mains et les essuie avec un torchon.

— Ça suffit les tâches ménagères pour aujourd'hui, Roussalka.

C'est lui qui l'appelle ainsi. Cela a commencé lorsqu'elle a grelotté à ses côtés un hiver entier, leur premier, alors que tout avait gelé en ville, comme dans le dernier souvenir d'enfance de Lafayette. Elle se remémore le fleuve figé et muet et leur promenade à sa surface, dans le froid intense. Cela craquait sous leurs pieds et leurs mains s'engourdissaient et ils avaient couru les derniers mètres qui les séparaient du vieux bistrot sur la rive opposée. Kallas avait alors commandé de la goulasch et des cornichons, servis dans de petits plats ventrus, ainsi qu'une boisson chaude dont elle avait oublié le nom. Elle se souvient avoir tendu les mains vers la flamme de la bougie et regardé Kallas de l'autre côté de la table. La lumière était belle et des ombres dansaient sur son visage, elle se rappelle qu'il était douloureux de le contempler, tout était trop, c'était monstrueux, fatidique et ridicule à la fois, son cœur voulait sortir de sa bouche et se jeter sur le sol, elle ne pouvait plus respirer. *J'ai froid*, avait-elle dit et il avait ri, l'avait traitée de coquette, *avec des manières bourgeoises*, mais quand il avait remarqué qu'elle claquait des dents et que son regard était brumeux, il avait haussé les sourcils. *Tu ressembles exactement à quelque chose que j'ai vu dans un film une fois.* Il avait tendu ses mains toujours chaudes et attrapé les siennes. *L'esprit de la mort déguisé en une femme noyée, une roussalka.* Elle avait regardé ses mains, d'une rigidité cadavérique et jaune foncé, lui avait demandé d'expliquer ce qu'il voulait dire. Et il lui avait parlé de cet esprit de la mort, errant, né des étendues sauvages couvertes de neige quelque part où la lune se reflète chaque nuit dans la glace, un esprit de l'eau scintillant qui se déguisait en femme, une sorte de démon de la vengeance qui hantait tous les hommes qui essayaient de le tuer.

Kallas remplit leurs tasses de café et l'entraîne dans le jardin. Il la fait s'installer au soleil sur l'escalier de pierre et lui tend son café. Autour d'eux, ils entendent de petits oiseaux et des voix lointaines, dans une senteur de sel et de fleurs. Elle boit son café, à l'amertume piquante. Tout bourdonne, mais de manière ensommeillée, comme si c'étaient les derniers jours. Bientôt, les fleurs vont se faner et la mer refroidir, on oubliera tout de ces journées chaudes. India aperçoit un bac à sable abandonné tout au fond du jardin. Il a l'air d'avoir été fabriqué à partir d'une bibliothèque et elle imagine comment Desma est allée à la plage pour chercher du sable, aller-retour après aller-retour, un seau rouge contre sa hanche.

— Où est son enfant en fait ? dit-elle.

Kallas la regarde.

— C'est bien un garçon, n'est-ce pas ?

— Je ne sais pas, dit Kallas. Enfin si, c'est un garçon. Je ne l'ai rencontré qu'une fois, alors qu'il venait de naître.

Il se tait, baisse la tête.

— Je suis allé les voir à la clinique. J'avais apporté des fleurs pour elle et un petit bonnet pour lui. Je me souviens qu'elle m'a demandé pourquoi je n'avais rien apporté à manger. *Kallas, je ne peux pas manger des roses*, avait-elle dit.

— Elle avait raison, dit India en souriant

Il rit brièvement.

— Je n'étais qu'un garçon moi-même, je ne savais rien d'autre que ce que j'avais vu dans les films, un homme qui rend visite à une mère venant d'accoucher à la maternité, un bouquet de fleurs à la main, marchant un peu nerveusement dans un couloir éclairé où les sages-femmes courent entre les chambres, tu sais, tout en silence.

— Comme pour ne pas déranger les esprits protecteurs des nouveau-nés, confirme-t-elle en lui souriant. Et après alors ?

— Elle était allongée dans son lit d'hôpital et tout était blanc. C'était une clinique privée à la périphérie de la ville. Il y avait un parc et tout. L'enfant était couché dans un berceau transparent et regardait. Enfin, l'enfant, ce n'était pas encore un enfant. C'était toujours un petit alien qui avait l'air d'appartenir à une autre dimension.

Elle boit un peu de café. Serre sa main.

— Elle m'a demandé de le prendre dans mes bras et je l'ai fait. Il était si léger et nouveau, mais semblait très âgé aussi.

— Avec des yeux noirs ?

— Exactement. Avec des yeux noirs.

— C'était pareil avec Paloma, quand je l'ai prise dans mes bras dans le taxi en rentrant de l'hôpital.

Il acquiesce.

— Je me suis assis avec lui sur le lit pendant que Desma se douchait et se lavait les cheveux, qui étaient raides de sueur et de sang, je m'en souviens clairement parce que j'ai d'abord cru que quelqu'un l'avait frappée.

— Était-elle seule lorsqu'elle a accouché ? demande India.

Il hoche la tête, détourne le regard.

— Elle est revenue enveloppée dans un peignoir blanc qui appartenait à la clinique. Tout sentait le savon antiseptique. Mais il y avait également une autre odeur, quelque chose de métallique et de brutal. Je lui ai tendu le bébé et elle l'a pris comme si le court moment où elle était partie pesait aussi lourd qu'un siècle. Il lui manquait, alors qu'il ne s'était écoulé qu'un quart d'heure.

— Et après alors ?

— Elle a pu le garder quelques années pendant qu'il était encore petit. Il n'y avait pas de papa, par chance. Desma s'occupait d'elle-même et de l'enfant, ne voyait personne, pas même moi. J'ai envoyé différents colis, des corbeilles de fruits et d'autres bêtises dont je ne me souviens plus, mais elle ne voulait pas me voir. Ou elle ne pouvait pas. Elle vivait avec lui comme dans un cocon, je crois, plus ou moins absorbée par lui. J'ai vu des photos de cette époque depuis, prises avec un retardateur durant différentes excursions vers des lacs et des montagnes. Elle a l'air heureuse et l'enfant est si beau et sourit sur chaque photo.

Il se tait un instant. Regarde vers la mer.

— Je crois qu'elle l'a envoyé en internat après, quand il a atteint l'âge de l'école. Ou peut-être qu'on l'a forcée à s'en séparer. Ils avaient sûrement peur de ce qu'il allait devenir s'il restait auprès d'elle. Ils sont convaincus qu'on doit séparer les fils de leurs mères, pour les transformer en hommes. Alors, ils les envoient dans des écoles à l'ancienne dans les montagnes, où les garçons se tiennent en rangs droits et apprennent à se discipliner eux-mêmes les uns les autres, jusqu'à ce qu'ils aient tout oublié de leurs mères.

— Vous n'en avez jamais parlé ?

Kallas secoue la tête.

— Mais pourquoi l'a-t-elle accepté ?

— Parce que, malgré tout, elle est exactement comme cela elle-même, dit-il en haussant les épaules.

— Tu n'es pas sérieux ? dit-elle, surprise de son propre ton si offensé.

Il ne répond pas. Elle s'affaisse un peu, boit son café.

— Mais tu veux dire que le garçon se trouve encore dans un internat quelque part ? reprend-elle.

— Plus maintenant, dit Kallas en suivant un oiseau des yeux jusqu'à ce qu'il disparaisse en direction de la mer. Maintenant, il est probablement devenu adulte et voyage et dépense l'argent de quelqu'un d'autre.

Il la regarde.

— À moins qu'ils l'aient tout simplement assassiné et enterré ici dans le jardin.

India éclate de rire et hausse les sourcils. Il ne rit pas. Au lieu de cela, il s'allonge sur les marches en pierre et ferme les yeux. Elle voit quelque chose de calme se poser sur eux, une solennité, comme si le jardin s'était transformé en un lieu de prière. Elle ferme les yeux, sent qu'il caresse sa jambe, l'entend respirer. Elle s'enfonce en elle-même, voit l'enfant et Desma devant elle, une mère seule qui voyage à travers le continent dans différents trains, l'enfant assis en face d'elle qui dessine dans un livre noir. De temps en temps, elle lui tend quelque chose à manger, un fruit et des bretzels, un berlingot de jus de fruits, de prunes ou de multivitamine, avec un petit troll sur l'emballage. Ils appellent cela *le jus de troll* et l'enfant veut planter sa paille tout seul. De l'autre côté de la vitre, une chaîne de montagnes, puis des plaines et la côte, la mère se lève et baisse la vitre pour qu'ils puissent sentir l'odeur des champs à l'extérieur.

India ne remarque la présence de Lafayette qu'après qu'il s'est déjà assis à côté d'elle sur les marches. Elle ouvre les yeux et le contemple. Il a appuyé sa tête dans ses mains, comme une statue dans un local quelque part, un musée d'État près d'un étang dans un parc paysagé.

— Desma a-t-elle réussi à dormir cette nuit ? demande India.

Lafayette sursaute et la regarde. Ses yeux sont bordés de fines rides, mais son regard est juvénile. Comme s'il avait arrêté le temps ce jour-là avec le couteau, pense India, comme si cet incident avait bouleversé la chronologie. Son visage est effroyablement ouvert, d'une manière qu'elle n'avait vue que chez de très jeunes gens. On peut voir droit à l'intérieur.

— Je crois qu'elle prend un bain, dit-il.

India hoche la tête. Ils restent silencieux un moment. Kallas est allongé à ses pieds, le bras sur les yeux. On entend la mer et les oiseaux, les moteurs sur le front de mer. Tout résonne, comme si toute la station balnéaire était entourée de murs invisibles.

— Je vais refaire du café, dit India en se levant.

Lafayette hoche la tête et la repose dans ses mains.

Dans la cuisine, il fait frais et humide comme dans la cave d'un château. Elle fait travailler ses mains. Eau, café, tasses. Elle tourne la tête vers la mer, entend les enfants sur la plage. La chaleur vient des montagnes, elle la voit arriver. Elle pose la cafetière sur la cuisinière et regarde par la petite fenêtre. Kallas s'est levé et se tient maintenant un peu plus loin dans l'herbe. Il ferme les yeux au soleil. Lafayette est assis et le contemple. Ils n'ont pas l'air le moins du monde gênés d'être silencieux en compagnie l'un de l'autre. Comme des frères, pense-t-elle en souhaitant être l'un d'eux. Le café commence à crachoter derrière elle et elle se retourne, soulève la cafetière de la cuisinière. Elle pose le tout sur un plateau, trouve un peu de lait au réfrigérateur. À l'étage, elle entend le pas léger de Desma. India s'arrête et écoute. On dirait une biche gracieuse qui avance sur le sol. Elle prend le plateau et descend doucement, craignant de tout faire tomber sur les dalles de pierre rugueuses. La chaleur s'est abattue sur eux et couvre maintenant toute l'herbe. India pose le plateau sur les marches à côté de Lafayette, les tasses et le sucrier s'entrechoquent. Lafayette la regarde et sourit.

— Merci, dit-il en tendant le bras vers la cafetière. Tu n'étais pas obligée.

Il verse le café pour eux trois et lui donne une tasse qu'elle prend à deux mains. India s'assied plus bas, lève les yeux vers lui.

— Comment Desma a-t-elle eu cette maison ? demande-t-elle en mettant ses lunettes de soleil.

Lafayette rit et fait un geste de la main, s'avance un peu sur sa marche. Il regarde dans sa tasse de café comme s'il y cherchait une prédiction, puis relève la tête et s'adresse directement à India.

— Elle en a hérité, exactement de la manière dont les gens comme vous héritent toujours de tout, dit-il en haussant les épaules.

India fronce les sourcils, rit d'un rire forcé. Depuis sa position dans l'herbe, Kallas marmonne quelque chose d'inaudible. India lui demande de répéter.

— J'ai dit que rien de ce qui a l'air d'appartenir à Desma ne lui appartient en fait, dit-il plus fort.

India le regarde. Sur sa bouche, une expression inhabituelle, un mélange étrange d'indulgence froide et de colère réprimée. Elle tourne les yeux vers Lafayette, qui hoche la tête pour confirmer.

— Quand elle était enfant, quand nous étions enfants, ses robes étaient cousues chez un tailleur, poursuit Kallas. Tu imagines ?

India ne répond pas, mais est prise d'une colère honteuse d'être comparée à Desma, la fille de millionnaire. Elle se mord la langue, ne dit rien.

— Les choses appartiennent toujours aux mains qui les ont façonnées, dit Lafayette.

— Exact, dit Kallas en dressant un index en l'air devant lui.

India lève les yeux au ciel derrière ses lunettes noires. Elle se sent souvent puérile lorsque Kallas a raison sur un sujet, mais qu'il présente ses opinions avec cette autorité provocatrice. Il dit sûrement vrai, mais elle a quand même envie de le gifler. India soupire. Au-dessus d'eux, le soleil les surplombe et ruisselle. Elle étire ses jambes, si bien que ses pieds touchent l'herbe, faisant entendre un bruissement semblable à du papier de soie. Sous elle, la pierre est chaude et rugueuse. Elle se mord les lèvres, mais ne parvient pas à empêcher les mots de sortir de sa bouche.

— Mais vous l'aimez, dit-elle en baissant ses lunettes de soleil sur le bout de son nez.

Ils la regardent, sans comprendre.

— Quel rapport avec l'amour ? demande Kallas.

— L'amour est un endroit au-delà des injustices, dit Lafayette en plissant les yeux vers le soleil.

— Exactement, renchérit Kallas. Ça ne signifie pas qu'il annule les injustices.

On dirait des oracles tous les deux. Elle les contemple, ne répond rien. Elle remonte ses lunettes de soleil. Devant la grille du jardin passent trois enfants, vêtus de peignoirs et de chapeaux de soleil, en route pour la plage. Quelque part derrière le sureau, on entend un murmure. Et puis la mer, ce bourdonnement constant. Elle reconnaît le vent du large. L'eau va être parfaitement claire. Elle a hâte d'y être, se lève et essaye d'apercevoir la plage.

Lafayette va cueillir des roses. India suit ses mouvements du regard lorsqu'il utilise le petit sécateur sur les tiges. Kallas s'est rallongé dans l'herbe. Il brandit un livre comme écran contre le soleil et lit en plissant les yeux. India s'approche de la clôture et balaye du regard la station balnéaire. Partout de grandes villas et des voitures rutilantes. Des vérandas ombragées avec des palmiers en pots. Des domestiques et des nourrices. La classe aisée dont elle-même est issue. India s'étire et observe à nouveau la mer. Derrière elle, Lafayette traverse la pelouse, un panier à la main. Elle se retourne et voit Kallas attraper ses cigarettes, mais comme à l'aveugle, son attention toujours tournée vers le livre. Elle sait ce qu'il lit. Un roman policier abîmé par l'humidité qu'il a trouvé sur le bord de la baignoire dans la salle de bain des invités, où un ballon d'eau vétuste est suspendu au plafond et craque toute la nuit.

La porte de la cuisine grince et Desma sort sur la terrasse. Elle crie bonjour et tous se tournent vers elle. D'une main, elle tient un plat de pain grillé qu'elle a empilé en une haute tour. De l'autre, un grand pot de miel. Kallas montre le pied de Desma, où le sang a traversé la gaze et s'est assombri.

— Ça fait mal ?

Elle secoue la tête.

— Je suis complètement anesthésiée, dit-elle. J'ai pris tout ce que j'ai pu trouver dans ma réserve.

Elle leur sourit.

— Venez manger, mes enfants.

Ils marchent le long de l'étroit sentier qui mène à la mer. Le bruissement des vagues se rapproche de plus en plus, comme si la mer se dirigeait vers eux et non le contraire. Depuis le sentier, on distingue un bosquet où les platanes et les thuyas sortent du sable à la manière de champignons géants. Au-dessus d'eux, le soleil est immense et brillant, suspendu près de la terre. Un peu plus loin, la lune attend, telle une ombre. Bientôt, les verres tinteront dans les jardins et l'odeur des grillades embaumera l'air, les enfants courront entre les maisons et hurleront de rire, s'arrosant de temps en temps avec l'eau qu'ils trouvent, une piscine ouverte sous l'acacia où les pères sont assis et fument, détournés et sérieux sous leurs chapeaux de soleil trop serrés.

Voilà plusieurs heures qu'India a envie de la mer, assoiffée de fraîcheur et de soleil, désireuse de plonger dans les vagues et de nager jusqu'au fond. Les autres étaient comme attachés au jardin. Elle les a observés, elle les a vus s'enfoncer de plus en plus profondément dans une étrange passivité, comme s'ils étaient dominés par quelque chose, soumis à une force malveillante mais invisible. India a pensé que c'était la maison qui les tenait sous son emprise, un gardien s'amusant de voir ses ordres exécutés par ces protégés obéissants. On laisse les enfants à l'intérieur pendant la chaleur. On les laisse conserver leurs vestes.

India se sent curieusement peu réceptive à la force d'attraction de la maison. Elle est certes très belle et très grande, mais India peut facilement s'en détacher. Seule la mer l'attire. Alors elle a erré, des roses aux livres et des livres aux chaises longues de la véranda. Elle a tendu la main lorsque Desma est passée avec différents plateaux. Limonade et olives le matin, puis thé froid, amandes grillées. Elle a laissé le temps s'écouler, se liquéfiant sous la chaleur.

Mais maintenant, maintenant ils s'approchent enfin de l'eau, de la grosse bête, elle sent déjà les courants autour de ses jambes. Kallas marche juste derrière elle, elle le sait même si elle ne le voit pas. Devant elle, Desma fait traîner son peignoir par terre. India regarde sa nuque, où un œil est tatoué à l'encre violette. Au même instant, Kallas attrape le cou d'India, comme s'il lisait dans ses pensées. Elle tourne la tête et le contemple, sa bouche et ses yeux. Du sable chaud pénètre dans ses sandales, ça brûle.

Sur la plage, des serviettes de bain sont alignées en rangées régulières. Roses, bleues, et jaunes sur le sable blanc. On dirait une carte postale, mais quelque chose ne va pas, elle le remarque aussitôt. India balaye le panorama du regard. Il y a des enfants partout. Ils devraient jouer, mais ils ne le font pas. Au lieu de cela, ils sont plantés au bord de l'eau et scrutent la mer. Les enfants sont tendus, inquiets, leurs mouvements sont raides. India s'arrête, comme sur commande, s'abrite les yeux pour mieux voir.

— Il y a quelqu'un là-bas, dit Kallas.

Le bateau à moteur miroite au soleil, étincelant d'argent, et la mer bouillonne autour de lui. Il chavire, reste ainsi un instant, dans un angle impossible, la poupe pointée vers le soleil, brillante et luisante, avant d'être englouti en une seconde par les vagues, comme un fétu de paille. Desma hurle et se met à courir vers l'eau, boitant légèrement de son pied blessé. Lafayette crie son nom et la suit. Les sauveteurs sont déjà en route, on voit leurs tenues rouges plonger ici et là dans l'eau cristalline. De temps en temps, un scintillement. India pense que c'est une cloche qui capte la lumière du soleil couchant. Elle aperçoit des cheveux noirs qui balayent la surface de l'eau et comprend que quelqu'un est en train de se noyer. Mais on n'entend rien, personne ne dit rien, un instant elle a l'impression que même la mer est silencieuse. Une bataille se livre là-bas. La mer ouvre la bouche pour le gober, mais elle en est empêchée par les hommes sans visage en combinaison rouge. Puis tout devient complètement silencieux. La surface de l'eau est vide et plus personne n'est visible. India laisse échapper un petit bruit, un halètement sec. Les secondes sont interminables. Tout le monde retient son souffle, les bras ballants. Puis India les aperçoit, les sauveteurs et l'homme. Ils l'ont sauvé. Ils le tiennent fermement sous les bras et nagent, le corps alourdi par l'eau. Ils se déplacent méthodiquement vers la plage, jusqu'à ce qu'ils atteignent les premiers récifs, où ils reprennent un instant leur respiration dans l'eau peu profonde.

Kallas attrape la main d'India et la serre fort. Lafayette a rejoint Desma. Elle tremble au bord de l'eau, comme si elle se tenait au bord d'un tremplin et s'apprêtait à sauter. Les sauveteurs s'approchent de la plage et les enfants commencent à crier. Les petits applaudissent et se retournent, cherchant du regard leurs parents qui leur répondent d'un signe de la main, mais comme à contrecœur, depuis leurs serviettes de bain où ils semblent figés, paralysés, parmi les écorces de pastèques et les paquets de biscuits. India les regarde et comprend. Il n'y a que les enfants qui osent s'approcher du noyé. Ils n'ont peur de rien. Les enfants sont alignés et assistent à la catastrophe. Le plus âgé se tourne vers les adultes avec dégoût. Il se racle la gorge, comme pour cracher à leurs pieds. Elle le reconnaît, il était dans le train, un des garçons qui faisaient rouler les billes de verre dans le couloir.

Les sauveteurs ramènent l'homme sur le rivage. Il est vêtu d'une chemise et d'un maillot de bain, à son poignet gauche est attachée une montre de luxe. Ses cheveux sont mi-longs, noirs et gris sur les tempes. Il est allongé sur le ventre, ils le retournent. Il est inconscient, mais en vie, son pouls est visible au creux de sa gorge. India observe Desma, elle a les yeux rivés sur l'homme. Quelque chose passe sur ses traits. Bouche bée, sourcils levés. Un visage choqué. India ne comprend pas, détourne le regard. Les sauveteurs pompent l'eau des poumons de l'homme et il ouvre alors les yeux. Il tousse violemment et gesticule dans l'air, bascule sur le côté et se met à cracher des algues et du sable. Agité de soubresauts, il expulse une eau noire et trouble.

L'homme lève la tête et voit les enfants qui l'observent, puis se tourne vers les adultes, croise leurs regards. Desma se détourne et tend la main vers un enfant qui s'est coupé sur un coquillage cassé. L'homme s'assied sur le sable. Il respire bruyamment.

— Il a encore probablement de l'eau dans les poumons, dit Lafayette. Je vais le conduire à l'hôpital.

Les sauveteurs acquiescent, soulagés de pouvoir s'affaisser dans le sable et tenter d'oublier tout cela.

— Je t'accompagne, dit Kallas en se penchant pour aider l'homme.

Ils le mettent sur ses jambes et passent leurs bras sous ses épaules. India cherche Desma du regard et l'aperçoit un peu plus loin, elle souffle sur la paume de main de l'enfant tout en suivant du coin de l'œil les trois hommes qui disparaissent lentement en progressant avec difficulté entre les dunes.

Les yeux d'India brillent à cause des oignons. Elle cligne des yeux pour éloigner les larmes qui coulent rapidement sur ses joues, puis elle les ferme, avant de continuer à couper les oignons. De l'autre côté de la table, Desma débouche une bouteille de vin et en verse deux verres. Toutes les fenêtres sont ouvertes et l'air salé du soir traverse le jardin et pénètre jusqu'à elles, dans la cuisine. Au-delà des maisons, la lune est accrochée, toute ronde au-dessus de la mer. Une lueur bleue glaciale.

— India, dit Desma en lui tendant un des verres.

Les iris de Desma sont presque vert menthe dans la lumière tamisée. India saisit le verre à deux mains. Desma se penche et sèche une larme suspendue juste sous l'œil gauche d'India.

— Santé, dit India.

Elles boivent en silence. Le vin est frais et a un goût de pavot. Desma repose son verre et attrape un grand couteau. Elle se tourne vers le persil et la coriandre, en grosses brassées sur le plan de travail devant elles. India retourne à ses oignons, cligne des yeux plusieurs fois avant de continuer à les hacher. Desma arrache les feuilles des herbes avec des gestes familiers. Elles œuvrent en silence, l'une à côté de l'autre. India regarde les mains de Desma. Ses ongles sont des ovales rose-rouge étincelants, probablement peints dans une onglerie, mais elle manipule les herbes avec les mêmes gestes habitués et puissants que la marchande chez qui India achète du raisin noir en ville. Desma n'a jamais eu besoin de travailler un seul jour de sa vie et India pense que ses mains jouent un rôle, qu'elles ne font qu'imiter les gestes d'un travailleur.

— L'homme du bateau à moteur, lance Desma de nulle part.

India sursaute et lève la tête. Desma la regarde de biais.

— Qu'est-ce qu'il a ? demande India.

— C'est la copie *conforme* du père de mon enfant.

Desma rit, mais ses yeux sont tristes.

— Je veux dire, exactement le même visage, dit-elle en continuant d'arracher les feuilles des herbes.

— Mais pas le même homme ?

Desma secoue la tête.

— Absolument pas le même homme. Celui-là ne semblait pas aussi criminel.

India a le sentiment qu'une porte s'est ouverte sur une chambre scellée à l'intérieur de Desma, elle a peur de dire quelque chose d'irréfléchi et que cette porte lui claque à la figure.

— Quand l'as-tu vu pour la dernière fois ? demande-t-elle précautionneusement. Le vrai, je veux dire.

Desma contemple ses mains.

— Il y a au moins un millier d'années.

Elles restent silencieuses un moment. India regarde par la fenêtre de la cuisine, mais il n'y a que la lune et l'obscurité qui l'entoure. La voix de Desma est étouffée, hésitante, comme si elle pesait ses mots.

— J'ai rencontré cet homme, dit-elle. Ou plutôt, ce n'était pas un homme à l'époque, mais un garçon.

Elle tend son verre à India et elles boivent.

— Et puis je suis tombée enceinte, ce n'était pas prévu, mais c'est arrivé.

— Tu voulais avoir des enfants ? demande India.

— Qui sait ? Je voulais surtout avoir l'homme.

India hoche la tête.

— Mais il a disparu à l'instant où il l'a appris, dit Desma en reposant son verre.

— Il t'a quittée ? dit India en s'étonnant de la colère dans sa propre voix.

— C'est le moins qu'on puisse dire, rit Desma sèchement. Mais oui, il s'est barré.

— Et alors tu es devenue maman ?

Desma acquiesce et quelque chose étincelle dans ses yeux. India la voit se transformer en l'espace d'une seconde. Comme si le souvenir de l'enfant adoucissait son cœur. Son regard est tout à coup sans défense.

Presque désespéré. India ne détourne pas les yeux, même si elle en a envie. Au lieu de cela, elle plonge, le cœur battant, droit dans ce puits brillant et brut. Alors Desma commence à parler, mais avec la voix de quelqu'un d'autre. Une voix douce, pense India. Sa voix de maman.

— Je suis devenue maman, dit Desma. C'était le même jour que l'arrivée du printemps. J'étais très seule et j'avais très peur. Ce n'est pas du tout ce qu'ils disent. On ne se sent pas aussi forte qu'un animal, mais plutôt comme une machine fragile. Quelque chose de mécanique. C'est une soumission totale. On n'est plus humaine. Mais il est né, et je l'ai aussitôt reconnu. C'est ce que je lui ai dit lorsqu'ils l'ont posé contre ma poitrine. *Ah, mais te voilà donc*, j'ai dit. Parce que j'avais déjà vu son visage, même s'il ne ressemblait à personne que je connaissais. J'étais allongée dans mon lit à la clinique et je le regardais. Il était allongé contre moi et respirait comme un tout petit lion. J'avais tout oublié de l'homme. Il n'était personne pour moi. J'étais couchée sous la lumière du néon, mon enfant sur ma poitrine. Je respirais, je me sentais réelle. C'est la meilleure chose qui m'est arrivée, disparaître moi-même par magie et l'avoir eu lui à la place. Je l'ai serré contre moi. Je l'ai habillé de vêtements de poupée et j'ai pressé mon nez contre ses cheveux qui sentaient fort le sang et autre chose, les restes de l'endroit d'où il venait. Puis les plus belles années de ma vie ont commencé. Nous avons quitté la clinique et nous sommes allés à la mer. Nous avons traversé un paysage surnaturel, où la végétation débordait de partout. Le bébé dormait dans mes bras et tout allait pour le mieux. Une femme m'a proposé de le tenir un moment pour que je puisse fumer une cigarette par la fenêtre du train. Le long de la voie, différents hommes travaillaient. J'ai salué l'un d'eux et il m'a rendu mon salut. Derrière moi, l'enfant geignait dans les bras de l'inconnue, mais je me sentais complètement en sécurité. Rien ne pouvait nous atteindre. Quand nous sommes arrivés, j'ai poussé le landau à travers la forêt, sous les cyprès de Sibérie, puis sur le sable. Nous nous sommes installés dans cette maison dont j'avais hérité. Nous allions à la mer chaque jour. Nous mangions du pain et du beurre. Nous ne voyions personne. Lorsque son père appelait, je répondais avec indifférence à ses questions convenues. Le garçon a grandi et grandi encore, il ressemblait à lui-même. Il est devenu grand et intelligent. Chaque nuit, il dormait dans son lit. J'avais dessiné des lunes et des corps célestes sur le plafond au-dessus de lui. Je lui racontais des contes, des histoires fantastiques d'animaux idylliques dans une forêt idyllique et il me corrigeait. Il disait : *Non, maman. Ce n'était pas ça du tout, maman.* Et alors il racontait comment ça s'était vraiment passé. La forêt n'était pas une forêt, mais un fond marin. Et les animaux n'étaient pas des animaux, mais des sirènes qui vivaient dans les abysses et ne faisaient qu'un avec les courants.

Desma se tait. India, qui avait retenu sa respiration, laisse ses épaules s'affaisser et inspire. Desma a l'air de s'ébrouer, un mauvais souvenir. Elle s'assied et balaye la table de la main. Elle fait signe à India de s'asseoir en face d'elle.

— C'est une erreur de croire qu'un enfant ne connaît que ce qui est bien, dit-elle de sa voix habituelle en croisant le regard d'India par-dessus les bougies. Ils savent tout du mal, parce qu'ils vivent si près de ce qui est mal. Ce sont les enfants qui en savent le plus sur les monstres et sur les adultes, nous ne devons pas l'oublier.

On entend un bruit de moteur. India jette un coup d'œil par la fenêtre pour voir si c'est Kallas et Lafayette, mais la voiture continue et disparaît vers la montagne.

— Quoi qu'il en soit, poursuit Desma. Nous avons vécu et avons été heureux jusqu'à son cinquième anniversaire. Il devait commencer l'école à l'automne, ici en ville.

Elle regarde la table. Reste silencieuse longtemps.

— Et c'est alors que son grand-père paternel a surgi, dit-elle pour finir. Un petit homme cramoisi avec de nombreux amis.

India la dévisage, laisse tomber ses mains.

— Que veux-tu dire ?

— Le père de l'enfant s'était volatilisé depuis longtemps, dit Desma. Il avait arrêté d'appeler et ne demandait plus rien.

— Que s’est-il passé ?

— Le petit homme et sa petite femme s’étaient imaginé qu’ils avaient des droits sur l’enfant, que c’était leur enfant. Je me souviens avoir attrapé le tisonnier quand il est apparu, prête à lui arracher les yeux s’il approchait trop près. L’enfant a couru se cacher. Il n’était pas habitué aux visiteurs et encore moins aux hommes. Pas une seule fois, cet homme n’avait appelé ou n’était passé, n’avait envoyé de livre ou de jouet, mais là, il est arrivé et a insisté pour que mon enfant emménage chez lui, dans sa villa entourée de grilles en acier, juste à l’extérieur de la ville.

— Qu’as-tu fait ?

India pouvait presque entendre son cœur s’emballer.

— De tous les étés que j’ai vécus, celui-ci a été le pire de ma vie, dit Desma d’une voix qui vibrait d’une vieille rage refoulée. C’était comme si la catastrophe que j’avais toujours pressentie allait finalement se dérouler. Je n’avais jamais pensé que les choses tourneraient aussi mal pour moi.

— Mais ils ne pouvaient quand même pas te prendre l’enfant ? dit India

Desma baissa son regard sur la table.

— C’était un matin de bonne heure, presque la nuit encore, quand ils sont venus le chercher, poursuit-elle. Ils étaient accompagnés d’un représentant des autorités qui m’a présenté différents papiers expliquant que j’avais perdu tout droit sur mon enfant pour cause de maltraitance. J'ai demandé à voir de la documentation, des preuves. Ils ont échangé des coups d'œil, mais personne ne m'a regardée. Je me souviens avoir baissé la tête, comme s'il s'agissait d'un ridicule malentendu. Le représentant des autorités a commencé à fouiller dans sa mallette et m'a montré une épaisse liasse de papiers, où s'alignaient mensonge sur mensonge, des histoires terribles selon lesquelles je battais mon enfant et le privais de nourriture. Il était écrit qu'il était sale lorsqu'ils l'avaient rencontré et que son langage n'était pas assez développé. Mes mains se sont mises à trembler, puis tout mon corps. J'avais l'impression que j'allais vomir. J'ai quitté la pièce et je suis sortie dans le jardin. L'enfant s'était caché et ne répondait pas à mes appels.

— Mais que s'est-il passé ? demande India, tendue.

— Ils l'ont pris, tout simplement. Je n'ai rien pu faire. Je me rappelle avoir crié, mais tout le monde s'en moquait. Je me souviens de l'expression sur le visage du représentant des autorités, un vrai saint, comme s'il croyait réellement qu'il sauvait cet enfant.

Desma se tait un instant, ses mains tremblent. De l'autre côté de la fenêtre, on entend la mer et quelque part au loin, l'autoroute aussi, tel un bourdonnement monotone.

— Je n'ai pas pu dire au revoir à mon enfant, je n'ai même pas pu le voir. Et je me rappelle avoir pensé que maintenant il n'existait plus. Personne ne survit à cela.

— Qu'as-tu fait ? demande India, suspendue à ses lèvres.

— Quand ils sont partis, je suis restée assise ici, à cette même table de cuisine. Je suis restée longtemps, à regarder dans le vide. Et puis je suis allée me noyer, mais je n'ai pas trouvé le chemin de la mer.

Elle fixe India.

— Tu te rends compte ? Je n'ai pas trouvé le chemin de la mer.

Elle rit.

— Cette idée m'était venue juste après l'accouchement. J'avais commencé à observer quelle était la distance jusqu'au point d'eau le plus proche et chaque fois que les catastrophes se jouaient dans mon esprit, je pensais seulement : s'il lui arrive quelque chose, je vais dans la mer.

— As-tu fini par trouver la mer ?

Desma secoue rapidement la tête.

— J'étais sous les platanes juste devant les dunes lorsque ça m'a frappée, explique-t-elle. Il n'était pas mort, je pouvais le récupérer. Et alors je suis devenue exaltée, prête à agir. Je me suis précipitée comme une folle dans la maison et j'ai fait mes valises.

India regarde Desma. Elle veut serrer ses mains, mais se ravise.

— J'ai pris le train pour la ville et je me suis trouvé un appartement. On pouvait le faire à cette époque, en se rendant simplement à la mairie pour demander une clé. L'appartement était situé en périphérie de la ville, précisément à l'endroit où l'asphalte rencontre la forêt. D'un côté, il y avait un paysage en fleur. De l'autre, les autoroutes, un monument muet à la gloire des mains qui les ont construites. Je me souviens de ça, mais après, rien d'autre que le silence, l'obscurité. La lueur verte d'un néon quelque part.

Elle laisse échapper un petit rire, puis redevient soudain sérieuse.

— Et l'enfant ?

— J'ai commencé à appeler, répondit Desma. J'ai appelé toutes les instances, encore et encore et encore, mais on n'a fait que me renvoyer à la suivante. L'une accusait l'autre et la troisième la première. On ne pouvait rien faire, disait-on. Alors, j'ai commencé à appeler ce petit homme chaque jour. J'ai appelé et appelé, mais je n'ai jamais pu parler avec lui ou avec mon fils. C'était toujours une gouvernante qui répondait par de courtes répliques apprises par cœur. *Le jeune monsieur n'est pas disponible les matins.* J'étais allongée sur ce lit dur que j'avais acheté et je m'imaginais à quoi ressemblaient ses journées. Des pièces sombres et des adultes sérieux, un jardin trop bien taillé qui faisait penser à un cimetière.

— Tu n'y es jamais allée ? demande India.

Desma secoue la tête.

— Je n'osais pas. Tu dois comprendre que cet homme, dont je n'ose pas prononcer le nom, ce petit bourreau, tu dois comprendre qu'il connaissait tout le monde et possédait tout le monde. Exactement comme mes parents avant qu'ils ne meurent et n'emportent avec eux dans la tombe tout ce qu'ils possédaient à part cette maison.

Desma fait un geste de la main. La bougie s'enflamme et jette une lueur dorée sur son front.

— J'ai commencé à appeler mon ancien amant, dit-elle. Le père de l'enfant.

Desma reste silencieuse un moment. Elle attrape le paquet de cigarettes oublié par Kallas sur la table.

— J'ai appelé et appelé encore, dit-elle. C'était toujours une nouvelle femme qui répondait, mais jamais lui, comme s'il n'existait pas autrement qu'à travers ces représentantes, différentes femmes qui toutes disaient des choses comme : *Dis-moi ce que je peux faire*. Et : *Dès qu'il revient, je lui dis de te rappeler, c'est promis*. Je me souviens encore de leurs noms et je pense à elles souvent.

— Mais il n'a jamais rappelé ?

— Si. Tout à coup, un jour. Plusieurs mois s'étaient écoulés. J'ai demandé des nouvelles de l'enfant et il ne comprenait rien et c'est alors que j'ai réalisé qu'il ne savait rien. Je lui ai tout raconté et pour la première fois, il s'est mis en colère. Pour moi et pour l'enfant. Comme si la partie criminelle de son corps avait cédé et que l'espace d'un instant, il était devenu honorable.

— Que s'est-il passé ?

— Il a affronté ses parents, a exigé qu'ils retirent leurs accusations contre moi.

— Et tu as récupéré ton fils ?

Desma secoue la tête, détourne le regard.

— Ils ont refusé, ont menacé en utilisant tout ce qui était possible.

— Mais qu'avez-vous fait alors ? insiste India.

— Nous avons commencé à négocier avec eux, explique Desma. Comme s'il n'était pas question d'un enfant, mais d'un cheval de compétition ou d'un diamant de sang.

Elle émet un grognement de dégoût.

— Pour finir, ils ont accepté de retirer officiellement leurs accusations. En contrepartie, mon fils devait être envoyé dans un internat dans les montagnes au lieu de rentrer à la maison auprès de moi.

— Et tu as accepté ? dit India en entendant qu'elle semblait horrifiée.

Elle plaque sa main devant sa bouche.

Desma hoche la tête, frotte sa main sur sa joue.

— Mais j'ai été autorisée à lui rendre visite, dit-elle.

Une expression résignée passe sur le visage de Desma. Elle croise le regard d'India, lui adresse un petit sourire désespéré.

— Et il venait ici tous les étés. Ce n'était plus comme avant, mais je l'avais encore, d'une certaine manière. Je ne l'avais pas perdu.

India se penche et allume la cigarette que tient Desma.

— Et maintenant ?

— Maintenant, il est adulte et pense que je suis une emmerdeuse et ne se souvient pas de ces années qui étaient les plus heureuses de ma vie, dit-elle.

— Et l'homme alors ?

— Lui, je n'ai plus entendu parler de lui depuis. Il vit certainement une vie de complète indécence avec une pauvre femme quelque part, que les dieux lui viennent en aide, dit-elle en levant les yeux au ciel.

— Et voilà que son double a échoué sur ta plage, dit India en essayant d'avoir l'air enjouée.

Desma hoche la tête, rit brièvement.

— De tous les endroits, dit India.

— Oui, de tous les endroits. C'est probablement un mauvais présage.

Desma tire une profonde bouffée de sa cigarette.

— C'est toujours un mauvais présage quand une chose oubliée surgit à un endroit inattendu.

India contemple ses mains. Un certain temps s'écoule. L'horloge au-dessus de la cuisinière fait tic-tac et un robinet goutte doucement. Personne ne dit rien. La lueur des bougies et le parfum vert des herbes. Toutes deux sursautent lorsqu'on frappe à la porte. Trois petits coups durs. Elles se regardent par-dessus la table, effrayées. India sent ses yeux s'écarquiller, son sang accélérer, comme si elle s'attendait à ce que le passé se tienne là, à patienter de l'autre côté.

Desma se lève et se dirige vers la porte.

DEHORS, ÉCLAIRÉS PAR LA LUMIÈRE du lampadaire et entourés de végétation humide de rosée, se tiennent les trois enfants aperçus dans le train. India, stupéfaite, toujours plongée dans l'histoire de Desma, a du mal à comprendre ce qui se passe. En revanche, Desma irradie, comme transformée. Elle attend que les enfants disent quelque chose. Ils inclinent leur tête en guise de salutation et demandent des nouvelles de l'homme dans la mer. S'il est en vie.

— Je pense que oui, répond brièvement Desma. Pourquoi cette question ?

Le plus jeune dévisage Desma, puis India.

— Parce qu'il aurait pu mourir, dit-il.

— Et tout le monde s'en fichait, insiste le moyen.

— Exactement, renchérit le plus âgé avec sérieux en croisant le regard d'India.

— Et c'est pour cela que nous devons ne pas nous en ficher, dit le plus jeune en haussant les épaules.

Desma leur sourit, ayant l'air d'avoir du mal à se retenir de rire.

— Nous ne nous en fichons pas, dit-elle. N'est-ce pas, India ?

India hoche la tête, voit le visage sceptique des enfants.

— Nous ne nous en fichons pas, dit-elle. Absolument pas.

Desma avance d'un pas vers eux et ils reculent. Desma recule à son tour.

— Que faites-vous dehors si tard ? demande-t-elle doucement. Où sont vos parents ?

Les garçons se regardent comme s'ils réfléchissaient et essayaient de décider s'ils peuvent faire confiance à ces personnes.

— On n'en a pas, dit l'aîné pour finir, en regardant Desma droit dans les yeux.

Il a du défi dans son regard, pense India, ce sont les yeux de quelqu'un d'intrépide. Desma le contemple avec curiosité.

— Où habitez-vous ? demande-t-elle en fronçant les sourcils.

— Nous dormons sur la plage, répond le plus âgé.

Les plus jeunes acquiescent.

— Sur la plage ? dit India

Ils hochent de nouveau la tête.

— Sur la plage, répète le moyen.

— Hors de question ! s'exclame Desma.

India se tourne vers elle avec surprise, ne comprend pas ce qui se passe, ce ton décidé. Desma ouvre la porte en grand et toise les enfants d'un air autoritaire.

— Entrez immédiatement, ordonne-t-elle.

Ils hésitent, cela se voit. Les plus jeunes lèvent les yeux vers l'aîné qui semble fixer quelque chose devant lui. India jette un rapide coup d'œil à la lune suspendue là-haut, témoin de toute la scène. Le plus âgé fait un geste de la main, regarde les autres et acquiesce. Les plus jeunes donnent l'impression de vouloir saluer leur capitaine. Puis tous les trois avancent d'un pas en avant et Desma fait un geste théâtral en direction de la porte.

— Entrez, messieurs, dit-elle. Dormir sur la plage. C'est la pire chose que j'aie jamais entendue.

Les enfants passent doucement devant elles pour pénétrer dans la maison. Tous les trois baissent les yeux vers le sol. Ils retirent leurs chaussures juste après avoir franchi le seuil et les alignent soigneusement. Le plus âgé aide les plus jeunes à se défaire de leurs sacs à dos, qu'ils posent dans un coin. Puis ils se tiennent en rang et regardent la pièce autour d'eux. India pense à la soirée précédente, lorsqu'elle a tout découvert pour la première fois, elle s'imagine combien cela doit sembler impressionnant pour un enfant.

— Je m'appelle Desma, dit Desma en leur souriant chaleureusement. Et voici India.

Elle montre India qui salue d'un geste un peu maladroit. Le plus jeune lui répond par un signe de la main et un sourire timide.

— Nous avons peut-être l'air de sorcières, mais je vous promets que nous sommes gentilles, poursuit-elle. Avez-vous faim ?

Desma pousse les enfants devant elle vers la table et ils s'asseyent, le dos droit et les mains sur les genoux, comme s'ils s'attendaient à ce que tout cela se révèle être un piège. Comment savoir qui est le loup et qui est la maman ? D'un geste routinier, Desma dispose des assiettes et des verres, elle sort du fromage et des tomates, coupe du pain en tranches épaisses. Elle demande à India de faire frire des œufs et lui tend la boîte. Les enfants mangent et mangent encore. Ils boivent de grands verres de lait et s'essuient la bouche du dos de la main. Personne ne prononce un mot. India reste debout à les observer depuis sa place près de la cuisinière. Au début, elle pensait qu'ils se ressemblaient tous les trois, mais maintenant elle se rend compte que seules leurs expressions sont les mêmes. Il est impossible qu'ils aient les mêmes parents.

— Vous êtes sérieux lorsque vous dites que personne ne vous attend quelque part ? entend-elle Desma demander.

India fait glisser les œufs dans une assiette et se retourne. Elle observe les enfants, leurs grands yeux ronds. Ils semblent hésiter sur la façon de répondre à la question, hochent et secouent la tête alternativement.

— Personne ne nous attend, déclare le plus âgé en regardant Desma.

— N'y a-t-il personne que nous puissions appeler ? interroge India.

Elle perçoit que sa voix est faible et incertaine. Elle se racle la gorge.

— Vous comprenez que vous ne pouvez pas vous cacher ici s'il y a quelqu'un qui vous attend, n'est-ce pas ? insiste Desma en plissant les yeux vers l'aîné.

Le garçon se contente de l'observer. Il fronce les sourcils et secoue la tête de manière quasi imperceptible, avant de la tourner vers les deux autres.

— Remerciez la gentille dame pour le repas, dit-il. Nous devons y aller maintenant.

Il repousse la chaise derrière lui et essuie la bouche du plus jeune avec un mouchoir.

— Ces personnes croient que nous mentons, dit-il.

Les autres écarquillent les yeux, les levant d'abord vers Desma puis vers India.

— Que nous mentons ? dit le plus jeune l'air vraiment consterné.

Le plus âgé hoche la tête et pose sa main sur sa joue, ne regardant toujours pas les adultes. Le moyen ne semble pas avoir compris ce qui se passe. Il attrape un morceau de pain et l'enfonce dans sa bouche. Le plus jeune lui donne une légère tape sur le bras et il lève la tête, comme s'il venait de se réveiller.

— Alors, nous dormirons encore sur la plage cette nuit, dit l'aîné en fusillant Desma du regard.

Les autres descendent de leurs chaises, prêts à partir en vitesse à son signal. Desma ne baisse pas les yeux, semble chercher la réponse à sa question dans le regard décidé du garçon plus âgé.

— Ce n'était pas mon intention d'insinuer que vous étiez des menteurs, dit Desma pour finir. Je veux juste ne pas avoir d'ennuis.

Les plus jeunes des enfants se tournent vers l'aîné, hésitant à pousser un soupir de soulagement.

— Tu peux être tranquille, dit Desma en tendant une main conciliante au plus âgé, qui n'a toujours pas baissé le regard. Je te le promets.

Il prend la main de Desma et ils restent ainsi. India trouve qu'ils ressemblent à une photographie de deux chefs d'État vieillissants de certaines dictatures, des ennemis qui se serrent la main à contrecœur après des heures de négociations difficiles sur un cessez-le-feu. Toute cette situation est absurde. Elle contemple les petits. Eux aussi ont l'air perplexes, se regardant l'un l'autre, ne sachant sur quel pied danser. L'étrange tension dans la pièce a atteint son paroxysme. Exactement comme durant l'orage dans l'appartement l'autre soir, pense India. Mais c'est alors qu'elle entend Desma commencer à rire doucement. Peut-être que l'absurdité de la situation l'a frappée elle aussi. Qu'elle se rend compte qu'elle se tient là à serrer avec le plus grand sérieux la main d'un enfant qu'elle n'a jamais vu auparavant. Et alors le garçon se met à rire avec elle, plus fort et de bon cœur, un rire d'enfant. India voit quelque chose se dénouer par le rire, que tout s'adoucit et s'allège, et les plus petits enfants se joignent à eux sans comprendre pourquoi ils rient. Elle rit à son tour avec eux, un rire nerveux que la tête ne sait pas expliquer, et elle plaque ses mains avec stupéfaction devant sa bouche. Elle fait un geste vers la table et les enfants se rasseyent. Ils gloussent encore et encore jusqu'à ce que le rire change de forme et devienne une sorte de chaleur, un sourire somnolent qui les fait rayonner. Et ils se mettent à attraper leurs couverts et les bols, trempent leur pain dans le jus des tomates, et prennent les verres de jus de fruits qu'India leur tend. Le garçon le plus âgé regarde Desma. Un enfant fait si rapidement confiance à un adulte. India peut voir cette confiance sur son visage. Desma lui fait un clin d'œil et se tourne vers India.

— Tu ne veux pas monter vérifier si les lits sont faits dans la chambre d'enfant ?

India acquiesce et sort aussitôt de la pièce, comme si elle n'avait attendu que cet ordre. Quelque chose palpite dans son cœur. Elle veut en parler à Kallas. Le grand rire. Elle traverse la maison plongée dans l'obscurité sans allumer. En bas, on entend leurs voix. Les murs de pierre rayonnent d'une chaleur profonde après les températures de la journée. Elle arrive devant la porte de la chambre d'enfant. Elle demeure là un instant à se rappeler ce matin, quand elle ne savait encore rien de tout ceci, elle pense au fils de Desma qui, à une autre époque, a passé son enfance ici.

India doit peser de tout son poids pour ouvrir la porte, soit qu'elle ait gonflé dans l'été humide, soit qu'elle soit restée fermée longtemps, soigneusement scellée comme pour garder un secret. À l'intérieur de la pièce, l'air sent le renfermé et les meubles sont recouverts de draps blancs. Elle s'avance et ouvre la fenêtre, laisse l'air du soir s'engouffrer à l'intérieur. Des insectes morts jonchent le rebord. Elle les balaye de la main et les jette par la fenêtre, les regarde tomber en bas dans l'herbe, tels des confettis noirs. Sur la mer, les navires clignotent avec paresse et, dans le ciel, les étoiles sont parfaitement visibles. Elle se tourne vers la chambre. Une armoire, un miroir, des boîtes de jouets. Elle s'agenouille à côté du lit d'enfant et sent les draps. Ils portent l'odeur d'une époque différente. Lavande, bambin et eau croupie.

Elle entend Desma et les garçons monter l'escalier et se lève rapidement, tout à coup honteuse, elle ne veut pas donner l'impression d'être quelqu'un de bizarre. Les autres surgissent à la porte. Ils ont l'air d'une famille. Desma se tient derrière eux et rayonne. Les enfants avec chacun leur pyjama. Desma commence comme par habitude à sortir des oreillers, des couvertures et de fins matelas de la grande armoire noire. Elle prépare un lit par terre pour les petits, installe le grand dans le lit, comme si elle n'avait jamais rien fait d'autre. Les garçons la suivent, lui obéissant comme si c'était la chose la plus naturelle du monde.

Quand ils sont tous les trois couchés, le plus petit bâille profondément et s'étire, ses bras entourant son oreiller avec délectation. Desma lui caresse le front avant d'aller fermer les rideaux. La fenêtre est grande ouverte et laisse l'éclat de la lune entrer à flots avec l'air de la nuit. La mer salée et la douceur des enfants. La soirée semble irréelle. Une grande aventure un peu fantomatique. India ne sait pas quoi faire de sa personne. Elle reste plantée là, les bras le long du corps, à les observer. Desma l'attrape et doit presque la traîner hors de la pièce. Au niveau de la porte, Desma s'arrête et s'accroupit près du sol, allume une veilleuse qui se trouve là. Elle a la forme d'une amanite tue-mouches. Une lueur chaude éclaire le sol, tel un brouillard fin sur un marécage. Avant de laisser la porte entrebâillée, Desma se tourne vers les enfants une dernière fois.

— Dormez bien, les enfants, dit-elle. Faites de beaux rêves.

India se réveille. Elle entend comme une petite chute d'eau à l'intérieur des murs. Elle tend la main vers Kallas, mais il n'est pas là. Elle jette un coup d'œil au réveil à affichage numérique sur la table de nuit. Un peu plus de minuit.

Elle s'assied dans le lit et regarde autour d'elle. La chambre est sombre, mais dehors le ciel est étoilé. Sur le rebord de la fenêtre se trouve un cendrier avec une cigarette rougeoyante. Elle entend à nouveau la chute d'eau et comprend que le bruit doit venir de la salle de bain. Aucune lumière ne sort par la fente sous la porte, mais on distingue clairement l'eau jaillissant avec une force sauvage contre la céramique de la baignoire. Elle va à la fenêtre et éteint la cigarette. L'éclat de la lune est puissant, c'est la pleine lune. Elle va ouvrir la porte de la salle de bain. Elle ne voit rien et allume la lumière. Kallas est allongé dans la baignoire, il fume, les yeux fermés. L'eau lui arrive à la poitrine, mais il ne fait aucun geste pour fermer le robinet et ne réagit pas quand India entre, ne semble même pas remarquer que la pièce est tout à coup baignée de lumière. Elle frappe légèrement sur le cadre de la porte et il ouvre les yeux.

— Je t'ai réveillée, constate-t-il.

— Tu avais oublié une cigarette à la fenêtre.

Il regarde la cigarette dans sa main avec étonnement.

— Viens, dit-il en faisant un signe de la tête.

Il se penche en avant et tourne le robinet pour que l'eau cesse de couler. Elle éteint le plafonnier. Fait un grand pas et s'assied, face à lui. L'eau est froide, mais l'air est encore doux. Elle s'adosse contre le rebord, pose ses pieds sur sa poitrine. Ça clapote autour d'eux, elle laisse ses mains s'enfoncer dans le liquide.

— Trois enfants sont venus, dit-elle.

— Trois enfants ? dit-il, ensommeillé.

— Pendant que vous étiez partis.

Il fume dans l'obscurité. Elle regarde le rougeoiement de sa cigarette.

— Ils sont venus prendre des nouvelles de l'homme de la plage.

— Ah oui ?

— Savoir s'il était vivant.

Il rit brièvement.

— Des gamins bien élevés.

— Oui, vraiment, dit-elle.

Il prend une bouffée de la cigarette et la fumée s'envole en élégantes volutes au milieu de l'obscurité. Elle passe sa main à travers la colonne de fumée.

— Et puis nous les avons nourris et Desma les a couchés dans la chambre d'enfant, ajoute-t-elle si rapidement qu'on dirait une réplique répétée.

Elle l'entend elle-même. Comme lorsqu'on avoue un péché sous la contrainte. Elle distingue à peine les traits de son visage dans l'obscurité, mais sent que quelque chose change en Kallas, elle le comprend à sa respiration.

— Que veux-tu dire ? dit-il, tout à coup parfaitement réveillé.

— Nous les avons couchés, répète-t-elle.

— Ici dans la maison ?

— Oui.

— Trois enfants étrangers ?

— Oui, dit India en retenant son souffle. Vous avez dû trébucher sur leurs chaussures quand vous êtes rentrés de l'hôpital.

— Mais de quoi tu parles, India ?

Il prononce son nom de cette façon sévère, comme s'il crachait les syllabes, habituellement douces.

— Que veux-tu dire ? demande-t-elle en essayant d'avoir l'air désinvolte.

Elle sent son cou se raidir. Elle regarde ses mains à travers l'eau sombre.

— Vous avez mis au lit trois enfants étrangers dans la chambre d'enfant ?

Elle hoche la tête bien qu'il ne puisse pas la voir.

— Ils avaient faim et étaient fatigués, dit-elle. Qu'aurais-tu fait ?

Kallas s'assied dans l'eau, projetant des éclaboussures et tout semble soudain très ridicule. La baignoire et leurs corps nus. Le ton sérieux de Kallas. India s'apprête à rire, mais se mord la lèvre, sent son cœur sombrer.

— Mais ils ont bien des parents ? s'exclame-t-il en montrant la porte de toute la main, comme s'ils attendaient dehors. Avez-vous appelé leurs parents ?

— Ils disent qu'ils n'en ont pas.

— Tous les enfants ont des parents, India, décrète-t-il.

— Ce n'est pas vrai, Kallas, dit-elle en imitant son ton indigné.

— Arrête maintenant. Tous les enfants en ont.

India ne répond pas. Elle passe sa main sur son visage. Elle est tellement lasse.

— Avez-vous appelé quelqu'un ? demande-t-il.

Elle scrute l'eau noire.

— Non, nous n'avons appelé personne.

Kallas frappe sa main sur le rebord de la baignoire. Elle sursaute.

— Nom de Dieu, India.

Il sort si vite de la baignoire que l'eau asperge son visage. Il allume le plafonnier et la contemple un court instant dans la lumière impitoyable. Son regard est glacial, elle l'a déjà vu ainsi de nombreuses fois. Elle sait parfaitement ce qui va se jouer désormais. Elle cligne des yeux face à la lumière crue, lève une main pour faire écran.

Kallas attrape une serviette et laisse une trace d'eau brillante derrière lui. Elle l'entend enfiler ses vêtements et claquer la porte de leur chambre. Elle l'imagine traverser la maison en colère pour tirer Desma du lit et exiger des explications. Elle ferme les yeux, soudain très fatiguée. Elle laisse son corps s'enfoncer sous l'eau, comme quand elle était enfant, faisant mine de se noyer pour, à ce qui semble être la dernière seconde, remonter à la surface et chercher de l'air. Elle reste allongée un moment et regarde au plafond, compte lentement jusqu'à cent. Elle se lève alors et se passe une serviette sur les épaules. Elle se sèche soigneusement et enfile une robe propre. Elle se brosse les cheveux, reste debout un instant devant le miroir près du lit. Elle se regarde. N'y tient plus. Elle quitte la chambre.

Elle avance en silence dans le couloir, s'arrête devant la chambre d'enfant, mais poursuit. Elle entend les voix des autres dès l'escalier, assourdies mais pointues. Elle se force à marcher lentement vers la cuisine, fait comme si tout ceci ne l'effrayait pas le moins du monde. Elle reste un instant sur le seuil de la porte à les observer. Kallas est assis à la table et Desma gesticule, debout face à lui. À côté du plan de travail, Lafayette verse du whisky dans des verres à eau.

— Nous ne pouvions quand même pas les laisser repartir dans l'obscurité tout seuls ? s'indigne Desma.

— Mais ils doivent bien manquer à quelqu'un, répond Kallas avec la même chaleur.

Desma soupire profondément.

— Lafayette, aide-moi !

Lafayette lève les mains, il ne veut pas prendre parti.

— Qu'est-ce que j'en sais ? dit-il.

Desma a un geste las.

— Faut-il que tu aies toujours autant de principes, Kallas ?

Les yeux de Desma brillent d'un mépris presque lubrique.

— Ça a toujours été ton problème. Aucune putain de flexibilité, siffle-t-elle.

C'est alors qu'ils aperçoivent India. Le sol a dû grincer sous son poids ou bien ils ont juste senti qu'elle était là, les écoutant parmi les ombres. Ils se tournent vers elle d'un même mouvement. Kallas se lève si brusquement que sa chaise bascule derrière lui. Il pointe India du doigt.

— Il n'y a qu'une personne comme elle pour avoir l'idée de voler trois enfants, dit-il.

Ses yeux lancent des éclairs, mais ils sont complètement morts, pense India, il est dans son lieu de mort.

— Kallas !

La voix de Desma est furieuse. On dirait qu'elle a envie de le gifler, mais se retient. Elle tourne le regard vers India et secoue la tête de façon presque imperceptible. C'est le signe des femmes. India baisse les yeux vers le sol, ne veut pas pleurer. Ne sait pas ce qui se passera si elle pleure. Kallas est toujours debout à la pointer du doigt. India sent quelque chose de froid et de tranchant glisser le long de sa colonne vertébrale. Son pouls est hystérique, il y a comme une boule dure juste sous son cœur. Elle fait un pas vers Kallas et le regarde droit dans les yeux, mais elle sait que ça n'a plus d'importance désormais. Il va se déchaîner jusqu'à ce qu'il ait fini. Il ne s'agit pas d'elle. Elle s'affaisse sur une chaise et laisse les choses se faire.

— Mais regardez-la, dit-il. Il lui suffirait de pleurer un peu pour s'en tirer avec un meurtre.

— Tu es vraiment laid quand tu es méchant, mon ami, dit Desma en s'asseyant à côté d'India.

— Mais elle n'a tué personne, dit Lafayette, ni volé d'enfants.

Sa voix est à la fois douce et autoritaire. Kallas le regarde.

— Calme-toi maintenant, Kallas, dit Lafayette en tendant une main vers lui.

— Va te faire foutre, dit Kallas en se rasseyant.

Il attrape son briquet d'un mouvement nerveux et laisse la flamme lécher ses doigts, un adolescent qui commence à jouer avec le feu à la fin des jeux de l'enfance. India se contente de le regarder, elle n'en peut plus. Elle sait pourquoi il est comme ça, elle sait exactement ce qui l'effraye. Mais cela n'a aucune importance. La colère et la méchanceté et les gestes emportés ont pour but que Kallas n'ait pas à dire les choses telles qu'elles sont. N'importe quoi, tant qu'il n'a pas à dire les choses telles qu'elles sont. Il préfère se déchaîner et se déchaîner jusqu'à ce que tout soit mis à nu et cassé autour de lui, plutôt que reconnaître qu'en fait il a peur.

Il sait très bien qui sera responsable si les enfants sont portés disparus et ensuite retrouvés ici auprès d'eux. Tout le monde le sait. India regarde Desma à côté d'elle. La colère a disparu de son visage. On voit qu'elle le sait aussi, qu'elle a compris ce que Kallas essaye de dire de sa manière impossible. Il y a un long moment de silence. India croit entendre la mer, mais ce n'est peut-être que le vent dans la cime des arbres. Un léger bruit résonne à l'étage. Elle avait presque oublié que les enfants qui dormaient là-haut étaient bien réels. Maintenant, on entend un petit rire d'enfant, un bruit perlant qui se détache d'un rêve. India voit quelque chose de doux flotter de la chambre des enfants et se poser sur la cuisine. Comme si leur présence adoucissait toute cette dureté. Elle observe Kallas de l'autre côté de la table. Elle regarde ce qu'il se passe. L'effet du petit rire sur la mort dans ses yeux. Elle le reconnaît. Les yeux et la bouche, la tristesse et l'étincelant. La mort cède la place à quelque chose de très vivant.

— Vous savez qui sera tenu pour responsable, dit alors Kallas.

Il ne redresse pas la tête.

— Je sais, dit Lafayette. Je sais parfaitement que c'est toi et moi qui serons accusés.

Kallas lève le regard.

— Mais ce n'est pas leur faute, dit Lafayette.

Il montre India et Desma, mais garde les yeux sur Kallas.

Ils parlent sans parler, pense India, disent des choses qu'on ne peut pas dire à voix haute devant les gens qui ne savent pas. Des gens comme India. Kallas la regarde droit dans les yeux. Ses iris sont noirs et ses cils tremblent. Elle veut tendre la main et le toucher, mais se retient. Il baisse la tête, étire ses doigts, contemple ses paumes.

— Qu'aurions-nous dû faire ? demande India. Appeler la police ?

— Oui, pourquoi pas ? répond-il en direction de la table.

— Tu rigoles ? dit Desma un peu épouvantée. Après ce qu'ils m'ont fait ?

— C'était il y a vingt ans, dit Kallas. Et puis, tu l'as récupéré.

— Je ne fais pas confiance aux autorités, dit-elle. Tu le sais très bien.

Kallas gronde et lui lance un regard venimeux, mais le regrette aussitôt. Il ferme les yeux, comme pour se débarrasser de quelque chose, puis tend la main vers Desma. Ils s'observent par-dessus la table. Quelque chose se dissout. Desma se lève et va s'asseoir à côté de lui. Elle place son visage tout contre le sien. India entend sa voix de l'autre côté de la table, toute sororale. On dirait qu'elle se parle à elle-même. Kallas acquiesce, répond brièvement, s'adoucit de plus en plus. Il jette de temps en temps un coup d'œil furtif à India, qui reste assise en silence et observe son visage. Il a l'air abattu, fatigué comme un enfant après un long voyage. Lafayette lui tend un verre de whisky qu'il boit.

— Vous ne vous rendez pas compte de ce que ça a l'air ? dit Kallas en regardant la table.

Il ne s'aperçoit pas que les autres hochent la tête. Lafayette s'assied à côté de lui. Il allume les bougies, fait circuler le paquet de cigarettes. India tend la main et Kallas la prend.

KALLAS DORT ENCORE. India est allongée et le contemple dans la douce lumière matinale qui pénètre par la fenêtre. Même dans son sommeil, il a l'air fatigué. Dévasté, pense-t-elle, comme si une seule nuit avait suffi à le vieillir d'un siècle. Elle lui caresse le front, chuchote quelque chose qu'il n'entend pas. Elle se lève et enfile sa robe.

Elle évite le miroir, effrayée de découvrir si elle est également devenue très vieille, ouvre la porte aussi silencieusement qu'elle le peut et se faufile dans le couloir. Elle marche d'un pas hésitant vers la chambre d'enfant, fait glisser le bout de ses doigts sur le papier peint rugueux, jette un rapide coup d'œil de côté par une petite fenêtre devant laquelle elle passe. Le jardin est vide et la mer est là où elle a toujours été.

Elle entrouvre la porte. Les garçons sont aussi réels que la veille au soir. La chambre d'enfant ne ressemble plus à un mausolée, mais à une pièce pour des enfants pleins de vie comme ceux-là, comme si tous les objets qui s'y trouvaient attendaient simplement qu'on prenne possession d'eux. India observe les visages endormis des garçons. Leurs bouches sont ouvertes et une sorte d'humidité est présente autour d'eux, comme s'ils étaient entourés d'une brume épaisse et mauve. Elle sent l'odeur de peau, de lait, de cheveux sales. Les deux plus jeunes sont couchés la tête sur le même oreiller. Ils sont farouches, rétifs, remuent comme des oursons dans leur sommeil. Peut-être sont-ils frères malgré tout, pense India, mais qui sait – ils peuvent aussi être des enfants d'une même descendance et avoir reçu une même éducation qui leur donne des traits communs. Le plus âgé est plus posé, plus sombre, comme n'importe quel aîné, quels que soient l'endroit ou l'époque.

Elle se glisse dans la pièce, mais s'arrête juste derrière la porte, figée, freinée par une sensation irréelle. Des picotements au bout de ses doigts et une brûlure le long de sa nuque. Elle est frappée par un étrange embarras, qui lui fait monter le rouge aux joues. Elle se rend compte qu'elle est dans la chambre privée des enfants, pour les espionner dans leur sommeil. Elle secoue la tête, elle veut se débarrasser du soupçon d'avoir enfreint un interdit. Elle se précipite à travers la pièce, les yeux rivés sur une tache huileuse sur la vitre, loin des visages sans défense des enfants. Elle soulève le moraillon et ouvre grand la fenêtre, laissant l'air frais s'engouffrer à l'intérieur. C'est une belle matinée. Elle se penche à l'extérieur.

— Comment tu t'appelles, déjà ?

Elle sursaute. Derrière elle, l'aîné des garçons s'est assis et l'observe de ses yeux vert clair. Elle le regarde.

— J'ai oublié ton nom, dit-il.

— India, répond-elle. Je m'appelle India.

Il hausse les sourcils.

— Ce n'est pas un nom, dit-il sèchement.

— Je sais, reconnaît-elle en souriant. Et toi, comment t'appelles-tu ?

— Ça diffère, dit-il.

— Comment ça, ça diffère ?

— Si tu demandes à mes frères, je m'appelle Alexis, dit-il en faisant un geste vers les petits. Si tu demandes à mes parents, je m'appelle Sander.

— Je croyais que tu n'avais pas de parents, dit India en haussant les sourcils d'un air insistant.

Ils se regardent droit dans les yeux. Le garçon s'adosse à nouveau à son oreiller.

— Mais je n'en ai pas, dit-il en haussant les épaules.

India étudie son visage, essaye de trouver quelque chose qui vacillerait dans son regard ou une ride de tension près de sa bouche, quelque chose qui révélerait un mensonge. Elle sent la honte la submerger à nouveau. Si ce qu'il dit n'est pas la vérité, il a certainement ses raisons. Tout le monde a ses raisons. Elle lui tend la main.

— Et comment je dois t'appeler alors ?

Il a l'air de réfléchir un instant, puis lui serre la main.

— Alexander, dit-il. Tu peux m'appeler Alexander.

Sa poigne est ferme et un peu mondaine, digne de celle d'un enfant régent.

Elle lui sourit.

— D'accord. Alexander, as-tu faim ?

La question semble lui rappeler quelque chose qu'il a tendance à oublier. La faim, ce monstre qui se réveille toujours tôt ou tard, quand bien même on essaye de le calmer. Chaque jour la même chose. Alexander se redresse dans le lit et claque fort des doigts pour réveiller les autres. Les petits se retournent dans leur sommeil, tirent l'oreiller sur leurs têtes dans un même mouvement rapide, comme un seul corps à quatre bras, donnent des coups de pied sous la couverture et grognent avec agacement. Alexander rampe vers eux.

— Les jeunes, réveillez-vous, chuchote-t-il.

Il n'a pas l'air d'un frère, pense India, mais d'une maman. Dotée d'une grande attention.

— Les jeunes, chuchote-t-il, il y a à manger.

Les petits se réveillent doucement, clignent un peu des yeux, sont incroyablement mignons. Elle a envie de leur mordre la joue et de presser son visage sur leurs boucles emmêlées. Elle ne comprend pas d'où lui vient cette impulsion, alors elle baisse la tête. Les enfants s'étirent, regardent autour d'eux. La chambre, le miroir. Le jeu du vent dans l'arbre par la fenêtre ouverte. Tout ce qui appartient au royaume des enfants dans cet endroit particulier. Puis ils aperçoivent India.

— Bonjour, dit-elle en leur souriant.

— Dites à la dame comment vous vous appelez, ordonne Alexander.

Ils se regardent, l'air interrogateur, ne se souvenant peut-être pas vraiment d'où ils se trouvent.

— Domenico, dit l'un en désignant son frère.

— Grimaldi, dit l'autre en faisant la même chose.

Elle hoche la tête avec sérieux.

— Je m'appelle India, répond-elle.

Un instant de silence. Domenico fronce les sourcils.

— Ce n'est pas un nom, dit-il à Alexander.

— Elle le sait, répond ce dernier. Je le lui ai dit.

Domenico se tourne vers India. Il paraît soucieux, comme si ce nom qui n'est pas un nom devait être un signe qui présageait une catastrophe imminente. Elle réalise que sa grand-mère maternelle serait d'accord avec ça. Comme si mélanger les gens et les choses pouvait réveiller le mal.

— Ce n'est pas un nom, insiste Domenico.

Il a l'air presque sévère et India doit se contrôler pour ne pas rire.

— Je sais, dit India en hochant la tête.

— C'est un pays, dit joyeusement Grimaldi. Avec des fleuves. Et des moussons.

— Exactement, dit Domenico. C'est un pays.

— Sauf que, allègue Grimaldi, on peut s'appeler Marin par exemple.

Domenico regarde Alexander d'un air interrogateur, paraissant attendre confirmation que cette information était vraiment vraie.

— Exact, acquiesce Alexander. On peut s'appeler Marin.

— Et Rose, poursuit Grimaldi. On peut s'appeler Rose.

India hoche la tête, essaye de garder bonne figure. À la fenêtre, une lueur apparaît. Le soleil est en train de se lever au-dessus de la cime des arbres.

— Venez avec moi dans la cuisine, dit-elle. Il y a des œufs, du lait et de la pastèque. Et du pain avec du beurre et du sucre.

LES ENFANTS MANGENT comme des gloutons. Elle est assise et les regarde. Ils se servent directement dans le plat, avec chacun leur serviette en papier coincée dans leur col. Ils dévorent encore et encore, se lèchent les doigts, grignotent et hoquettent. Elle s'adosse à sa chaise. Se demande si tous les enfants font de même ou si ce sont les seuls. Elle essaye de se rappeler la fille de Nadja. Différentes invitations à dîner où Paloma était l'unique enfant présente. Elle revoit ses mains prudentes lorsqu'on lui tendait quelque chose par-dessus la table. Sa façon de boire son soda rouge avec lenteur et sérieux pendant que les adultes riaient et gesticulaient autour d'elle.

— Tu penses que nous mangeons comme des chiens, dit Alexander en la regardant avec réserve. Tu te demandes si nous avons été élevés parmi les chiens et si nous sommes devenus comme eux.

Elle ne sait pas quoi répondre. Elle se contente de l'observer.

— Notre mère est morte, dit-il.

India ne parvient pas à déterminer si c'est un jeu ou si c'est sérieux, elle cherche dans son regard un indice quelconque.

— Et elle n'était pas une chienne, poursuit-il.

Il se tourne vers les autres, suspendus à ses lèvres.

— Notre père, par contre..., dit-il en lui faisant un grand sourire.

Et tous les trois éclatent de rire, d'un rire fort et bruyant comme ils l'ont fait de nombreuses fois.

— Notre père est une sorte de chien, dit-il. Alors nous nous sommes enfuis.

Alexander croise le regard d'India par-dessus la table, gesticule avec sa fourchette.

— Mais nous. Nous ne sommes pas des chiens.

Elle hoche la tête. Elle se demande si elle devrait souligner qu'elle n'a jamais sous-entendu une telle chose, mais décide de laisser passer.

— Non, nous ne sommes pas des chiens, répète Grimaldi en secouant un peu la tête et faisant rebondir ses boucles.

Elle serre les mains sur la table devant elle.

— Vous n'êtes pas des chiens, dit India.

Elle attrape la brique de lait, en verse davantage dans leurs verres. Le bruit perlant emplit la cuisine.

— Je croyais que vous n'aviez pas de parents, dit-elle.

India se penche en arrière et les scrute. Les enfants baissent la tête vers leurs assiettes.

— Nous *n'avons pas* de parents, dit Domenico en fixant un point quelque part derrière elle. Mais autrefois, nous en avons peut-être eu.

Elle se retourne, mais ne voit rien d'autre que le jardin. Son regard s'accroche à la végétation ensommeillée dehors et elle aperçoit quelques baigneurs qui passent sur le sentier un peu plus loin. Les nuages fins et le soleil qui se lève. Les enfants et la mer. Il est tôt et tout est comme d'habitude. L'humidité de la nuit plane encore au-dessus de la pelouse.

— Pourquoi êtes-vous venus ici ?

Elle se retourne vers eux. Elle entend sa voix paraître déjà lasse. Elle n'a pas la patience des autres adultes. Elle se fatigue vite des jeux d'enfants et de leurs mensonges pleins d'imagination. Les garçons restent silencieux un moment, se lançant des coups d'œil.

— Grimaldi voulait aller à la mer, alors nous sommes allés à la mer, dit Alexander pour finir.

Grimaldi acquiesce. À côté de lui, Domenico commence à se balancer sur sa chaise, il manque de tomber en arrière, mais se rattrape à la dernière seconde. Grimaldi se met à tambouriner de sa cuillère contre son assiette à un rythme irrégulier. India les regarde fixement, ne trouve pas ce qu'elle cherche, une preuve qui pourrait confirmer qu'elle assiste à une sorte de spectacle. Ces enfants ne semblent pas réagir comme les autres enfants. Ils acceptent son œil scrutateur sans poser de question. Elle a presque l'impression qu'Alexander incline la tête de manière légèrement accusatrice. Elle fronce les sourcils, se penche en arrière.

— Voulez-vous sortir jouer dans le jardin ? demande-t-elle en faisant un geste théâtral de la main, comme si le jardin était un parc de jeu extraordinaire et qu'elle en était la gardienne.

Les yeux de Domenico et de Grimaldi s'illuminent, ils hochent la tête avec empressement. Elle se lève et va chercher leurs sandales, qui sont toujours bien rangées les unes à côté des autres près de la porte d'entrée. Debout sous la véranda, elle les regarde disparaître dans la végétation. Domenico dans son pyjama jaune, Grimaldi en chemise de nuit rose. Ils courent sur la pelouse. Tout scintille et respire autour d'eux.

Dans la cuisine, Alexander est resté assis et contemple ses mains. Il ne redresse pas la tête lorsqu'elle revient.

— Tu bois du café ? demande-t-elle. Je veux dire, on boit du café à ton âge ?

Il sursaute, hoche la tête. Elle sort le café en poudre du placard. De l'autre côté de la fenêtre, les petits sont déjà à mi-hauteur d'un tronc d'arbre. Domenico a jeté ses sandales et Grimaldi a cueilli un des asters de Desma pour le mettre dans ses cheveux. Elle pose la cafetière sur la cuisinière et se retourne. Elle aperçoit un paquet de cigarettes et l'attrape avant d'avoir le temps d'y réfléchir. Elle allume une cigarette à la flamme du gaz.

— Je peux en avoir une ? demande Alexander.

— Pas question, répond-elle en laissant échapper un rire.

Elle verse le café. Il est bien trop fort, presque visqueux. Alexander prend trois grandes cuillerées de sucre et ajoute du lait jusqu'au bord. Ils restent assis en silence, écoutant la maison qui se réveille doucement. L'eau dans les canalisations, une fenêtre qui s'ouvre quelque part. Alexander avale sa boisson sucrée et frissonne à chaque gorgée. Elle fume avec lenteur. L'observe. Elle ne supporte pas vraiment le silence. Ne sait pas ce qu'elle doit faire d'elle-même dans cette situation incompréhensible. Rien de tout cela ne semble troubler le garçon ou l'affecter le moins du monde. Il paraît tout à fait calme, imperturbable. Il la contemple, d'un air détendu. Elle allume la radio, avale son café et écrase sa cigarette. Elle se lève un peu trop vite et décide de s'occuper de la vaisselle. Elle a besoin de faire travailler ses mains. Alexander se force à finir le reste de son café avec une mine dégoûtée. Puis il se place à côté d'elle et se met à essuyer les assiettes qu'elle lui tend. Ils œuvrent en silence. Dehors, les petits ont commencé à chanter. Une mélodie étrange qu'elle a l'impression d'avoir déjà entendue. Une chanson d'autrefois.

— Je vous ai vus dans le train, dit India.

— Je sais, dit Alexander.

— Comment êtes-vous arrivés jusqu'ici ? demande-t-elle en espérant qu'il osera dire la vérité, maintenant qu'ils ne se regardent plus droit dans les yeux.

— Tu comprends, commence-t-il avant de se taire aussitôt.

Elle lui jette un coup d'œil de côté. Elle a l'impression de voir un sourire presque invisible passer sur sa bouche. Elle a l'impression qu'il se moque d'elle, comme si elle avait été entraînée dans un jeu sans en connaître les règles.

— Tu comprends, répète-t-il. Un jour, nous l'avons juste décidé. Nous avons emballé nos affaires et nous sommes partis. Nous avons laissé notre père dans l'appartement. Nous avons traversé la ville à pied.

— Quelle ville ? demande-t-elle.

— Cela n'a aucune importance.

Elle hoche la tête, continue à laver la vaisselle.

— Je tenais les petits par la main, dit Alexander en prenant le verre qu'elle lui tend. Nous cherchions un endroit qui s'appelle le Cosmo. C'est un dancing où quelqu'un a dit que notre mère travaillait. C'est une femme que nous ne connaissons pas, mais nous voulions la rencontrer.

— Je croyais que tu avais dit qu'elle était morte ?

Il hausse les épaules. Elle ouvre le robinet d'eau froide qu'elle fait couler sur ses mains. Elle respire, laisse ses mains se figer dans leur forme habituelle. Elle entre dans le jeu.

— Le Cosmo, tu dis ? (Elle feint de réfléchir un moment.) Je crois que j'y suis déjà allée.

Alexander s'illumine.

— Sûrement, dit-il. C'est un endroit très connu. On peut jouer sur des machines, tu sais, et puis il y a des décorations argentées partout.

Elle hoche la tête et ferme le robinet. Elle tend les mains devant elle. Roussalka.

— En tout cas, dit-il.

Elle appuie sa hanche contre l'évier et le regarde. Lui fait signe de continuer.

— Nous sommes allés à l'autre bout de la ville et j'ai demandé le chemin à un homme qui nous a indiqué la direction à suivre. Nous avons marché et marché et il faisait très sombre partout, mais pour finir nous avons aperçu quelque chose qui était éclairé un peu plus loin. C'était un bâtiment vraiment moche, tout gris, mais avec une pancarte rouge illuminée à l'intérieur, si tu vois ce que je veux dire. Le Cosmo, c'était écrit, en lettres gigantesques. Dans le hall d'entrée, un homme a pris nos manteaux. Il ne semblait pas trouver bizarre que nous soyons des enfants. Il a juste hoché la tête et a pris les pièces que nous lui avons tendues avant de nous indiquer les ascenseurs. Nous sommes montés au septième étage puis nous avons traversé tout un tas de couloirs. Nous avons demandé après elle, nous avons donné son nom à tous les adultes que nous rencontrions. Roberta, Roberta, Roberta, disions-nous. Mais tous se contentaient de secouer la tête. Nous ne connaissons pas de Roberta, disaient-ils, il n'y a personne avec ce nom ici, vous devez être au mauvais endroit.

Il se tait, se concentre sur le verre qu'il tient toujours, le frotte longtemps jusqu'à ce qu'il brille. India replonge ses mains dans l'eau de vaisselle.

— Quelle histoire ! dit-elle.

— Qu'est-ce que je peux dire ? (Il hausse les épaules.) Tout ce que je raconte est vrai.

Il la regarde et éclate de rire. Elle lève les yeux au ciel, lui tend une assiette mouillée.

La journée s'écoule, le tempo est lent. Tout est doux et les enfants se déplacent à travers le jardin comme de gros insectes magnifiques. India les épie, cachée derrière ses lunettes de soleil, assise sous un gigantesque hêtre pourpre, où l'air sent la sève fraîche.

Elle se fait l'effet d'être une intruse, une agente double, mais ne peut quand même pas s'empêcher d'observer les garçons, le sérieux de leurs jeux. Ils sont si travailleurs et méthodiques, extirpant différents outils d'une caisse qu'ils ont trouvée, récupérant les foulards de soie de Desma du panier dans le hall, un par un, comme si cela ne leur venait pas à l'esprit de prendre tout le panier en une seule fois. Grimaldi se promène dans l'herbe et dispose les objets en rang. India essaye de comprendre la règle qu'il suit, mais n'y parvient pas. Une balle de tennis, une fourchette, un coquillage. Un peu plus loin, Domenico tape avec un bâton. On dirait une danse. Ses lèvres bougent, mais aucun son ne sort. Alexander fait le tour et inspecte tout, impérial et étrangement adulte, un jeune commandant déjà aguerri.

Elle regarde le livre sur ses genoux, tourne la page avec lassitude. C'est *Mère Courage*, dans sa version originale en allemand, elle reconnaît l'odeur de poudre et d'argile. Elle l'a choisi par hasard dans la bibliothèque fraîche qui donne sur l'avant de la maison, là où la voiture rutilante de Desma est garée à l'ombre des platanes toujours verts. L'odeur de gomme brûlée était lourde sur le gravier lorsqu'un moment auparavant India s'est mise à la fenêtre pour regarder les gens passer. De jeunes femmes avec des paniers remplis de crème solaire, d'eau glacée et de livres de poche. Elles se dirigeaient vers la mer en petits groupes familiers. Tout cela semblait idyllique, comme une photographie. Pourtant, India ne pouvait se défaire de l'impression que ces femmes se conduisaient comme si elles étaient surveillées, comme si le moindre de leurs mouvements était scénographié et qu'un petit metteur en scène pouvait à tout moment crier quelque chose depuis les coulisses. Leurs rires nacrés avaient un écho qui donnait des frissons et qui lui rappelait des temps plus difficiles. Elle soupçonnait qu'elles jetaient des regards de côté vers les villas et la végétation. Elle se souvenait avec horreur de la vie chorégraphiée, où l'on s'imaginait que les rues dans lesquelles on marchait étaient toujours parsemées de caméras. On était une marionnette, on jouait à ce genre de jeux. C'était insupportable. India a tendu la main vers la bibliothèque et a attrapé le premier livre qui lui a plu. Bertolt Brecht, une première édition.

Elle contemple l'ouvrage. Les pages sont usées, comme si le livre avait été plongé dans l'eau avant de sécher au soleil. Elle ne parvient pas à se concentrer, son regard retourne toujours vers les enfants, comme s'ils tissaient une toile invisible dans laquelle elle était prise. Elle baisse à nouveau les yeux sur la page. *An einem Vormittag, drei Tage später. Die Kanone ist weg. Un matin, trois jours plus tard, le canon a disparu.* Elle referme le livre, balaye la pelouse du regard. Dans la cuisine, Desma prépare le déjeuner. Des bruits de vaisselle et la radio. Kallas et Lafayette arrivent dans leurs maillots de bain, la serviette sur l'épaule. Ils s'arrêtent un instant et parlent avec Alexander. Elle n'entend pas ce qu'ils se disent, mais les observe attentivement. Kallas rit avec les enfants comme s'ils avaient toujours été là et que la nuit était oubliée. Elle les voit se déplacer en cercles autour de lui, éblouis par l'éclat qu'il projette. Lafayette est debout à côté de lui, les bras croisés, aussi droit et impénétrable qu'un père. Il dit quelque chose qui fait rire les garçons de manière incontrôlée. Grimaldi et Domenico se jettent dans l'herbe, se roulent par terre, morts de rire, presque comme des caricatures d'enfants qu'on ne voit que dans les films. Alexander se tient près des hommes et regarde les petits, secouant légèrement la tête. Quel destin, pense India, de grandir dans cette communauté particulière. Le cosmos des pères et des frères.

Elle se lève pour aller chercher de l'eau pour les enfants. Tous se sont dispersés comme sur un signal. Les garçons sont retournés à leurs occupations. Les foulards de soie, les outils, l'ordre sacré. Les hommes ont atteint l'autre côté de la clôture. Kallas a l'air d'un demi-dieu. Elle soutient son regard au passage avant de poser *Mutter Courage* sur la table au centre de la pelouse, elle emporte les tasses utilisées et les cendriers à l'intérieur.

Dans la cuisine, Desma est en train de couper des tomates. Elle a promis à Kallas d'appeler les autorités, malgré tout, mais pas avant que les enfants aient déjeuné, il n'y a pas d'urgence. India jette un coup d'œil à son téléphone, qui se recharge sur la table de la cuisine. Elle ne comprend pas ce qui l'a empêchée toute la journée de le prendre et de composer elle-même le numéro, balayant de la main le pressentiment qu'elle regrettera sa décision. Desma a mis la radio à fond et n'entend pas India arriver. Son cou est penché sur la planche à découper. India frappe sur le cadre de la porte pour ne pas l'effrayer et Desma lève la tête. On dirait qu'elles se sont rapprochées après les événements de la nuit. Elles ont rendu visite ensemble aux ténèbres et sont maintenant liées.

Desma tend le bras et baisse le volume de la radio. India attrape la carafe qui se trouve sur le rebord de la fenêtre. On ne voit pas les enfants d'ici, mais elle sent qu'ils sont tout près. La carafe est chaude à cause du soleil et dégage une vague odeur d'eau de fleurs. Elle la rince. Elle prend des glaçons et coupe un citron en tranches, choisit les verres de couleur vive dans le placard. Dehors, les garçons ont commencé à creuser la terre sous les rosiers avec leurs mains.

— Je vais leur donner à manger, dit Desma à voix basse. Je ne veux pas qu'ils aient faim lorsqu'on viendra les chercher. Personne ne pourra m'accuser d'affamer des enfants.

C'EST LA DERNIÈRE HEURE DE LA JOURNÉE. Ils ont eu de nombreuses occasions d'appeler. Ils ne l'ont pas fait. Et maintenant, le jour est rapidement englouti par le crépuscule. Lafayette sort dans le jardin, un plateau dans les mains. Un peu plus loin, Desma regarde vers la montagne. Cela sent le feu, la pierre. Kallas est avec les enfants, ils jouent sauvagement dans le jardin. De l'un des hôtels du bord de mer leur parviennent de la musique, des voix fortes et des bruits de verres qui s'entrechoquent, de quelqu'un qui rit fort et longtemps. Lafayette tend à India une coupe embuée. Elle la porte à ses lèvres. Glaçons et cerises.

— C'est la même couleur que les falaises rouges du Roussillon, dit Lafayette en pointant le doigt vers les hauteurs.

India regarde dans cette direction. Elle croyait que c'était le soleil qui brûlait, mais voit maintenant que c'est tout le ciel qui est enflammé. Tout est cramoisi là-haut, et le soleil est caché derrière un épais brouillard, une fumée dense et toxique.

— C'est un incendie, dit Desma sans se retourner.

Il y a comme un mauvais présage dans sa voix et tous se tournent vers elle.

— Je viens d'appeler la police pour parler des enfants. Ils ont dit que tous leurs hommes sont là-bas, dit-elle en faisant un geste vers le rougeoiement.

Desma se tient toute raide, comme un soldat au garde-à-vous, elle ne quitte pas une seconde les montagnes des yeux. India regarde dans cette direction.

— Un incendie ?

Desma acquiesce.

— Il y a le feu dans une usine là-haut, explique-t-elle. Tout est en flammes.

— Quelqu'un est-il mort ? demande Lafayette en se tournant lui aussi vers les montagnes.

Desma hausse les épaules. Elle semble tendue, anxieuse.

Lafayette se précipite dans la maison et en rapporte la radio. Il tourne le bouton encore et encore jusqu'à trouver la bonne station avant de la poser sur la table. Une voix parle de l'incendie. Pas de mort, mais beaucoup de blessés. On est priés d'évacuer les chevaux et de s'en tenir aux routes principales.

— Mais les enfants ? s'enquiert India en faisant un geste de la main.

— Il enverra quelqu'un dès que ça se calmera, dit Desma.

— Tu es certaine que ça va se calmer ? demande Lafayette, les yeux rivés avec appréhension sur la montagne.

— Je ne sais pas, répond Desma sans se retourner.

India se dirige vers le coin opposé du jardin, où Kallas court encore avec les garçons.

— Kallas, tu as entendu ? crie-t-elle.

Il lève la tête, semble avoir perçu l'inquiétude dans sa voix. Il suit le regard des autres vers les montagnes et elle voit la lueur rouge se refléter dans ses yeux. Il tend à Alexander le bâton dont il se servait comme d'une épée et s'avance vers India, l'attention tournée vers le haut, vers la fumée. Les enfants continuent de jouer, hurlant de rire.

— Que se passe-t-il ?

Le regard de Kallas va d'India à Desma puis va à Lafayette.

— Il y a un incendie, dit Desma qui observe toujours les montagnes, comme si elle avait peur de ce que celles-ci pourraient faire si elle ne les surveillait pas suffisamment.

Elle pointe du doigt l'usine et Kallas se tourne dans cette direction. On peut en distinguer les bâtiments, même d'ici. Le feu danse sur le flanc de la montagne, une vague rouge, mais parfois aussi du gris en dessous, du béton, quelque chose qui pourrait être du mortier.

— Y a-t-il suffisamment d'eau ? demande Kallas, d'une voix qui semble presque désespérée.

— Que veux-tu dire ?

Desma se retourne, le dévisage.

— L'été a été chaud, explique India en entendant la peur dans sa propre voix, frappée maintenant que cela pourrait être dangereux pour de vrai. Il n'y a plus d'eau.

— En ville, on nous ordonne de restreindre l'eau potable, renchérit Kallas derrière elle. Ils ont dû vider la plupart des piscines.

Desma écarquille les yeux, puis elle se tourne vers Lafayette.

— Laissons la radio allumée, dit-elle. Lafayette, va voir ce qu'en pense Laszlo.

India regarde Lafayette d'un air interrogateur.

— Le voisin, dit-il. Un homme âgé.

Il se dirige vers la maison d'à côté, enjambe la clôture qui entoure le jardin et atterrit sur la pelouse de l'autre côté. India lève de nouveau les yeux vers les montagnes. Elle trouve que le feu se rapproche. La fumée se déplace comme un fleuve bouillonnant, serpentant le long des rochers et remplissant les gorges de la montagne.

— Nous aurions dû appeler plus tôt, dit India à voix basse à Kallas.

Il acquiesce, soucieux. Ils se regardent l'un l'autre, puis les garçons, simultanément.

— Venez, les enfants, crie India. On rentre.

Les garçons lèvent la tête, étourdis par leur jeu. Kallas leur montre les montagnes et ils regardent dans cette direction, les yeux écarquillés. Les enfants se précipitent vers les adultes. Quelque chose brille dans la main de Grimaldi. India se rend compte qu'il s'agit d'une cuillère à café. Elle est couverte de terre, comme si elle avait été enfouie pendant de nombreuses années. Grimaldi la brandit comme un trésor et la cuillère lance des éclairs. Le feu est visible dedans. Ils marchent ensemble vers la maison. Derrière eux, les montagnes sont rouges.

Le feu fait rage toute la nuit. Au loin, on entend les sirènes et parfois un grand fracas, comme si une longue rangée de piliers de pierre s'écroulaient sur le sable, les uns après les autres. Les enfants sont couchés. Ils sont inquiets et surexcités. Ils allument une lampe de poche chaque fois que les adultes surgissent à la porte pour vérifier s'ils dorment. Un à un, les adultes font un tour dans la pièce, caressent le front des garçons. Le jardin est plongé dans l'obscurité, mais rougeoie sur les bords, le feu se propage le long de la côte et dévore tout sur son passage. Au-dessus de la mer, le ciel est rouge foncé et menaçant. Personne ne va dormir cette nuit. On attend.

Dans les villes au pied des montagnes, les mères vont veiller près des fenêtres soigneusement fermées. Le feu va se refléter dans la porcelaine blanche. Elles vont s'appeler durant la nuit pour s'assurer en chuchotant que les lignes téléphoniques fonctionnent toujours. La radio grésille et une voix grave rend compte de la situation depuis le cœur de l'événement. Les dégâts s'entendent dans le micro du journaliste. Des cris de désespoir et des choses qui s'effondrent. Des chevaux terrifiés, le bruit du plastique qui brûle. Les mères traversent l'appartement plongé dans l'obscurité, se postent à la porte de la chambre des enfants. Elles pensent à leur propre enfance, lorsque la guerre faisait rage et que c'étaient leurs propres mères qui veillaient près des fenêtres fermées.

India est allongée de tout son long dans son lit. Elle regarde sans cesse en direction du ciel. Lorsqu'elle ferme les yeux, elle voit un local d'usine sombre au plafond duquel quelqu'un a accroché des fanions rouges. Elle tend une main et les touche. Lorsqu'elle ouvre les yeux, Kallas est debout à la fenêtre. Il fume. Le rougeoiement semble désagréable dans la pièce obscure, imitant le rouge menaçant du ciel, comme si le feu avait emménagé avec eux. Elle pense qu'il tente le diable, qu'il appelle ici le mal à travers son insouciance. Elle descend du lit et le rejoint, prend la cigarette de sa main et l'écrase fermement.

— Pas de feu maintenant, Kallas, dit-elle en agitant un doigt.

Il la regarde, lève les yeux au ciel.

C'EST UN MATIN DÉMONIAQUE. À l'aube, le soleil surgit de la mer et noie tout dans une lumière impitoyable. Dans les villages des montagnes, les rues sont recouvertes d'une épaisse couche de cendre. Partout, des catastrophes et des ruines. Ici, au bord de la mer, la fumée jaune plane lourdement sur la cime des arbres. Les grands oiseaux volent bas et les chiens se mettent en boule. Pas d'enfants en vue. Dans les montagnes, l'usine est toujours en flammes. On n'arrive pas à éteindre le feu.

Desma n'a pas dormi. Elle est restée assise sur la terrasse toute la nuit, gardant un œil sur l'incendie, le grand ennemi. Elle a entendu les hommes s'appeler les uns les autres, des voix étouffées qui résonnaient contre les parois rocheuses. Elle a guetté les signes indiquant que la situation devenait hors de contrôle, que le feu se serait échappé et serait en train de descendre vers les gens, mais les cris étaient restés contenus.

Maintenant, elle remplit de grands seaux et les transporte à travers le jardin, barricadant la maison par mesure de sécurité. Alexander l'aide, ils se parlent à voix basse, par monosyllabes par-dessus les plates-bandes, le robinet est fermé et ouvert de nouveau, l'odeur du feu se mêle à celle de l'eau et de la terre mouillée. Alexander est sérieux. Il n'y a aucune trace d'espièglerie sur son visage.

Dans le salon, les autres enfants se déchaînent. Ils jouent à la catastrophe. Un terrible incendie a éclaté et ils doivent sauver Lafayette, qui est prisonnier dans son château. Le feu se propage à travers les étages et les tapisseries risquent de s'enflammer à tout moment. Lafayette est assis parfaitement calme au milieu de la dévastation, tournant de temps en temps les pages de son livre, marmonnant, en réponse à Domenico qui lui demande s'il a du mal à respirer.

— Nous devons aller chercher davantage d'eau dans les douves ! crie Grimaldi.

Un bruit sourd se fait entendre, quelque chose roule sur le tapis.

— Appelez du renfort ! clame Domenico, et Grimaldi commence aussitôt à parler dans son talkie-walkie invisible.

À la fenêtre, India scrute les montagnes. Elle n'a pas dormi non plus. Elle a veillé, mais ne sait pas sur qui. Kallas n'a pas besoin de protection. Il est le seul à avoir dormi toute la nuit, perdu pour le monde extérieur, mais prêt à se lever à tout moment pour éteindre un incendie avec le couvre-lit. Maintenant, il est dans la cuisine, en train de découper des fruits en gros cubes.

Le couteau et le melon. Les moitiés d'abricots dans le bol. Ses mains sont méthodiques et calmes. La situation ne l'effraye pas le moins du monde.

Lafayette tourne son regard vers les enfants. On dirait qu'ils l'ont sauvé du feu. Il est à présent le patient d'un hôpital de campagne au pied d'une montagne. Grimaldi est une petite infirmière, un châle noué autour de sa tête, il transporte des objets, le menton levé. Lafayette a droit à des compresses froides et de la soupe. Domenico fait des allers-retours dans la pièce et gesticule théâtralement. C'est lui le médecin-chef. Quelque part, on entend la radio. *Rationnez l'eau. Évacuez les enfants et les chevaux.*

Ils sont assis autour de la grande table dans la cuisine. Ils mangent avec les mains, sans rien dire. Toutes les fenêtres sont fermées, mais ils ouvrent parfois la porte pour sentir l'air, établir à quel point le danger s'est rapproché. Les feux qui continuent à se déplacer, rapides et fantasques, à travers le paysage.

— Les enfants ne peuvent pas rester ici.

C'est Desma qui parle. Son visage est tout à fait déterminé.

— Ils n'enverront jamais personne ici, dit-elle, pas tant que cette partie de la côte est considérée comme dangereuse.

Personne ne répond. La réplique de Desma demeure suspendue entre eux.

— Je ne veux pas aller dans le feu, dit Grimaldi pour finir en se tournant vers Alexander, de grosses larmes lui montant aux yeux. Dis-leur.

Alexander se penche vers Kallas, l'air interrogateur.

— Mais non, mais non ! s'exclame Kallas presque terrifié, comme s'il était accusé d'un crime impardonnable, d'un péché capital. Ce n'est pas ce que Desma voulait dire.

Il regarde Desma avec insistance.

— N'est-ce pas, Desma ?

Desma fait un geste défensif de la tête.

— C'est dangereux ici, dit-elle aux enfants. C'est tout ce que je dis.

— Mais la police ? demande India.

— L'incendie est hors de contrôle, dit Lafayette. Desma a raison. Personne ne peut venir ici. La seule issue, c'est de partir.

— C'est impossible de les joindre, renchérit Desma. Peu importe le nombre de fois où on les appelle.

India hoche la tête, regarde Kallas.

— Nous devons emmener les enfants en ville, dit-il.

— Je suis d'accord, dit Desma. Nous pouvons supporter cet air quelques jours, mais les enfants...

— Nous allons les emmener en ville et contacter les autorités sur place, déclare Kallas d'un ton décidé en se tournant vers India. Cet incendie va continuer tant que tout ne sera pas réduit en cendres.

— Vous parlez comme si on n'était pas là, intervient Domenico.

Une colère contenue parcourt son visage. India a l'impression qu'il imite quelqu'un. Un homme, pense-t-elle, quelqu'un qui déguise sa peur en colère. Kallas, visiblement honteux, considère Domenico. Les enfants sont demeurés assis, leurs yeux écarquillés passant d'un adulte à l'autre dans l'attente d'un jugement, complètement exclus de la procédure.

— Désolé, dit Kallas.

Domenico le regarde.

— Désolé, répète-t-il. Voulez-vous venir avec moi et India en ville ? Loin du feu ?

Maintenant, les larmes montent aussi aux yeux de Domenico.

— Vous viendrez bien avec nous ? demande à son tour India en tendant les mains vers les enfants.

Ils hochent la tête, sans prendre ses mains tendues. Grimaldi et Domenico se frottent les yeux. Leurs larmes ont coulé jusque sur la table devant eux. Le silence est total. Une odeur de suie et de produits chimiques. Un sentiment soudain d'urgence. India regarde Desma.

— Mais, et vous alors ? s'inquiète-t-elle.

Desma se penche en arrière et pose ses mains sur la table.

— Nous partirons dans quelques jours, déclare Lafayette. Nous allons nous débrouiller. Mais vous devez partir au plus tôt. Les enfants peuvent tomber malades.

India hoche la tête et se tourne vers Kallas, qui semble déjà plongé dans les détails pratiques. Elle le voit à l'expression de son visage, il élabore des plans, calcule les risques.

— Les trains ne circulent pas, dit-il en écarquillant les yeux, comme si la prise de conscience ne l'atteignait qu'au moment de prononcer cette phrase à voix haute.

— Prenez notre voiture, propose Desma.

Elle le regarde d'un air décidé, comme si elle s'attendait à des refus et possédait donc déjà la réponse à toutes ses questions.

— Et vous, comment allez-vous rentrer alors ? demande India en se penchant vers Lafayette pardessus la table.

— On ira avec Laszlo, ce n'est pas un problème, affirme-t-il calmement.

— Vous y avez visiblement déjà réfléchi, constate Kallas en souriant un peu sarcastiquement, comme il le fait lorsqu'il se sent sous-estimé, écarté des conversations sérieuses des adultes.

— Je ne veux pas avoir la vie de qui que ce soit sur la conscience, répond Desma en lui lançant un regard fatigué.

Elle n'a pas le temps d'ergoter. Elle se tourne vers les enfants et dépose davantage de nourriture dans leurs assiettes.

— Mangez, ordonne-t-elle.

KALLAS EST ASSIS À LA FENÊTRE de la chambre des enfants et regarde dehors. India est debout à côté de lui. L'eau scintille dans les seaux disposés en demi-cercle autour de la maison, elle voit le ciel s'y refléter, les montagnes qui brûlent et le soleil. Alexander se tient au milieu de la pièce et donne des instructions à Grimaldi et Domenico, qui écoutent avec attention et font ce qu'on leur dit. Ils font leurs lits sur leurs matelas, plient les vêtements de nuit qu'ils ont empruntés, emballent leurs coquillages, leurs pièces de monnaie rouillées et leurs craies dans leurs sacs à dos.

— Vous avez tout ? demande Kallas à la ronde.

Les garçons acquiescent, s'avancent et se postent à la fenêtre. India leur montre la direction de la ville, explique qu'elle se trouve de l'autre côté des montagnes et qu'ils doivent contourner - pas traverser - l'incendie. Les petits opinent de la tête. Alexander ouvre la fenêtre et se penche dehors, inspire avidement l'air empoisonné. Ils restent ainsi un moment, guettant les pompiers et essayant d'entendre les chevaux qu'ils ont vus courir là-haut, jusqu'à ce que Kallas commence à agiter l'air autour d'eux et à repousser les enfants, comme s'il était frappé soudainement par l'idée que c'est lui qui est responsable d'eux. Ce sont eux les adultes maintenant, India et lui, et aucun enfant dans son monde ne sera atteint d'une maladie pulmonaire.

Les garçons sortent en trombe de la pièce, guidés par les mains fermes de Kallas, descendent l'escalier et entrent dans la cuisine. La maison est aussi la leur désormais, pense India, ils vont laisser un écho d'eux-mêmes dans les murs. Les enfants prennent les fruits et l'eau minérale que Lafayette leur a préparés. Desma leur tend un sachet de réglisse. Ils s'embrassent. Desma chuchote quelque chose que personne d'autre n'entend à Alexander et il hoche la tête. Lafayette passe la main dans les cheveux des enfants, fait un grand sourire et les soulève, même Alexander a l'air petit dans ses bras.

— Je t'appelle quand nous serons arrivés, dit Kallas à Desma.

Elle acquiesce, lui caresse la joue. Il courbe le cou, pose son front sur son épaule.

— Je t'aime, dit-il.

— Je t'aime, dit Desma en frappant le haut de son bras avec un léger sourire.

Ils entassent tout dans la voiture de Desma, garée sur le devant de la maison, presque entièrement cachée par les plantes géantes qui l'entourent. India passe la main sur la peinture bleu pigeon. Elle est chaude de la chaleur du soleil et du feu. Les sièges sont rouge sang-de-bœuf et sentent fort la fumée et le cuir. Elle jette son propre sac et les sacs à dos des enfants dans le coffre. Desma et Lafayette se tiennent à la porte de la cuisine et les observent. Les garçons saluent Lafayette de la main et envoient des baisers à Desma, qui les attrape au vol et les met dans sa poche, faisant un clin d'œil presque imperceptible.

India salue une dernière fois à travers la vitre avant qu'ils ne s'éloignent lentement de la maison. Elle voit Desma et Lafayette se dépêcher de retourner à l'intérieur, loin du poison. Tout est jaune autour d'eux, la façade et le gravier, le ciel au-dessus de la cime des arbres. La demeure devient de plus en plus petite derrière eux jusqu'à disparaître totalement. Le cœur d'India bat fort dans sa poitrine. C'est un sentiment de danger, d'être au centre de la vie et de n'avoir aucune idée de l'issue. Elle couvre de sa main celle de Kallas posée sur le levier de vitesses. Il lui jette un rapide coup d'œil, essaye de la rassurer d'un sourire, avant de reporter son attention sur la route.

Ils roulent le long de la mer, vitres fermées. Il règne une odeur de fumée, mais aussi autre chose, son parfum à lui et son huile de cheveux à elle, les cheveux salés des enfants. La musique retentit dans les haut-parleurs. Dehors, le paysage halète. C'est une scène apocalyptique, mais ici rien ne peut les atteindre, se répète-t-elle, ici, personne ne peut nous atteindre. Sur la mer, tout est comme d'habitude, les bateaux montent et descendent entre les vagues et, quelque part au loin, le ciel est toujours le même, clair et vaste, épargné par le poison jaune.

— Quand nous serons arrivés, dit Kallas, vous pourrez dormir chez nous cette nuit.

— Après, nous irons dans un endroit où ils pourront nous aider à retrouver vos parents, dit India.

India entraperçoit Alexander sur le siège arrière. Il écarquille les yeux, terrorisé, pense-t-elle.

— Quels parents ? marmonne-t-il.

— Oui, quels parents ? insiste Grimaldi en regardant Kallas avec colère.

— Ils n'ont pas compris, soupire Domenico en haussant les épaules.

— Ils sont comme tous les autres, dit Alexander.

— Comme tous les autres, répète Grimaldi en hochant la tête avec vigueur.

— Mais, commence India, essayant d'avoir l'air calme en dépit de la fatigue.

Elle lorgne du côté de Kallas. Il ne dit rien, garde ses yeux sur la route.

— Je veux juste dire, poursuit-elle, que nous allons aller à un endroit où ils pourront nous aider.

Alexander grogne et s'avance sur son siège, appuie son menton sur son siège à elle pour lui parler directement à l'oreille.

— J'ai essayé de t'expliquer, mais tu n'as pas écouté, dit-il. Pourquoi tu ne comprends pas ?

— Alexander ! s'exclame India en entendant sa voix devenir stridente.

Il secoue la tête avec abandon et se penche à nouveau en arrière, en regardant par la vitre d'un air offensé.

— Que pensez-vous que nous devrions faire alors ? demande Kallas.

Sa voix est complètement calme, ouverte.

— Nous voulons rester avec vous, dit Domenico. Vous êtes gentils.

Grimaldi acquiesce, donne un coup de coude à Alexander.

— Nous voulons rester avec vous, confirme Alexander. Juste pour un petit moment.

— Mais quelque part, quelqu'un doit bien s'inquiéter pour vous ? demande India.

— Personne ne s'inquiète, dit-il. C'est promis.

Les routes sont étroites et sinueuses et bordées de panneaux de signalisation couchés par le vent. Sur la banquette arrière, les plus jeunes geignent, fatigués et affamés. India leur tend des fruits, des pastilles pour la gorge, une grande bouteille en plastique d'eau tiède. Grimaldi a le mal des transports et ils s'arrêtent un moment. Kallas fume une cigarette et India fait pipi dans l'herbe derrière un abribus, pendant que les enfants courent sur le sol sablonneux, criant fort vers les rochers, qui résonnent. Ils écrivent leurs noms à la craie rouge sur les murs blancs de l'abribus. Kallas inscrit la date du jour et tire un trait dessous. Ils reprennent leur trajet. Ils passent des usines, des monastères, des villes fantômes. Ils ont baissé les vitres, sentent l'odeur de la mer et du sable. Le soir arrive de nulle part, s'abat sur eux et engloutit toute la lumière, à l'exception de la profonde lueur du feu là-haut.

Ils sont seuls sur les routes, ne croisent personne. India sort son grand châle de son sac à main et en recouvre les jambes des enfants. Grimaldi se recroqueville, s'appuie contre l'épaule d'Alexander. India regarde par la fenêtre et essaye de comprendre où ils se trouvent, quelle distance il leur reste à parcourir. Quelque chose clignote et elle tourne la tête dans cette direction. Devant eux, un éclat bleu monte vers le ciel, la source de la lumière est cachée derrière une pente abrupte. Ils passent la crête et tombent sur un barrage routier, où un homme en uniforme brandit une pancarte et fait signe à Kallas de se ranger sur le bas-côté.

— Merde, marmonne Kallas avant de baisser sa vitre.

Il se ressaisit, se penche à l'extérieur. India jette un coup d'œil aux enfants dans le rétroviseur. L'aîné a tiré le châle sur les autres si bien que seuls leurs yeux sont visibles, et il détourne son propre visage. Un réflexe, pense-t-elle, une vieille habitude. Ils ont sûrement leurs raisons pour craindre la police.

— Vous devez faire demi-tour.

La voix de l'homme est brusque et fatiguée.

— Nous ne faisons que passer, dit Kallas.

— Personne ne passera par ici avant demain. La route de la côte est fermée.

— Jusqu'au bout ?

L'homme acquiesce.

— Vous devez prendre l'autoroute, dit-il.

Kallas hoche la tête, regarde India. S'ils doivent rebrousser chemin jusqu'à l'autoroute, ils ne seront pas chez eux avant tard dans la nuit et les enfants ont les yeux cernés de fatigue depuis plusieurs heures. India essaye de faire comprendre à Kallas qu'ils doivent s'en aller. Elle voit que ses mains tremblent, qu'il est nerveux, peut-être même effrayé. Kallas ferme brièvement les yeux et hoche la tête presque imperceptiblement. Elle croise le regard d'Alexander dans le rétroviseur.

— Nous allons faire demi-tour, dit Kallas, un calme forcé dans la voix. Y a-t-il un village dans le coin où nous pourrions passer la nuit ?

— Essayez un peu plus bas sur la côte, il y a un hôtel au bord de la mer. Si vous voyez le panneau avec la publicité pour le parc aquatique, c'est que vous êtes allés trop loin.

— Merci, dit Kallas en commençant à remonter sa vitre.

Mais c'est alors que l'homme se penche pour regarder les enfants. Pendant un instant, tout s'arrête. India a le temps de s'imaginer une vie derrière les barreaux, *Kidnappeurs*, un titre sur une affiche de journal pâlie par le soleil, où sa photo d'identité miroite à côté de celle de Kallas. Mais l'homme fait un grand sourire et un salut militaire aux garçons avant de faire signe à Kallas qu'ils peuvent repartir. Le cœur d'India bat fort dans sa poitrine, elle a des vertiges. Elle découvre une goutte de sueur qui coule de la tempe de Kallas sur sa pommette. Il est terrorisé, elle le voit bien, mais conserve son calme pour les enfants. Il remonte rapidement sa vitre et reprend la route qu'ils viennent de faire, silencieux et résolu, la sueur lui dégoulinant dans le cou.

India respire profondément. Elle se retourne pour examiner les enfants. Ils sont toujours à moitié camouflés derrière le châle, mais regardent dehors, tendus. L'obscurité semble plus épaisse maintenant, mais plus loin devant, quelque chose brille. India se souvient qu'ils ont passé une petite ville, un front de mer abandonné, éclairé par des lampadaires clignotants et la lueur d'un grand bâtiment qui devait être l'hôtel.

— Où allons-nous ?

C'est Domenico qui pose la question.

— Nous n'avons pas le droit de rouler plus loin, explique India en essayant d'avoir l'air calme. Alors maintenant, nous allons chercher un endroit où dormir. Nous continuerons demain.

— On va dans un hôtel ? demande Alexander avec de l'excitation dans la voix.

— Oui, juste pour cette nuit, dit Kallas.

Elle voit dans le rétroviseur les enfants se regarder les uns les autres en s'esclaffant. À peine la voiture arrêtée dans le stationnement presque désert de l'hôtel, ils disparaissent dans l'entrée en reconnaissance. Un néon clignote sur la façade. Il crépite, comme s'il allait abandonner et s'éteindre à tout moment. Lorsqu'India et Kallas pénètrent dans le hall, les enfants sont postés devant une vitrine où sont exposés différents souvenirs et objets trouvés sur la plage. Grimaldi est comme ensorcelé par un coquillage en plastique dont il est sûr qu'on peut entendre la mer dedans.

— C'est la plus belle chose que j'aie jamais vue, dit-il solennellement en pressant son nez contre la vitre.

Domenico hoche la tête pour acquiescer, comme s'ils venaient de se mettre d'accord sur une vérité cosmique. Le portier de nuit est affalé sur le comptoir de la réception et Kallas le réveille d'un sifflement aigu.

Dans la chambre, les enfants testent tous les lits. Ils retirent leurs chaussures et sautent partout, passant la main sur tout ce qu'ils atteignent, allumant et éteignant la moindre lampe, ouvrant la porte du minibar pour en inspecter le contenu. Sur le front de mer, tout est calme, dans un instant étiré, l'air semble presque figé, jusqu'à ce qu'ils entendent un puissant roulement de tonnerre et que la pluie se mette à frapper la fenêtre. India sort sur le balcon, contemple l'averse. Elle souffle et son corps se détend, comme s'il comprenait qu'il est assez éloigné des dangers, du feu et de la police, du sérieux de la situation. Les enfants la rejoignent, tendent leurs mains et sentent le mouillé, rient bruyamment de leurs rires d'enfants et trottinent avec légèreté sur le béton, comme des ballerines. Ils poussent des cris de joie. Ouvrent leurs bouches pour boire la pluie. Elle a soudain envie de pleurer, mais se force à résister. Elle se penche en avant et laisse la pluie lui inonder le visage.

Plus loin le long de la côte, le feu fait toujours rage, mais d'ici ce n'est rien d'autre qu'un spectacle, un son et lumière. India prie silencieusement ses dieux, souhaite que la pluie se décale dans cette direction, pour noyer le feu et sauver les gens, leurs animaux, leurs enfants et leurs maisons. Mais quand elle lance dans la chambre, *n'est-ce pas que l'orage va se déplacer là-bas durant la nuit*, Kallas répond que c'est précisément le contraire, la pluie va dans l'autre direction, vers l'intérieur des terres, au-dessus des landes froides.

Le matin arrive. La mer est brillante et, après les averses de la nuit, le sable mouillé dégage de la vapeur. Au loin, la fumée est épaisse sur les montagnes. La radio est allumée et diffuse des informations sur un ton monocorde, les petits ont construit une cabane sur le balcon. Ils chantent et rient, crient des choses aux passants. Alexander est allongé dans la cabane et lit, pendant que les petits lui grimpent dessus ou l'utilisent comme chaise longue. India est assise par terre à côté de la porte du balcon et les regarde, fumant lentement une des cigarettes de Kallas. La nicotine lui donne des vertiges, elle a besoin de s'étendre un moment et de fermer les yeux. La chambre qu'ils ont louée est grande, mais vide. Tout est fleuri à l'intérieur, le papier peint, les dessus de lit et les tableaux. De grosses roses trémières sur un fond jaune pâle. Le plafond montre des signes d'humidité et les draps ont une vague odeur de moisissure que quelqu'un a essayé de masquer avec un assouplissant trop parfumé. Elle s'aperçoit dans le miroir adossé au mur à côté de la porte du balcon.

Ses yeux sont plus verts que d'habitude et ses cheveux pendent, lourds de l'eau salée, le long de ses joues.

Ils ont décidé de rester à l'hôtel toute la journée, de ne reprendre la voiture qu'en début de soirée lorsque la chaleur sera retombée et que les routes seront désertes. Les enfants jouent et Kallas travaille. Ils ne sont pas pressés, se persuadent-ils. Il n'est pas trop tard, ils ont encore du temps. Demain, ils iront voir les autorités. India passe la main sur son visage et croise son propre regard dans le miroir. Une étrange femme, qu'elle ne connaît pas. Elle se lève et enfile ses sandales. Elle les laisse là dans la chambre, les enfants dans leur cabane et Kallas au téléphone qui appelle différents hommes ennuyeux dans différents bureaux sinistres. Comme toujours, où qu'ils se trouvent, peu importe les circonstances, il se plonge avec aisance dans le travail, prenant des notes, faisant les comptes et fumant des cigarettes.

Elle traverse le hall sans regarder personne, ne veut pas que le personnel se souvienne d'eux lorsqu'ils seront partis. Le sol stratifié s'étend sous ses chaussures, vert bouteille et très sale. Dans la rue, elle s'arrête, adresse un bref signe de tête au soleil et dirige ensuite son regard vers les montagnes derrière le cap suivant, de l'autre côté de l'incendie. Les montagnes se déploient comme un collier de perles tout le long de la côte, des sommets en pain de sucre noirs, qui s'étirent vers l'espace et s'abreuvent au ciel. Les sommets sont blancs. Elle pense que c'est peut-être de la neige, bien qu'on ne soit qu'en septembre. Près d'elle, sur le front de mer, il fait toujours une chaleur insupportable, et elle sent qu'elle a envie de monter là-haut, vers le blanc froid.

Elle commence à marcher. C'est une toute petite ville et elle trouve rapidement la rue commerçante. Elle inspecte chaque vitrine qu'elle croise. Des livres, des gants, des souvenirs, des articles de sport. Un peu plus loin, entre une agence de voyages et un centre médical dont la porte s'ouvre et se ferme constamment, laissant sortir des patients, des jeunes ensanglantés et des personnes âgées avec leur canne, se trouve un magasin de vêtements pour enfants. La vitrine est décorée aux couleurs de l'automne. Des tissus bruns et des guirlandes de feuilles séchées, éclairés d'une chaude lueur par en dessous. India traverse la rue d'un pas décidé et ouvre la porte qui tinte au-dessus d'elle. À l'intérieur, la lumière est vive et l'air, climatisé. Elle demeure un instant dans l'embrasure, tout à coup incertaine de savoir comment elle doit se comporter dans cet espace inconnu. Un bruissement se fait entendre, comme le bruit d'un rideau de perles, et une vendeuse arrive sur des talons durs. India contemple les chaussures noires en cuir verni avant de voir la femme qui les porte, elle lève le regard et croise une paire d'yeux indifférents.

— Je peux vous aider ? demande la vendeuse avec ennui.

— J'ai besoin d'acheter des vêtements pour mes enfants, répond India, surprise par la facilité à le dire, et à quel point cela peut sembler vrai dans sa bouche. J'ai besoin d'acheter des vêtements pour mes enfants, répète-t-elle en apercevant en même temps une affiche publicitaire où trois magnifiques enfants, pas si différents de ceux qu'elle venait d'appeler les siens avec un petit frisson, courent après un cerf-volant en papier vert qui rayonne dans le ciel gris et brumeux d'une plage déserte en automne.

Elle montre l'affiche jusqu'à ce que la vendeuse la regarde.

— Comme ça, dit-elle. Ce genre d'habits.

La vendeuse hoche brièvement la tête et commence à choisir différentes tenues sur les étagères. Des pantalons en coton bleu ciel, des sous-vêtements blancs qui semblent provenir d'un surplus militaire. Elle ouvre un placard et en sort des chaussettes rayées et des moufles en laine angora rose, puis se tourne vers India.

— De quelles tailles parlons-nous ? demande-t-elle.

India la regarde, complètement prise de court.

— Les tailles ?

Ses joues s'échauffent, elle cherche quelque chose à répondre. La vendeuse la toise, il y a une accusation dans ses yeux, pense India, un reproche, comme s'il y avait une règle secrète qu'India aurait dû connaître, un test tacite qu'elle venait de rater. Elle soutient le regard de la vendeuse, hausse les épaules d'un air d'excuse.

— Quels âges ont-ils ? demande alors la vendeuse.

Peut-être, pense India, peut-être que ce regard de reproche n'est pas un jugement, mais quelque chose d'autre, un rappel sévère que les enfants sont l'affaire de tous. India se le répète à elle-même. Les enfants sont l'affaire de tous. Elle sourit à la vendeuse.

— Ils ont sept, neuf et treize ans, répond India, comme si au moins cette connaissance sur les enfants était ancrée dans son esprit.

— Sept, neuf, treize, marmonne la vendeuse en continuant à fouiller dans les placards.

Elle se tient debout sur le balcon, la chambre d'hôtel dans son dos. Elle contemple le soleil d'un rouge mûr tombant à travers le ciel droit dans la mer verte qui s'étire, pleine d'écume sauvage et dangereuse, jusqu'aux montagnes. Tout devient sombre, c'est le soir. Elle se retourne et regarde les enfants, qui sont propres et paraissent traîtreusement soignés dans leurs nouveaux vêtements.

Ils descendent par l'ascenseur. Dans le miroir, ils ont l'air d'une famille. Pas seulement parce que ce sont des enfants et des adultes ensemble, mais parce que, alignés ainsi, ils se ressemblent. Cinq chevelures sombres et un mélange d'yeux vert mousse et brun coca. India détourne la tête, essayant de se débarrasser de quelque chose. Les garçons paraissent étrangement détendus, pense-t-elle, comme si n'importe quelle existence tordue au cours d'une journée pouvait commencer à constituer leur quotidien. Ils ne semblent pas impressionnés, comme s'ils vivaient en dehors de toutes les conventions, à un endroit où le jour peut à tout moment se transformer en nuit et la nuit en jour et où rien ne dure vraiment. En quête de protection, pense-t-elle, un groupe en quête de sécurité. À la merci des adultes, de ceux qui gèrent les ressources. La nourriture et l'argent et un toit au-dessus de leur tête. Elle croise le regard d'Alexander dans le miroir.

L'ascenseur sonne et ils se dirigent d'un même mouvement vers le restaurant. Kallas demande une table près de la fenêtre et commande rapidement de la salade verte, des omelettes et des frites. Les enfants boivent des sodas dans de grands verres étroits, les glaçons s'entrechoquent quand ils font tourner leur paille en rond encore et encore. De la fenêtre arrive l'odeur salée de la mer et de quelque chose de sucré, de la barbe à papa ou du pop-corn caramélisé. À la table voisine, une femme et un homme partagent une assiette de soupe, une bouteille de vin rouge posée entre eux. De temps en temps, la femme lance un coup d'œil dans leur direction. De l'envie, pense India, comme si elle jalousait India, ses richesses, ces trois beaux enfants. India se redresse avec fierté, et croise le regard de la femme en arborant un sourire maternel. C'est un sourire qu'elle s'était vu elle-même souvent jeter à la figure, une grimace exaltée qui fait se sentir comme des moins que rien toutes les femmes sans enfants. India se souvient comment elle avait rétréci sous ce regard, réduite à néant, même si la dernière chose qu'elle voulait dans la vie c'était d'être mère. Et voilà qu'elle était elle-même assise ici, sa bouche se tordant exactement de la même façon. Les femmes avec enfants ne ratent pas une occasion de rappeler aux autres qu'elles habitent dans un monde différent, un endroit auquel le reste des femmes n'a pas accès, parce qu'elles ne comprendraient jamais, puisqu'elles sont et restent de simples créatures humaines, et rien de plus.

La femme détourne la tête et la baisse vers sa soupe, porte sa cuillère brillante à ses lèvres. L'homme en face d'elle l'aime, cela se voit, ses yeux rient lorsqu'il la contemple. India se tourne vers les garçons. Domenico trempe ses frites dans son soda, tandis que Grimaldi découpe une feuille de salade en tout petits morceaux qu'il enfonce dans sa bouche l'un après l'autre en frissonnant. Alexander regarde par la fenêtre. India suit son regard et aperçoit des jeunes qui se tiennent sous un lampadaire sur le front de mer. Ils s'appuient sur leurs vélos et se crient des choses, brutaux et excités, éclatant parfois d'un grand rire qui monte vers le ciel. India contemple Alexander, qui semble décontenancé par ces enfants plus âgés, n'étant plus un commandant, mais un écolier, enchanté par les grands et leurs jouets brillants.

III

Ils roulent à vive allure à travers le soir et finissent par apercevoir la ville, qui scintille près des autoroutes. Ils longent le fleuve, de l'autre côté les lampadaires se reflètent dans l'eau et dans les tours situées en arrière de la zone industrielle, toutes les fenêtres sont ouvertes. India baisse la vitre. L'air est frais et pur. Elle entend la nuit approcher, voit les femmes traverser la ville en robes blanches, la circulation somnolente et l'odeur du port.

— Êtes-vous déjà venus ici ? demande Kallas.

Il se tourne vers les enfants, qui regardent dehors en silence. Grimaldi est assis au milieu, il tient le coquillage-souvenir de la vitrine de l'hôtel dans ses mains, il ne l'a pas lâché depuis qu'il l'a reçu en cadeau de la part de Kallas, caressant la surface en plastique rose corail d'un doigt doux. India croit voir la condensation, l'humidité froide entre le plastique et la main chaude de l'enfant.

— On est déjà venus ici, Alexis ?

Domenico se penche vers Alexander, qui ne semble pas avoir entendu la question de Kallas.

— Non, nous ne sommes jamais venus ici avant, répond-il en écartant une mèche de cheveux de son visage. Mais je sais que c'est une grande ville avec beaucoup de bateaux.

— Des bateaux ?

Grimaldi lève la tête, le regard alerte, l'espace d'un instant il n'est plus ni ensommeillé ni taciturne.

— Oui, il y a beaucoup de bateaux ici, confirme Kallas. Des péniches sur le fleuve et des catamarans.

Grimaldi s'avance sur son siège, écarquille les yeux vers India.

— On peut aller voir les bateaux ? demande-t-il.

Elle rit brièvement et se tortille, elle ne veut pas leur rappeler leur séparation imminente, le lendemain. Elle ne dit rien, mais tend la main vers l'arrière et lui caresse la joue.

— As-tu vu les bateaux de fête sur le fleuve ? demande-t-elle en les pointant du doigt.

Elle suit le regard de Grimaldi par la vitre, qui se dirige vers tout ce qui brille à la surface de l'eau, un miroir sombre qui montre à quoi ressemble le monde vu depuis le royaume souterrain. Là-bas, le soir respire. Elle ferme les yeux et écoute. Tout semble de plus en plus prégnant à mesure qu'ils s'approchent de la ville, des adolescents et de la musique forte, un moteur qui monte en régime, accélère et freine, bien trop fort, du verre qui se brise sur le trottoir, et puis des cris de femmes, dont il est comme d'habitude impossible de déterminer si elles sont heureuses ou en danger.

Elle s'enfonce dans le bruit, soulagée d'être à la maison, et somnole peut-être un bref instant. Elle sursaute lorsque Kallas se gare devant le bureau de tabac de leur rue. Elle se dresse, un peu hébétée, et commence à rassembler toutes les affaires qui se sont éparpillées durant le voyage. Elle aide les enfants à sortir de la voiture, à l'écart de la circulation. Kallas prend tous les sacs et ils traversent la cour dans l'obscurité. India montre les bassins et les poissons, mais personne ne voit rien. On entend une éclaboussure, comme si un des enfants s'était penché et avait plongé la main dans l'eau. Elle ne se retourne pas, continue le long de l'allée. Quelque chose lui serre le cœur et elle souffle. Le bâtiment se dresse devant eux, poutre noire contre le ciel noir. Elle ouvre la porte de l'entrée principale et ils pénètrent dans la cage d'escalier. Au début, elle pense que tout est comme d'habitude : l'eau qui coule dans les canalisations et les graffitis sur les murs. Puis elle entrevoit Kallas dans le miroir de l'ascenseur et perçoit son inquiétude. Rien n'est comme d'habitude.

Dans l'appartement, elle tend la main, comme pour montrer quelque chose, elle ne sait même pas quoi. Personne ne la regarde et elle se sent ridicule. Les enfants ont déjà commencé à dénouer leurs nouvelles chaussures à lacets et ont déposé leurs sacs à dos sur le sol de l'entrée. Ils traversent les pièces, méthodiquement, comme à la recherche de quelque chose de précis. Grimaldi et Domenico passent leurs mains sur les murs, restent longtemps plantés devant son autel dans le salon, soulevant les pierres et les symboles à hauteur de leurs yeux avec précaution. Alexander se tient face à la bibliothèque et lit le dos des livres.

— Prends celui que tu veux, dit India en se dirigeant vers la chambre.

Alexander se retourne et la regarde avec de grands yeux. Elle dépose les sacs sur le dessus de lit, puis sort des matelas en mousse, des draps et des duvets sales de l'armoire à linge. Elle emporte tout dans le salon et dispose les matelas de manière à recouvrir presque entièrement le sol. La pièce est transformée en une mer de duvet et de coton et les enfants se jettent dessus, plongeant presque, en hurlant de rire. D'abord, ce sont des monstres marins qui se poursuivent les uns les autres à travers l'eau froide, l'instant d'après, ce sont des pirates qui fuient la police portuaire. Ils nomment India capitaine du port et lui demandent de mettre leurs têtes à prix, elle acquiesce sérieusement, fait un salut militaire. Elle va chercher trois vieilles chemises de Kallas et les donne aux enfants. Ils se changent et se placent devant elle comme des zombies, les mains tendues, pour qu'elle replie les manches bien trop longues.

Kallas les appelle de la cuisine et elle pousse les enfants à travers l'appartement. La fenêtre est ouverte sur la cour, on entend le bruit de la rue. Sur la table de la cuisine, une bougie vacille dans le vent frais. Elle se penche et la souffle, mal à l'aise. Puis elle va fermer la fenêtre, son regard glissant sur celles d'en face. Kallas demande aux enfants de s'asseoir. Il leur verse du thé noir avec du lait et pose un plat de dattes devant eux. Les enfants mangent et boivent, leurs doigts deviennent collants et ils s'essuient la bouche avec les manches de leurs chemises. India s'assied avec eux, Kallas lui donne un verre de thé à elle aussi. Sans lait, deux sucres. Elle regarde les enfants. Leurs paupières n'arrêtent pas de se baisser, mais ils résistent, forcent leurs yeux à rester ouverts et continuent à parler. Ils ont déjà commencé à raconter des histoires à partir de tout ce qui venait de se passer, *vous vous rappelez la fois où nous avons habité à l'hôtel*, disent-ils et leurs paupières tombent, comme sur des poupées dormeuses, jusqu'à ce qu'India tape légèrement sur la table.

— Il est tard, les enfants, dit-elle.

Ils soupirent, mais cèdent, se lèvent et suivent India vers la mer de matelas. Elle les borde, caresse leurs fronts comme elle a vu Desma le faire. Kallas traverse le couloir, la bougie à la main. Il s'abaisse vers le sol et attrape le livre qu'Alexander a choisi pour le lire à haute voix comme s'il n'avait jamais rien fait d'autre. India reste un moment à les contempler. Puis elle fait le tour de la pièce, tel un veilleur de nuit. Elle laisse une lampe allumée près de la fenêtre, qui reste entrouverte.

Elle vérifie que chacun a son verre d'eau, que la porte d'entrée est bien verrouillée.

India va dans la chambre et s'allonge sur le lit, ne sait pas vraiment ce qu'elle doit faire d'elle-même. Elle entend la voix de Kallas dans la pièce voisine, délicate et mélodieuse, orageuse lorsqu'il se passe quelque chose de dramatique dans le livre. Le chevalier galope à travers la forêt au clair de lune, les enfants halètent d'excitation, ils ne sont tout à coup plus fatigués du tout. Elle ferme les yeux et écoute les bruits de la rue. Les tramways et les mobylettes, quelqu'un qui crie quelque chose dans l'un des immeubles, des voix de filles déchaînées et des rires aigus.

Elle somnole et se réveille. Elle regarde dans l'appartement d'en face. La femme traverse la pièce, un tas de tissus dans les bras. Quand la ville dort, son travail commence, India l'a bien compris. Dans la pièce voisine, Kallas éteint la lampe et chuchote quelque chose aux enfants avant d'apparaître dans l'ouverture de la porte. Elle l'observe dans la pénombre.

— J'irai demain, dès que j'aurai fini à l'université, dit-elle.

Il hoche la tête.

Dehors, une voiture de police passe. Aucune sirène, mais la lumière bleue balaye l'appartement. Elle pense à Desma et Lafayette, qui sont encore près de l'incendie. Le rouge qui s'est abattu sur la maison la nuit. La terre calcinée et les braises qui crépitent. Puis elle pense aux enfants. Elle se remémore ces journées étranges à être leurs protecteurs, tente de comprendre ce qui est arrivé. Demain, se dit-elle. Demain, tout sera réglé.

Elle regarde autour d'elle dans la pièce. Les piles de vêtements et le verre d'eau. On dirait qu'ils sont partis depuis un siècle. Leur vie habituelle ressemble tout à coup à un rêve étrange qu'ils doivent maintenant essayer de recréer. Les choses qui l'entourent sont des accessoires et l'appartement une scène où tout doit se jouer. D'une manière ou d'une autre, tout doit redevenir comme avant. Le lendemain, elle va contacter les autorités, se répète-t-elle. Demain. Quelque chose de froid la traverse. Une ligne glacée qui va de sa nuque jusqu'au bas de son dos. Tout sera réglé. Les enfants retrouveront les leurs, quels qu'ils soient. Elle tremble. Fait un geste devant son visage, comme pour chasser cette pensée.

Elle essaye de calmer son cœur qui s'emballe, tend la main dans la pénombre, vers Kallas qui se tient près de la fenêtre et regarde dehors. Il a l'air concentré. Elle sait qu'il tente de découvrir des issues, des solutions, de prévenir le moindre accident possible qui pourrait se trouver dans les cartes. Elle prononce son nom et il se tourne vers elle dans l'obscurité. Rien n'est plus comme avant. Il s'allonge à côté d'elle et elle respire son odeur. Il n'y a rien à dire. Elle se blottit contre lui et appuie sa tête sur sa poitrine. Elle ferme les yeux.

L'AUBE SE LÈVE comme à son habitude, mais sous une forme particulière, celle d'une fine brume qui monte du fleuve en même temps que le soleil. India la regarde se faufiler le long des rues et entrer par les fenêtres, imaginant qu'elle tire de leur sommeil tous ceux qui dorment, l'un après l'autre, jusqu'à ce que toute la ville soit réveillée et que la journée commence.

Pour sa part, elle n'a pas fermé l'œil. Les angoisses se sont succédé toute la nuit : Et si les enfants étaient placés dans un foyer quelque part, une maison infestée d'amiante où le poison se répand à une vitesse terrifiante et où le pain a le temps de moisir avant d'atteindre leur bouche ? Et si elle et Kallas se retrouvaient au tribunal ? Dans la nuit, elle a vu des hommes vêtus de noir marcher rapidement à travers des couloirs sombres. Ils chuchotaient entre eux, des choses changeaient de main. Kallas était condamné à une peine inqualifiable et elle restait debout, seule responsable de sa chute. Ses pensées nocturnes se sont faites de plus en plus dramatiques, de moins en moins ancrées dans le réel, et, à la fin, il était impossible pour elle de distinguer la réalité de ses pires cauchemars. Le manque de sommeil lui picote les doigts. Elle ne sait pas comment elle va tenir toute la journée. La visite aux autorités qui l'attend. Si seulement elle n'avait pas insisté. Si seulement elle avait écouté Kallas et emmené les enfants au poste de police cette nuit-là. Avant l'incendie. Tout est sa faute.

Elle ferme fort les yeux. Tente de se concentrer sur les bruits de la rue, la circulation et les gens dehors, la réalité qui, elle s'en convainc, est encore réelle. Et puis la respiration de Kallas, juste à côté de son oreille gauche. Elle écoute les enfants qui dorment dans l'autre pièce. Tout est calme, une sensation de douceur. Elle approche son visage du cou de Kallas, essaye de somnoler. Dans la pièce des enfants, quelque chose tombe par terre. Elle se redresse rapidement dans son lit, attrape son peignoir. Elle reste debout un instant dans l'embrasure de la porte et observe Domenico dressé sur son matelas, tout ensommeillé, un verre vide à la main. Il lève les yeux lorsqu'elle entre.

— C'est tombé, dit-il.

Elle s'approche et s'assied à côté de lui, retire le verre de son poing serré.

— Ça ne fait rien, ce n'est que de l'eau, dit-elle. Tu t'es mouillé ?

Il secoue la tête, mais montre le liquide renversé, un delta miniature qui s'étend sur le parquet. Elle tire un peu sur le drap, se penche en avant et essuie la petite flaque. Elle regarde Domenico. Elle lui caresse tendrement la joue, mais retire vite la main, effrayée par ce geste maternel.

— Tu veux dormir encore un moment ?

Il secoue la tête et se frotte les yeux. India se lève pour aller à la fenêtre, écarte le tissu accroché là en guise de rideau provisoire. La lumière du matin est écrasante, une grande lueur dorée qui bouillonne, presque effervescente. Elle reste debout un instant à contempler la ville, sa façon de bouger. Derrière elle, un bruissement se fait entendre. C'est le bruit des enfants qui s'étirent, qui remontent à la surface pour respirer après toute une nuit passée dans l'obscurité moite du sommeil, où tout peut arriver. Elle se retourne. Alexander a tendu ses bras au-dessus de sa tête et fixe le plafond d'un regard vide. Grimaldi déplace son oreiller, comme s'il remplissait une mission très urgente, pour finir par le positionner au pied du matelas et paraître satisfait du résultat.

— Bonjour, messieurs, dit-elle. Vous avez faim ?

Elle n'obtient pas de réponse, les contemple. C'est comme s'ils ne l'entendaient pas. Elle va à la cuisine et sort du pain, du beurre et un pot de confiture de prunes qu'elle trouve au fond du placard. Les enfants ont besoin d'être nourris souvent, cela, elle le sait. Le pain est sec, alors elle le fait griller. L'eau commence à bouillir sur la cuisinière. Elle la verse sur les feuilles de thé, en respire la vapeur amère. Elle va ouvrir une fenêtre.

L'odeur de l'eau, du goudron. La cour intérieure est noyée dans la lumière du soleil, mais au niveau du sol, la brume est encore très dense. On ne voit ni les bassins ni les dalles de pierre.

Elle se retourne et aperçoit les enfants qui se tiennent debout en silence dans le cadre de la porte. Ils ressemblent à des enfants vampires ou à des esprits anciens qui doivent attendre d'être invités pour franchir le seuil. Alexander est complètement habillé, il s'est même coiffé, mais les autres portent toujours les vieilles chemises usées de Kallas, qui leur arrivent à tous les deux bien au-dessous des genoux. Elle leur demande d'entrer, se retenant de faire un geste exagéré avec le bras. Elle verse du thé et du lait. Elle distribue le pain sur les assiettes.

— Mangez, dit-elle en s'efforçant de les placer autour de la table.

Grimaldi et Domenico escaladent chacun leur chaise et Alexander s'assied près de la fenêtre. Ses mouvements sont raides, il évite le regard d'India. Elle pousse le beurre et la confiture vers les enfants. Elle les observe lorsqu'ils essayent de mettre le beurre sur le couteau. La confiture coule de la cuillère sur leurs mains. Alexander regarde par la fenêtre. Elle sait ce qu'il voit dehors. Des enfants et des adultes en route vers leur journée. Le jeune homme qui boit son café et fume avant de commencer à travailler, les allées qui doivent être nettoyées et les poissons nourris, une balle sur le toit de l'abri à vélos qu'il doit faire descendre.

Elle verse du thé et en apporte une tasse à Kallas. Elle lui caresse la joue, mais il ne se réveille pas, alors elle pose le thé sur la table de nuit à côté de lui. Dans l'armoire, elle se choisit d'abord une robe noire, mais se ravise quand elle se regarde dans le miroir. Elle a l'air de porter le deuil et d'être très fatiguée, une jeune veuve folle qui refuse de retirer sa robe d'enterrement. Elle garde une mèche des cheveux du mort dans un pendentif autour du cou, avec son portrait derrière, fantomatique et insupportable, le sourire éblouissant du jour des fiançailles.

Elle se tient à nouveau devant l'armoire, passe la main sur les vêtements qui y sont suspendus, des tissus noirs en matières bon marché ou chères. Elle aimerait se déguiser, endosser n'importe quel costume qui convienne mieux au rôle qu'elle doit jouer aujourd'hui, mais finit par revêtir un jean et une chemise blanche, trop vieille pour ce genre de numéro de transformation. Elle enfile une paire de chaussures brillantes à bouts arrondis et talons plats, se rend dans la salle de bain pour rincer son visage. Elle verse des gouttes d'huile d'amande sur ses paumes et les presse contre ses joues. Elle se peint les lèvres et les sourcils, en rouge et en noir, passe ses doigts dans ses cheveux et les attache avec une pince en écaille de tortue. Elle vaporise du parfum entre ses seins et sur ses poignets, appuie son front contre le miroir froid de la salle de bain et respire un moment. Derrière elle, le robinet de la baignoire goutte. Il flotte une vague odeur de moisissure. Elle devrait en parler au concierge.

Elle regarde l'heure, elle est en retard. Elle parcourt les pièces à la recherche de son sac à main et de ses clés, ramasse sa veste sur le sol et l'accroche à son sac. Dans la cuisine, les enfants font du bruit, elle s'arrête pour écouter leur conversation, mais ne parvient pas à distinguer les mots, juste le ton familier. Elle continue à se déplacer dans les pièces. Son chemisier bruisse et sent fort la lessive de quelqu'un d'autre, comme toujours, cette même odeur chimique qui persiste dans les machines de la buanderie commune au sous-sol. Elle se dépêche d'aller voir Kallas, qui s'est réveillé. Il tient la tasse de thé, ses yeux sont encore mi-clos. Elle s'assied un instant sur le bord du lit, l'embrasse et pose sa main contre sa poitrine.

— Je vais y aller, dit-elle.

Il grogne une réponse.

— Vous allez vous débrouiller aujourd'hui ?

Il rit.

— Nous allons nous débrouiller.

— Et tu m'appelles s'il y a quoi que ce soit ?

— Ma chérie.

— Tu m'appelles ?

— Je t'appelle s'il y a quoi que ce soit

Il l'attire à lui, l'embrasse longtemps.

— Tout est si étrange, dit-elle alors.

— Je sais, dit-il. Mais tout ira bien.

— Je me dépêche de rentrer après, dit-elle en baissant la tête.

Il hoche la sienne. Se redresse pour la regarder dans les yeux.

— Je t'aime plus que tout, dit-il.

— Je t'aime encore plus, dit-elle.

Elle lui passe la main dans les cheveux et se lève.

— On se voit dans l'après-midi, dit-elle, mais il a déjà replongé en lui-même.

Elle se précipite dans la cuisine. Elle attire l'attention des enfants en sifflant doucement, les salue d'une main.

— Salut les garçons, dit-elle. J'y vais maintenant.

Grimaldi se tourne sur sa chaise avec de grands yeux.

— Tu dois *partir* ?

— Je dois travailler un peu. Mais Kallas reste ici.

Elle voit son soulagement.

— Alors, nous ne sommes pas seuls ? dit-il.

— Non, vous n'êtes pas seuls, l'assure-t-elle.

Il hoche la tête, rassuré, continue à disposer les allumettes en une longue rangée militaire entre la confiture et le beurre, qu'elle devine être des bastions. Ils ne s'aperçoivent pas de son départ, se glissant avec fluidité dans leur propre monde.

À peine dans l'ascenseur, elle se sent inquiète et, dès qu'elle sort dans la rue, elle remarque un petit fossé qui s'ouvre devant la pointe de ses chaussures. Elle a l'impression de se trouver au bord d'un trou plongeant droit dans les profondeurs, jusqu'au magma. Elle s'appuie un instant contre la façade, ferme les yeux et respire, jusqu'à ce qu'elle entende quelqu'un arriver derrière elle.

— Tout va bien ?

Elle se retourne et s'appuie contre le mur. C'est le jeune homme qui pose la question. Il se tient là, grand et raide, un seau et un râteau à la main, une cigarette derrière l'oreille.

— Oui, absolument, dit-elle, juste un petit vertige.

Elle sourit, essaye de paraître convaincante. Elle lui fait un bref signe de tête et recommence à marcher, en gardant le dos droit et en mettant un pied devant l'autre, se concentrant sur le martèlement de ses chaussures sur l'allée de pierres quand elle le dépasse avant de disparaître de l'autre côté de la cour à travers les vestiges de la brume. Elle s'imagine qu'il est resté debout derrière elle et qu'un petit sourire confus se dessine sur ses lèvres.

Le soleil est doux et la ville est à sa place habituelle. Tout est comme d'habitude, se persuade-t-elle, le bruit de la circulation, et l'odeur du fleuve, parfois un occasionnel vent froid qui souffle dans les rues, comme s'il essayait de balayer le reste des dernières chaleurs. Elle marche d'un pas rapide, traverse le parc où les écoliers sont déjà agenouillés dans l'herbe pour rassembler les feuilles sèches et les cailloux, une fillette passe, un seau en plastique à la main, qui dégage une odeur de fruits trop mûrs et de terre lorsqu'elles se croisent.

India arrive au niveau du rond-point submergé par le bruit et les gaz d'échappement, le parc était une palmeraie en comparaison, un mirage fumant. Elle se dépêche, de plus en plus stressée, il y a des gens partout, et dans sa poitrine son cœur bat la chamade. Elle entend ses chaussures claquer en rythme sur le trottoir, elle court presque, de plus en plus jusqu'à ce qu'elle arrive à l'université. Là aussi, tout est comme d'habitude, le grand escalier et l'année inscrite au-dessus de la porte, les fenêtres ouvertes à tous les étages.

Elle entre dans le hall et constate que les étudiants sont rentrés. Partout des rires et des voix fortes, des cigarettes qui changent de main et des livres empilés sur le sol. Elle baisse la tête et traverse rapidement le hall, ne salue personne, monte les marches en courant et déverrouille la porte du bureau.

Nadja n'est pas là, mais sa veste est pendue à la patère, elle doit se trouver quelque part dans le bâtiment. Dans le bureau qu'elles partagent, tout est calme, presque sacré, et partout il y a des traces du travail de Nadja. Des piles de livres et le tableau d'affichage en désordre, les murs de sa moitié de pièce couverts de photos et de références qu'elle a accrochées avec du ruban adhésif et des punaises. Le travail de Nadja se rapproche de plus en plus du territoire d'India, comme si son chaos avait une envie inhérente de dévorer l'ordre d'India et ses murs à peine décorés. Elles sont comme des versions inversées l'une de l'autre, c'est du moins ce qu'elles se disent. Chez Nadja, tout est soigneusement rangé, chez India, il faut enjamber les piles de vêtements pour sortir sur le balcon. À l'université, c'est exactement le contraire. Sur le bureau d'India, il n'y a rien qui n'ait sa place précise. *Dans tout chaos se trouve un cosmos*, dit Nadja. *Dans tout désordre se trouve un ordre secret*, répond India.

Le bureau d'India est rigoureusement comme elle l'a laissé avant d'aller rejoindre Kallas pour prendre le train. Elle réalise que cette soirée s'est déroulée à une autre époque de sa vie, aujourd'hui révolue. Le portail vers l'ancienne est fermé, quelque chose s'est terminé avant qu'elle ait compris que cela avait commencé. Elle avait traversé la ville pour rejoindre son amant et tout était simple. Et maintenant, cette vie. Elle et Kallas sont piégés dans une sorte de maison de poupées pour adultes, dont la seule porte de sortie est d'aller se dénoncer comme criminels. À quoi ressembleront-ils lorsque tout ceci sera fini ? Elle a envie de se gifler, mais se retient. Toujours aussi mélodramatique, pense-t-elle. Ce n'est pourtant pas comme si quelqu'un allait se retrouver en prison. Tout ce qu'ils ont fait, elle le referait, se persuade-t-elle. On ne laisse pas des enfants au milieu d'un incendie.

Elle s'assied, contemple un instant la table, le livre ouvert qui présente une sorte de monstre de feu, un diable avec une tête de bélier et, sous l'image, un poème qu'elle ne comprend pas. Elle referme l'ouvrage et le fait tomber par terre, sur la pile des livres à rapporter à la bibliothèque universitaire, puis repose son front dans ses mains. Elle entend quelqu'un arriver dans le couloir et lève les yeux. Nadja apparaît dans l'embrasure de la porte, vêtue d'une robe noire en coton à boutons blancs. Ses cheveux sont rassemblés en une tresse et brillent d'un éclat noir dans la lumière du matin. Et son visage, le plus familier de tous, qui fait qu'aussitôt quelque chose en India s'adoucit. Tout est comme d'habitude. Nadja est réelle. India se frotte les yeux, s'étire sur sa chaise, essaye de se ressaisir devant Nadja qui pose une tasse de café et s'installe à son bureau. Elle pointe le visage d'India.

— Tu as l'air d'un fantôme, dit-elle, sa main toujours tendue vers India. Il est arrivé quelque chose ?

India éclate de rire. Elle entend elle-même combien il sonne creux. Elle secoue la tête et la baisse.

— C'est juste un peu bizarre, dit-elle.

Nadja la dévisage comme si elle cherchait quelque chose, une preuve exploitable.

— Rien de bien grave, en fait.

India entend combien sa voix est faible.

— Mais enfin, ma chérie, dit Nadja qui n'a pas la moindre patience pour ce genre de choses. Raconte-moi ce qui s'est passé.

— Promets-moi de ne pas te mettre en colère, dit India. Promets-le-moi.

Elle lance un regard suppliant à Nadja.

— Voyons, dit Nadja en pouffant de rire. Tu sais que je serais la première à venir te rendre visite si tu étais emprisonnée pour meurtre.

India essaye de sourire, mais n'y parvient pas. Nadja se penche sur son bureau, lui tapote la main d'une manière presque paternelle.

— Tu te souviens de cette fois au bar de l'hôtel ? demande India. Lorsque je t'ai parlé de Kallas. C'était ton anniversaire et j'avais commandé du champagne pour nous deux, tu t'en souviens ?

Nadja hoche la tête.

— Tu m'as offert un magnifique bracelet avec une inscription, dit-elle.

— Oui, et puis je t'ai parlé de Kallas. J'étais tellement amoureuse que je me sentais comme possédée. Tu te rappelles ? J'étais en état de choc. C'était comme si je tombais encore et encore et que je ne savais pas où ça allait s'arrêter. Je crois que j'essayais de paraître nonchalante, mais tu t'en moquais.

— C'est Kallas ? rugit Nadja en levant un doigt rageur. Je vais tuer ce petit bâtard, qu'est-ce qu'il a fait ?

India secoue rapidement la tête, en riant d'horreur.

— Non, non, ce n'est pas Kallas, s'empresse-t-elle de dire. Je pensais juste à la façon dont tu étais à l'époque, pleinement de mon côté, même si je ne me rendais pas compte que c'était nécessaire.

Elle baisse le regard.

— Tu veux dire quand j'ai demandé s'il l'avait déjà quittée, l'autre ? lui rappelle Nadja.

India ferme brièvement les yeux.

— Oui, exactement, dit-elle. Tu es mon défenseur, quand je ne sais même pas que j'ai besoin d'un défenseur. Comme un grand frère, tu sais.

— Ma Petite Didi, dit Nadja en inclinant la tête, la ride entre ses sourcils s'approfondissant. Tu fais la même chose pour moi.

— Oui, mais c'est facile, dit India en souriant. C'est facile d'être ton défenseur.

— Pourquoi tu penses à ça maintenant ? demande Nadja en la regardant d'un air inquisiteur. Ça fait des d'années.

Nadja tend la main et India la prend. Quelqu'un passe dans le couloir à l'extérieur. Des pas rapides qui résonnent contre les murs avant de disparaître. India fixe son regard sur une nuance de ton dans la vitre de leur unique fenêtre. Puis elle commence doucement à raconter. Elle raconte tout et n'oublie rien. Elle parle de Desma et de Lafayette et du voyage pour se rendre chez eux. De l'accident au bord de la mer et des jours de farniente dans la grande maison. Des enfants qui sont apparus et qui n'étaient que des enfants. Du sérieux d'Alexander et des petits qui escaladaient l'arbre de Desma comme un corps à deux têtes. De l'incendie. De la nuit où personne n'a dormi. De la façon dont les cheveux noirs des garçons étaient étalés sur les oreillers blancs, comment elle les a regardés. De la colère de Kallas. De la grande incertitude. De la question de savoir si tout ce qu'ils avaient fait était la chose à faire ou pas. Un acte criminel qui allait les hanter pour le reste de leur vie. Et puis du fait qu'elle doive se rendre cet après-midi auprès d'une autorité quelconque afin de tout avouer. Elle parle encore et encore, on dirait une parenthèse, un huis clos dans le temps. Elle ne regarde pas Nadja, mais tient sa main moite. Elle parle pour finir de la nuit qui vient de s'écouler, de la façon dont elle est restée éveillée à se tourmenter, et puis du matin, des enfants endormis sur leurs matelas et du petit gouffre dans lequel elle avait failli tomber, de l'impression de l'impossibilité de tout. De combien elle a peur.

India se tait et redresse la tête, regarde Nadja dans les yeux. C'est un regard fatigué qu'elle a déjà vu à maintes reprises, parce que Nadja est une personne terre-à-terre.

— Mais nom de Dieu ! s'exclame Nadja en levant les mains. Des enfants sont arrivés, puis le feu s'est déclaré, vous ne parveniez pas à entrer en contact avec la police, alors vous les avez amenés ici, à un endroit où il n'y a pas d'incendie. Excuse-moi, mais c'est quoi le problème ?

La réaction de Nadja prend India au dépourvu : la façon dont la scène de deuil peut se transformer en un instant en comédie. India se met à rire et ne parvient plus à s'arrêter. C'est un rire étrangement libérateur, mais effrayant aussi, qui lui donne des crampes dans la poitrine.

— Oui, c'est quoi le problème ? répète Nadja, qui ne peut pas non plus s'empêcher de rire quand elle regarde India. À t'entendre, c'est une aventure vraiment compliquée, espèce d'idiote.

Elles se regardent. Des larmes coulent sur les joues d'India, son rire s'éteint doucement. India balaye la pièce des yeux. Tout est comme d'habitude. Elle se sent soulagée, comme si elle avait chassé une ombre.

— Va voir les autorités, dit Nadja. Va voir les autorités pour qu'ils prennent en charge les gamins. Il faut arrêter de t'attacher à ces enfants. Parce que ce ne sont pas tes enfants.

India contemple ses mains.

— Parce que tu n'as pas eu le temps de t'attacher à eux, n'est-ce pas, India ?

Il y a quelque chose de ferme dans la voix de Nadja. India regarde par la fenêtre et sent à nouveau quelque chose de sombre s'installer un instant dans son corps. Elle veut retourner à la lumière.

— Non, non, bien sûr que non, dit India avec un sourire.

Elle croise le regard de Nadja.

— Écoute, dit Nadja en l'examinant sérieusement. Je suis allée à une fête une fois. C'était en juin et le soleil et la lune planaient au-dessus de nous toute la soirée. Tout était vivant à ce moment-là, tu sais, cette humidité qui existe au début de l'été, comme si toutes les plantes étaient si pleines de sève qu'elles débordaient, rendant l'air poisseux comme du nectar. Je me rappelle que j'étais assise dans une cour intérieure entre deux hommes. C'était avant que je devienne maman. J'étais, à tous égards, une personne libre.

Elle sourit brièvement à India, elles se souviennent toutes les deux de cette époque.

— Il y avait une aire de jeu et un abri à vélos, une cour tout à fait ordinaire, tu sais, près de l'immeuble où mes amis habitaient. Ils avaient posé une nappe sur une table en bois qui se trouvait sous une treille, il y avait du vin et de la nourriture et quelqu'un avait accroché des lanternes dans les arbres. C'était magnifique, festif. Et nous étions tous assis là, à parler, et tout allait bien, l'ambiance était agréable et animée, mais il y avait aussi une espèce de malaise dans l'air, parce qu'un groupe d'enfants nous tournait autour, courant dans le jardin et à l'extérieur, dans les rues alentour. Je me souviens qu'ils traînaient une énergie derrière eux, comme une queue, une sorte de vitalité enfantine, euphorique, mais un peu brutale aussi. Il y avait une promesse inhérente que quelque chose allait mal se passer ce soir-là, comme lorsqu'on regarde quelqu'un marcher sur une corde raide, comme si le désastre faisait déjà partie intégrante de la représentation elle-même.

Nadja se tait. India jette un coup d'œil à l'acacia qui tend ses branches vers la fenêtre et croit l'espace d'un instant apercevoir quelqu'un dans la végétation, une oreille indiscrète. Elle se débarrasse de ce sentiment et se concentre sur Nadja, affaissée sur sa chaise, perdue dans ses souvenirs, son regard fixé sur quelque chose d'invisible devant elle.

— Les enfants se sont rapprochés, reprend-elle. Ils se déplaçaient en cercles de plus en plus petits jusqu'à ce qu'ils soient tout près de notre table. C'étaient des enfants d'âges différents, l'aîné avait peut-être onze ans, le plus jeune pas plus de cinq. Ils chantaient et faisaient du bruit, créant une sorte de chaos, comme s'ils essayaient de nous piéger d'une certaine façon, comme si cela faisait partie de leur jeu de jouer à l'enfant à côté des adultes. Je me souviens que je riais, que j'étais stupéfaite parce qu'ils étaient tellement irréels, pour ainsi dire. Je ne croisais pas si souvent des enfants à l'époque, ils ne m'intéressaient pas vraiment. Mais je me rappelle la responsabilité que je ressentais, même si je n'avais jamais rencontré ces enfants auparavant. Je voulais les nourrir et donner à la plus petite un gilet pour qu'elle ne grelotte pas dans la fraîcheur du soir. Je me souviens que mes mains se sont mises à chercher ce gilet, qui n'existait pas.

India hoche la tête.

— Les enfants sont l'affaire de tous, marmonne-t-elle.

— Qu'as-tu dit ? demande Nadja en cherchant son regard.

India secoue la tête. Elle agite un petit peu sa main devant elle.

— Que s'est-il passé après ? demande-t-elle avec impatience.

— Une colombe est tombée du ciel, dit Nadja. Comme une pierre. Elle a dû mourir dans les airs et s'est écrasée sur le sol. Tu sais, comme un pilote de l'armée de l'air tombé au combat pendant la guerre.

— C'est fou ! s'exclame India, les yeux écarquillés.

— Alors, les enfants ont bien sûr commencé à s'approcher du cadavre, puisque les enfants sont des pilleurs de tombes par nature. Ils ont poussé l'oiseau avec des bâtons, ils criaient fort, tout excités, comme assoiffés de sang, comme si la mort ne les effrayait pas le moins du monde.

India se penche en avant, par-dessus le bureau.

— Puis le plus âgé s'est retourné, nous a contemplés avec de grands yeux et a demandé : *On peut avoir la colombe ?*

Nadja se tait un instant, rit un peu toute seule.

— Nous nous sommes regardés. Quelle drôle de question. Ou plutôt, nous ne comprenions pas pourquoi ils voulaient l'oiseau. Les hommes parmi nous pensaient que nous devions dire non, de manière ferme. Je me souviens avoir été surprise du fait que ces jeunes hommes semblaient avoir réellement envie qu'on leur attribue cette autorité qui n'appartient qu'aux hommes. Comme s'ils n'attendaient que l'occasion de le faire. Mais les femmes, elles, étaient plus d'avis qu'*Ils veulent peut-être l'enterrer et lui donner une de ces petites cérémonies enfantines comme on voit dans les films.*

Nadja sourit et secoue doucement la tête.

— Alors, nous avons dit d'accord, dit-elle

India la dévisage.

— Et les enfants, après un regard meurtrier, ont disparu avec la colombe en une seconde. Le silence qui a suivi ne ressemblait à rien d'autre. Comme si tout ce qui s'était passé jusqu'à ce moment-là n'avait été qu'une comédie, un spectacle étrange.

Nadja se tait. Dehors, la lumière est jaune et il y a d'épais nuages devant le soleil.

— Pourquoi me racontes-tu ça ? demande India en regardant Nadja d'un air interrogateur, bien que d'une certaine façon elle connaisse déjà la réponse à sa propre question.

— Nous n'aurions jamais dû leur donner la colombe, dit Nadja. Tu comprends ?

India baisse les yeux.

— Nous n'aurions jamais dû leur donner la colombe, dit Nadja en tendant une main vers India. Parce que ce n'étaient pas nos enfants.

La dernière heure à l'université s'éternise. Les minutes ressemblent à des jours. Toute une époque semble s'écouler. Elle est assise, les yeux dans le vide, essayant de réfléchir sans y parvenir. Ses mains sont humides et froides, elle les contemple puis détourne le regard. Nadja donne un cours et India est seule dans la pièce, livrée à elle-même. Elle revoit l'histoire de Nadja se reproduire devant elle, encore et encore, comme sur une toile blanche. La colombe qui tombe du ciel et atterrit avec un bruit sourd.

Près de la fenêtre ouverte, le rideau ondule. Elle regarde l'horloge suspendue au-dessus de la porte, prend la décision de suivre la trotteuse jusqu'à ce qu'il soit l'heure. Le temps passe, mais imperceptiblement. Elle imagine qu'elle vieillit beaucoup plus rapidement, que ses cheveux poussent et poussent encore et finissent par atteindre le creux de ses genoux, que ses ongles forment de longues spirales qui touchent le sol. Elle se mord la langue, enfonce ses ongles dans ses cuisses. À l'instant précis où l'horloge sonne cinq heures, elle se lève, attrape sa veste et son sac et se précipite aussi vite que possible dans la rue, disparaissant au coin.

La ville est vide, morte, et l'air semble encrassé autour d'elle. La brume jaune et malsaine flotte au bord du fleuve et, entre les immeubles, elle la voit s'élever au-dessus de l'eau et se frayer un chemin dans les rues. Elle écoute ses pas, le rythme régulier, se demande où sont passés tous les gens, tous les chiens. À l'entrée du parc, un cheval est attelé à une calèche. Il a à peine l'air vivant, ses yeux sont laiteux et sa crinière terne, un peu grasse. Elle regarde le cheval dans les yeux, lui fait un bref signe de tête, puis continue. Les boulevards sont déserts et, même près des grandes fontaines, on ne voit pas la moindre personne, uniquement elle.

L'Autorité de tutelle et de protection de l'enfance est située dans un imposant bâtiment blanc aux fenêtres carrées. Un cube blanc entouré de rien. Dans la brume du fleuve, on dirait presque que la façade se fond avec le ciel derrière elle pour ne former qu'un seul édifice. Elle arrive devant une haute porte sans ornement, la pousse de l'épaule. Dans le hall, un homme est assis derrière un comptoir et parle à voix basse au téléphone. Elle le regarde, mais rien ne se passe. Elle prend un numéro de file d'attente bien qu'il n'y ait personne d'autre ici, attend et fixe l'horloge au-dessus de l'ascenseur. Elle se penche en arrière, vieillissant très rapidement.

Sorti de nulle part, on entend un violent bourdonnement, comme lorsqu'on fait entrer quelqu'un à l'aide de l'interphone dans son immeuble. Elle redresse la tête. Sur un écran mural sont affichés les mêmes chiffres que ceux sur le ticket qu'elle tient dans la main. L'homme derrière le comptoir la dévisage, ses yeux sont larmoyants et vides, comme ceux d'un poisson mort qu'on n'achèterait pas sur le marché. Elle se lève et se dépêche d'aller le rejoindre, s'éclaircit la gorge.

— Je veux faire une déposition, dit-elle.

Il regarde ses papiers, puis la regarde.

— Oui ?

Elle se tient debout sur les marches en pierre à l'extérieur du bâtiment. Elle regarde les rues se noyer sous une pluie drue et vivante. Une libération. Elle laisse l'eau couler sur ses joues. Elle voit le jaune se dissiper et disparaître vers le fleuve, céder la place à la lumière du crépuscule. Puis la pluie s'arrête brusquement et elle frotte son visage mouillé, lève les yeux vers le soleil qui va bientôt s'éclipser derrière les toits. Personne en vue, tout est encore désert, mais au moins maintenant, elle les entend, tous les autres, avec leurs voix et leur musique. Et puis les chiens, qui aboient sans cesse depuis leurs fenêtres de grenier ou les marches menant aux caves, invisibles et pourtant présents. Elle inspire, soulagée, puis se hâte.

Dès qu'elle entre dans la cour, elle aperçoit les trois enfants. Pour elle, la journée les a effacés, elle a réussi à les oublier, à les rendre fictifs. Mais ils sont bien là, bien réels. Complètement trempés, leurs cheveux dégoulinants et leurs vêtements gorgés d'eau. Grimaldi et Domenico ont traîné un drap imbibé d'eau depuis la corde à linge et le tiennent comme un baldaquin au-dessus d'un des enfants voisins. Ils rient et jouent, semblent ne pas sentir qu'ils ont froid, même s'ils claquent des dents, elle le voit d'ici.

Elle les appelle et ils lèvent la tête, la saluent distraitement, continuent à jouer. Alexander est à plat ventre près d'un des bassins, essayant de nourrir un poisson avec une feuille. Elle observe du coin de l'œil la nageoire jaune-rouge glisser à travers l'eau cristalline. Il plonge le bras de plus en plus profondément dans le bassin. Elle va jusqu'à lui sur le chemin de pierres, se penche et passe la main dans ses cheveux mouillés. Alexander ne relève pas la tête, trop concentré.

Elle se dirige jusqu'à la porte de l'immeuble et elle s'arrête un moment dans la cage d'escalier pour écouter les bruits à l'intérieur, tous les bruits habituels, l'eau qui coule dans les canalisations, et tout le reste, les voix de femmes, les centrifugeuses et les téléphones qui sonnent. Elle regarde son visage dans le miroir de l'ascenseur. Du vieillissement radical de ce matin, plus aucune trace. Elle a son apparence habituelle. Un peu fatiguée, mais pas encore mourante. Elle se penche en avant et souffle contre le verre du miroir, dessine un cercle dans la buée.

Dans l'appartement, Kallas est en train de fumer, assis à la table de la cuisine. La pièce sent la pluie et le goudron. La fenêtre est ouverte sur la cour et elle entend les enfants en bas. Kallas lève la tête, la dévisage. Il a l'air nerveux, traqué. Elle s'assied en face de lui et pose ses mains sur la table, tournées vers le haut.

— Ils veulent que nous les gardions quelque temps, s'empresse-t-elle de dire.

Kallas écarquille les yeux.

— Qu'on les garde ?

Il l'examine sévèrement, trouve-t-elle, avec méfiance.

— Oui, dit-elle en croisant son regard et se redressant. Cette personne des autorités, cet homme, il a vérifié mes papiers, mon casier judiciaire, et il a dit que je semblais être une personne honorable.

Ils se regardent.

— Je ne comprends pas.

Kallas écrase sa cigarette.

— Ils peuvent rester ici quelque temps, explique-t-elle. Jusqu'à ce que nous ayons réglé toutes les formalités administratives.

Il esquisse un sourire et se lève.

— Une personne honorable, as-tu dit ?

Il pose ses mains sur ses joues. Elle se lève à son tour et l'entoure de ses bras, se penche en arrière afin de pouvoir le regarder dans les yeux.

— Cet homme, dit-elle. Cet homme des autorités. Il était d'avis que ce serait inutilement compliqué de trouver un foyer temporaire pour eux en ce moment.

Kallas l'interroge du regard.

— Il y a visiblement beaucoup d'enfants après l'été, dit-elle.

— Que veux-tu dire ?

Il a l'air contrarié et la relâche. Elle hausse les épaules.

— Des enfants qui ont besoin d'un endroit où habiter, dit-elle.

— Des enfants sans parents ? demande-t-il.

Elle acquiesce.

— Comme les chats en été ? dit-il.

— Je suppose.

— Qu'y a-t-il, l'été ?

Elle secoue la tête, regarde par la fenêtre.

— On s'enfuit de chez soi, j'imagine, dit-elle. Ou alors la situation empire à cette période. Je ne sais pas.

Une ombre passe sur le front de Kallas, elle la voit arriver, elle sait à quoi il pense. Les enfances et les pères décédés et tout ce qui doit être tu. Elle entend les enfants dans la cour, les voix qui résonnent. Elle tend la main vers lui, mais il se détourne.

— Alors ils peuvent rester ici ? demande-t-il.

— Oui, jusqu'à ce que nous ayons réglé différents papiers et que nous prenions un rendez-vous chez les autorités.

— Combien de temps ? poursuit-il, le regard toujours lointain, tourné vers le ciel et la ville, n'importe où du moment que ce n'est pas vers elle et son inlassable attention qui l'étouffe, il le lui a dit maintes fois, mais seulement avec les yeux, jamais avec la bouche.

Elle s'approche et pose ses mains avec insistance sur sa poitrine. Il baisse la tête vers elle.

— Jusqu'à ce que nous ayons réglé toutes les formalités administratives, répète-t-elle. Nous devons nous rendre à différents endroits, essayer d'obtenir leurs numéros de sécurité sociale. Il a tout noté sur le papier, je l'ai ici quelque part.

Elle commence à fouiller dans son sac, sort le papier froissé où sont listés les différents noms des administrations et numéros de formulaires. L'écriture soigneuse mais tremblante de l'homme à l'encre rouge. Elle tend la feuille à Kallas. Il la prend et se penche sur le plan de travail, lit, les sourcils froncés, il semble soulagé pendant un moment. Puis elle voit quelque chose le traverser. Une irritation.

— Oui, mais pour combien de temps ? dit-il d'une voix frustrée, en la fusillant du regard.

Comme si elle ne comprenait pas la question, comme si elle était stupide. Elle le regarde.

— Il a dit que ça pouvait prendre une ou deux semaines, dit-elle.

Il écarquille les yeux, sourit d'un sourire éclatant.

— Une ou deux semaines !

Elle acquiesce, lui sourit. Elle repense au soir dans la maison de Desma, quand les enfants ont surgi. Elle ne comprend pas pourquoi il est content de la nouvelle. Elle croyait que ce sentiment, ce désir secret de les avoir avec eux aussi longtemps que possible n'était que le sien. Elle scrute son visage, à la recherche de quelque chose. Ses yeux brillent et il se précipite à la fenêtre pour appeler les enfants. Il la regarde par-dessus son épaule et lui fait un grand sourire, presque admiratif, comme si elle était une magicienne qui avait fait apparaître l'impossible.

— Une ou deux semaines, India, rit-il. C'est une éternité !

Et alors elle comprend. Elle le voit maintenant clairement sur son visage. Il a toujours dit qu'ils devaient contacter les autorités au plus vite. Il a toujours été rigoureux et responsable. Mais en même temps, c'est lui qui a joué avec les enfants dans l'herbe, qui les a consolés, qui leur a brossé les dents. Il leur a lu des histoires et il est resté longtemps dans la cuisine avec Alexander pendant le thé du soir. Lui non plus ne veut pas que tout cela se termine, cette histoire étrange qui se joue ici, au milieu de leur vie tranquille, ce jeu dangereux.

Elle va se placer à côté de lui, jette un coup d'œil par la fenêtre et aperçoit les enfants qui se précipitent dans la cour, ils se faufilent entre les bassins et les buissons bien taillés. Ils disparaissent à l'intérieur et elle peut presque entendre le mouvement de l'ascenseur dans l'immeuble, le solide mécanisme et les câbles qui cognent la cage de l'ascenseur. Puis ils entendent les pas des enfants devant la porte comme un seul homme, gelés et tempétueux et les cheveux dégoulinants de pluie et de terre.

Ils regardent India, puis Kallas. Se souvenant peut-être seulement maintenant de ce qu'ils ont réussi à oublier toute la journée, la peur que, méthodiquement et avec la complicité de Kallas, ils ont étouffée avec leurs jeux, les sucreries et leurs nouveaux amis, et qui revient les frapper de plein fouet. La police qui doit venir les chercher et les renvoyer dans leur autre vie. India regarde leurs doigts gelés. Elle s'avance comme pour suivre un ordre, et met de l'eau à chauffer. Ils ont besoin de boire quelque chose de chaud. Elle a complètement oublié ce qu'elle a à leur dire d'important. Elle sort des tasses et du thé, verse du lait dans une petite cruche. Les enfants se contentent de l'observer, stupéfaits devant ce comportement incompréhensible. Elle se tient là, en train de préparer du thé au milieu de la fin du monde. Alexander se racle la gorge. Il la scrute avec un air de défi. Elle tourne les yeux vers lui puis les baisse sur ses mains et rougit, confuse. Elle pose la théière.

— Vous savez qu'India est allée parler avec l'administration aujourd'hui, l'aide Kallas.

Les enfants hochent la tête, se regardent avec inquiétude.

— Elle a tout expliqué, l'incendie et tout, poursuit-il. Et ils ont dit que vous pouviez rester avec nous quelque temps.

Kallas les observe. Il écarte les bras, comme s'il était question d'un cadeau inestimable. Et c'est bien de cela qu'il s'agit, d'un cadeau, India le voit à leurs yeux quand tous les trois se tournent vers elle dans un même mouvement, comme pour avoir la confirmation que ce que vient de dire Kallas est vrai. Elle hoche la tête, leur sourit, mais ressent en même temps une infinie tristesse.

— Juste le temps de régler quelques paperasseries, s'empresse-t-elle de préciser, pour qu'ils comprennent que leur temps est compté, que ceci va leur échapper.

— Mais quand même, dit Kallas, un instant, le plus enfantin de tous, enthousiaste et confiant, l'homme a dit que cela allait prendre une ou deux semaines.

— Une ou deux semaines, c'est super long, dit Alexander en se tournant vers les petits. Je veux dire, super, super long.

Grimaldi regarde India, très sérieusement, ne la laisse pas détourner les yeux.

— On peut aller voir les bateaux, India ? demande-t-il.

Elle le contemple, ses joues de pêche absolument parfaites. Elle se mord la langue et se retient de lui caresser le front. Elle se retourne, soulève la théière à nouveau, pour occuper ses mains.

— Oui, dit-elle, le dos tourné aux enfants, une nouvelle sorte de douleur juste sous le plexus solaire. Cette fin de semaine, nous irons voir les bateaux.

ELLE SE SOUVIENT de ce premier jour de printemps, les graines duveteuses des trembles qui flottaient autour de leurs visages alors qu'ils étaient installés sur un banc dans le parc de la ville, l'air clair, frais et parfumé. Elle avait déboutonné son manteau et laissé le soleil réchauffer son dos. À côté d'elle, Kallas était assis, les yeux plissés à cause de la forte lumière. Tout était exubérant, vibrant, et elle se sentait devenir folle, comme chaque année depuis aussi longtemps qu'elle s'en souvienne, le soleil de mars prenait possession de sa chair et révélait le rôle factice de son squelette, frappant et cognant jusqu'à ce que tout disparaisse, rasé. Elle pouvait l'entendre se produire, la mise à nu de son véritable tempérament, qui commençait à rayonner à travers ses yeux, la faisant parler trop fort et l'empêchant de dormir. Elle était comme une rivière au printemps, bouillonnante et fougueuse, et chaque année Kallas était là, telle une belle pierre au milieu du courant, se laissant submerger par tout le flot.

Ils s'étaient levés pour marcher dans le parc, regardant les enfants, les chiens et les chevaux attelés. Tout explosait et dévoilait son intérieur verdoyant. Elle respirait profondément, voulait mordre la moindre plante qu'ils croisaient, mais se retenait. Ce n'était que le soir qu'elle portait à sa bouche différentes feuilles et boutons de fleurs, sous le couvert de l'obscurité dans la cour intérieure. Mais ici, devant les autres et en plein jour, elle se contrôlait. Le parc semblait sans fin et elle le buvait des yeux. Des gens étaient éparpillés sur les pelouses, certains s'étaient allongés sur les rebords en pierre des fontaines, passant les doigts à travers l'eau encore fraîche de l'hiver.

Ils s'étaient installés dans un café à côté d'un pavillon, avaient commandé de la limonade et des petits gâteaux sablés qui s'effritaient quand on les croquait. Ils ne disaient rien. Ils étaient juste plongés dans un silence réciproque. Ils étaient restés assis longtemps ainsi, ressemblant de plus en plus à des statues, muets, jusqu'à ce que Kallas finisse par rompre le silence.

— Tu es sûre de ne pas vouloir d'enfants ?

La question s'était échouée lourdement, dans un bruit métallique, sur la table entre eux, et India pensait qu'elle avait peut-être surgi toute seule des fleurs, de tous ces bourgeons et ces pousses qu'ils avaient croisés sur le chemin du pavillon, qui lui avaient fait penser à tous les bébés de la terre, aux œufs qui éclosent et aux petits chatons aveugles. Il était ensuite resté là, complètement silencieux face à elle, avec cette question interdite dans la bouche.

Elle l'avait regardé par-dessus la table du café, elle se souvient que le sang battait dans ses tempes, elle ne savait pas si elle était en colère ou triste ou seulement soulagée qu'il repose la question, sept ans plus tard.

— Je ne peux être la mère de personne, avait-elle affirmé.

— Non, avait-il répondu et elle avait trouvé qu'il était un peu las, comme quelqu'un qui avait déjà tout entendu et qui bientôt se fatiguerait d'écouter. Mais je ne sais toujours pas ce que ça signifie.

Elle avait baissé les yeux sur la table, les miettes de gâteau et les cuillères en argent, la tache d'une tasse de café. Elle avait levé la tête, regardé droit devant, à travers lui, qui avait commencé à déchirer une serviette et à en empiler les morceaux dans son assiette. Près de la fontaine, des fillettes ravissantes jetaient des petits cailloux dans l'eau, elles portaient des vêtements de printemps, et leurs tresses pendaient, noires et fines dans leurs dos. L'eau leur éclaboussait le visage et elles criaient.

— Non, mais je ne comprends peut-être pas vraiment ce qu'est une mère, avait-elle dit.

— Quelqu'un qui aime une autre personne et s'en occupe ?

— Je t'aime et je m'occupe de toi, mais Dieu sait que je ne suis pas ta mère.

Il lui fit une petite grimace, leurs yeux se croisèrent.

— Tu ne vas pas le regretter ? avait-il demandé en appuyant son menton dans ses mains.

Elle l'avait regardé. Il avait l'air complètement calme, presque somnolent, comme si rien de ceci ne le concernait vraiment.

— Non, je ne vais pas le regretter, avait-elle dit d'un ton las. Et toi ?

— Jamais. (Il avait ri.) Il n'y a pas besoin de plus de pères sur cette terre.

Elle s'était penchée en arrière et avait observé le ciel, où les nuages se déplaçaient avec élégance devant le soleil éclatant, telles des ballerines dans une savante chorégraphie, totalement éthérés et frénétiques, avant de s'évaporer.

Elle voit Kallas courir dans tous les sens. Les journées de paperasserie ont commencé et se ressemblent à s'y méprendre. Kallas disparaît avec des formulaires sous le bras et revient des heures plus tard avec un nouveau paquet, où, penchés sur le plan de travail de la cuisine, ils écrivent leurs noms, la date du jour et leur adresse, avant qu'il disparaisse à nouveau, vers les autorités de ceci ou de cela, ou au département de ceci ou de cela, où il remet alors les formulaires et en reçoit d'autres, toujours avec la même odeur d'encre et de photocopieuse. Chaque jour, le téléphone sonne et il répond. Il a de brèves conversations feutrées derrière la porte fermée pendant que les enfants jouent dans la cour, l'appelle de temps en temps à travers l'appartement pour qu'elle vienne confirmer quelque chose de sa propre voix. *Je confirme*, dit-elle à l'appareil à ceux qu'elle finit par se représenter comme une seule et même personne, exactement comme les autorités ont fini par devenir une seule et même autorité et les formulaires un seul et même formulaire. Leurs noms brillent en bleu sur le papier pâle. Et puis les noms des enfants, apparemment inventés, qui brillent du même bleu juste en dessous. En lettres capitales carrées, Alexander, Grimaldi et Domenico.

Elle s'absente de l'université quelques jours, dit qu'elle est malade et tousse de façon très convaincante lorsqu'elle appelle Klaudia à l'accueil. Elle avoue la vérité à Nadja, qui passe dans l'après-midi avec les livres dont India a besoin pour travailler à domicile. Nadja se tient à la porte, mais ne franchit pas le seuil, comme si elle hésitait à s'approcher de ce fouillis inquiétant, comme si cette inquiétude pouvait être contagieuse. Elle ose au moins se pencher dans l'entrée et saluer d'un geste de la main les enfants dans le salon, qui lui répondent distraitement et continuent de jouer. Il n'y a qu'Alexander qui se lève, la scrute et lui fait un signe de tête amical, comme s'il la reconnaissait.

Une fois Nadja partie, India étale les livres autour d'elle. Elle s'assied sur le lit. Elle essaye de travailler, mais n'y parvient pas. Dans l'appartement d'en face, la femme tient un tissu transparent à la lumière. India attrape la tasse sur sa table de nuit et boit de longues gorgées du thé froid, amer. Elle observe les enfants lorsqu'ils se déplacent dans l'appartement, les voit toucher les murs, ouvrir chaque placard, chaque porte et chaque tiroir. Ils se sentent chez eux. Ils recueillent des trésors. Domenico arrive les mains remplies de paillettes. Il a orné ses cheveux d'une plume blanche dorée qu'elle ne se souvient même pas avoir achetée.

Grimaldi porte des pierres dans ses mains en coupe. Ce sont de vieilles pierres appartenant à Kallas. Il les a reçues en échange de ses dents de lait lorsqu'il était enfant : des pierres de lune et des améthystes, des pierres ordinaires d'une plage quelconque. Alexander s'empare de livres pris sur les étagères, puis s'allonge de tout son long dans différents coins et lit, il lit jusqu'à ce que la lumière devienne rose et que le soleil disparaisse dans le fleuve.

Les soirs, ils jouent à la famille. Ils se rassemblent autour d'activités pratiques. Elle lave les vêtements de tous et les pose en piles. Kallas prépare à manger, de grandes marmites de pâtes et de sauce rouge qu'il distribue dans des bols blancs et qu'il fait circuler avec des fourchettes et des cuillères. Les enfants ont des activités d'enfants. Ils savent exactement comment se comporter. Ils refusent de se brosser les dents, ne se lavent jamais. Grimaldi pince les lèvres à la façon d'une petite reine chaque fois que Kallas lui demande de reprendre une bouchée.

De temps à autre, un frisson parcourt l'échine d'India. Elle frémit, attrape le haut de ses bras. Elle essaye de se débarrasser de l'impression que tout est factice. Une mère, un père, des enfants. Et s'ils voulaient leur donner le meilleur, mais ne parvenaient qu'à leur donner les mauvaises choses ? Et si tous les jours heureux de la vie s'étaient déjà écoulés, ne laissant la place qu'à des jours de douleur ? Quand on réclame plus que ce qu'on a mérité, la punition est doublée, elle le sait depuis longtemps, c'est la règle.

Les garçons sont assis devant elle. Ils mangent les pâtes rouges, boivent du lait. Domenico tient son verre à deux mains. Elle tend la main et lui caresse le front.

C'EST DIMANCHE ET INDIA a noué un ruban noir dans ses cheveux. Elle marche dans les rues avec les enfants, en route pour le fleuve. L'humidité est partout, dans les arbres et les façades, les vêtements. Cette humidité dégoulinante fait penser à India qu'ils sont des dieux du fleuve, avançant sur la rive, regardant l'horizon et les montagnes, sentant une puissante force invisible les pousser tels des somnambules vers le fleuve pour admirer les péniches qui s'y balancent, brillantes comme l'acier sur l'eau verte. Ils descendent, laissant la ville derrière eux. Ils passent d'abord devant des marchands de fruits et des boulangeries, la synagogue et le musée botanique, puis des clubs de strip-tease et des bars, atteignant enfin le quartier du port, où il y a peu de monde, mais beaucoup de machines. Elle achète un peu de chocolat et une grande bouteille d'eau minérale dans la seule boutique ouverte le dimanche, fourre le tout dans son filet à provisions et rabaisse ses lunettes de soleil sur le bout de son nez. Le soleil est fort ici.

Elle tient Domenico d'une main et Grimaldi de l'autre. Alexander marche un peu devant eux, les mains dans les poches. Il s'arrête de temps en temps, semble étudier quelque chose attentivement. Il donne des coups de pied dans le gravier ou passe les doigts dans un buisson. Les jambes de Grimaldi sont fatiguées. Elle le porte, il est massif, colossal, mais se recroqueville aussitôt et se fait tout petit dans ses bras, appuyant sa joue contre son épaule.

Ils approchent de la digue qui sépare la ville du fleuve. Les garçons aperçoivent le muret qui court le long de l'eau et veulent s'y rendre, ils piaffent d'impatience. Domenico lâche sa main et Grimaldi glisse de son étreinte.

— Attendez-moi ! crie-t-il, puis les autres se retournent.

Les enfants sont grands et sauvages, ils escaladent et commencent à marcher en équilibre par ordre de taille. L'odeur du fleuve est forte. Elle se sent étourdie, comme au printemps, elle est tentée de faire quelque chose d'irréfléchi. Elle essaye d'empêcher les enfants de se mouiller, mais ils sont déjà au bord, courant dans l'eau peu profonde avec leurs chaussures à lacets. Elle retire ses sandales et les porte d'une main, patauge précautionneusement dans l'eau, qui pour une fois est parfaitement claire, ferme les yeux un instant en tournant la tête en direction du soleil. Lorsqu'elle les ouvre de nouveau, elle regarde droit dans le visage d'Alexander.

Ses yeux sourient en même temps que sa bouche. Elle lui sourit.

— Alexis, dit-elle en apercevant quelque chose dans l'eau sous eux, une pierre qui scintille au fond du fleuve.

Alexander se penche et la ramasse, aussi rapide qu'un voleur.

— Domenico, regarde ! s'écrie-t-il.

Les petits se précipitent, poussent des cris enchantés à la vue de la pierre. Elle se demande de quoi elle aura l'air lorsqu'elle sera sèche, grise et complètement silencieuse, mais ne dit rien, les laisse en paix avec leur trésor. Ils tiennent la pierre au soleil. Elle les contemple. Elle se sent tout à coup remplie de bonheur, veut conserver cet instant et le garder pour elle, jusqu'à la mort. Grimaldi a détourné les yeux de la pierre. Il regarde les bateaux, tous ces navires lourds et ces bateaux en bois amarrés le long du quai.

Elle sort de l'eau, s'assied sur le muret. Elle prend le chocolat et l'eau, la bouteille en plastique tremble un peu dans le vent qui vient du fleuve, alors elle la pose sur le sol. Le chocolat est tellement sucré qu'il fait mal aux dents et elle pense à son enfance où rien n'était sucré, pour autant qu'elle se souvienne, à part les cerises. Elle en cueillait une poignée en rentrant de l'école à la fin de l'été. Personne d'autre ne semblait remarquer que chaque année l'arbre était lourd de fruits, sans doute parce qu'il était juste devant un bar à bières ouvert

24 heures sur 24, où les hommes buvaient et buvaient jusqu'à ce qu'ils s'effondrent, le visage contre la table et dans les entrées d'immeubles des ruelles aux alentours. Il y avait toujours des vélos appuyés contre le tronc. Elle avait vu que les chiens avaient l'habitude de faire pipi à cet endroit, côte à côte avec les hommes, mais elle s'en fichait, elle grimpait tout droit et les mangeait directement sur les branches, se sentant comme l'unique souveraine d'un paradis secret. Elles avaient un goût noir, elle s'en souvient, et laissaient toujours des taches sur ses vêtements.

Elle est assise et regarde les enfants jouer, absorbés par l'eau et les pierres. Au-dessus du fleuve, le ciel est suspendu, orange vif et rempli de senteurs. Tout est beau, comme toujours en septembre. Elle a envie de célébrer le moment, se lève dans un mouvement irréfléchi et fait malencontreusement tomber le chocolat sur le sol, où il atterrit parmi les graviers et les mégots. Elle se penche et le ramasse, essaye de souffler dessus pour en retirer le pire, mais n'y parvient pas. Elle appelle les enfants qui reviennent vers elle à contrecœur. Leurs jambes de pantalon dégoulinent, mais ils rayonnent.

— Nous allons au cinéma, dit-elle. Nous avons le temps d'arriver pour la séance de la matinée si nous partons maintenant.

— C'est quoi la séance de la matinée ? demande Domenico.

— C'est le film qui passe l'après-midi, répond Alexander.

— Est-ce un autre film que celui qui passe le soir ? demande alors Grimaldi.

— Non, dit India. C'est le même film, seulement plus tôt dans la journée.

Grimaldi a l'air soucieux.

— On pourra avoir du pop-corn ?

— Oui, bien sûr, tout le monde aura du pop-corn, dit-elle en souriant. Et un soda. Tout le monde aura un soda.

Alexander porte Grimaldi sur son dos et India prend la main de Domenico. Le soleil rouge est suspendu au-dessus d'eux. Ils marchent vers la ville, laissant le fleuve derrière eux.

India parcourt les couloirs, le dos droit, telle une gouvernante. Les fenêtres sont ouvertes sur la rue. Elle inspire l'air frais, les odeurs de végétation en décomposition et de terre mouillée. Les journées dorées. On entend des voix et des sirènes à l'extérieur, la ville vit sa vie. Un homme crie des obscénités et personne ne répond. Des bruits de moteur, des oiseaux. Elle s'imagine entendre le fleuve. L'érosion des montagnes et tous les mouvements du cosmos. Elle enfonce ses ongles dans ses paumes, se force à paraître normale.

Elle est en retard, avance encore plus vite. Elle lit les petites pancartes blanches sur chaque porte qu'elle passe. Elle finit par trouver la bonne salle de cours et ouvre la porte un peu trop violemment. À l'intérieur, il règne un calme écrasant, une certaine torpeur. Elle recule presque, reste debout un instant sur le seuil. Personne ne la regarde. Les étudiants semblent repliés sur eux-mêmes, inaccessibles en quelque sorte. Tous sont allongés sur les rebords des fenêtres ou assis en tailleur sur le sol, le dos appuyé contre l'une des nombreuses bibliothèques trop remplies. On se croirait dans une fumerie d'opium, pense-t-elle en allumant brusquement le néon du plafond. Elle s'éclaircit la voix, mais personne ne réagit.

Elle regarde ses étudiants un par un. Encore quelques semaines auparavant, elle pensait à eux comme à ses propres enfants très âgés. Aujourd'hui, cette pensée semble indescriptible de ridicule. Elle observe leurs yeux mi-clos et leurs bouches à moitié ouvertes, leurs étranges vêtements démodés et leurs airs suffisants. Elle a envie d'asperger leurs visages d'eau glacée, de les tirer de leur sommeil. De les informer que quelque chose de vertigineux les attend dans les coulisses. Quelque chose qui va se jouer très bientôt. Elle se l'imagine comme une coupure dans le temps, une prise de conscience fatidique qui modifie le passé et le futur d'un même mouvement nonchalant. La vérité est que tout passe et que rien ne disparaît. On doit tout porter et tout perdre. On a trente ans lorsque cela arrive. Trente ans lorsque tous les livres qu'on a lus d'un coup se mettent à parler d'autre chose. Assez âgé pour avoir accumulé les jours vécus, mais assez jeune pour avoir peur des pertes. India vient tout juste de commencer à s'habituer à ce principe, à se soumettre à la règle que tout vous échappe à part le souvenir de ce qui est perdu. Elle se rappelle encore le choc lorsque cela l'a frappée. Une condition de vie inconnue jusqu'alors.

Elle a du mal à respirer. Dans sa poitrine, son cœur se gonfle et rétrécit à un rythme imprévisible. Elle s'assied, étale ses papiers sur le bureau devant elle. Elle observe ses mains. Elle ne les reconnaît pas, persuadée l'espace d'un instant qu'elles doivent appartenir à quelqu'un d'autre. Un moment, l'existence paraît plus réelle que jamais auparavant, le suivant, le sol se dérobe sous ses pieds. Tout ce qui vient de son ancienne vie lui semble faux. Elle est une actrice dans le rôle d'un être humain. La seule chose qui lui semble vraie est le jeu étrange qui se déroule à la maison. On n'est pas mère tant qu'on ne le devient pas. Elle jette un coup d'œil à l'horloge suspendue au-dessus de la porte. Elle baisse la tête et porte un regard absent à ses notes. Puis elle lève les yeux.

— Eh bien, commençons, dit-elle.

Les étudiants la regardent, mal réveillés, se déplacent à contrecœur pour se rassembler autour de la grande table au centre de la pièce. Elle les laisse finir de s'installer, remarque deux jeunes hommes qui se sont assis stratégiquement près de la sortie, secoue la tête presque imperceptiblement avant de prendre enfin la parole.

— Vous avez lu *Le tour d'écrou* d'Henry James pour aujourd'hui.

Elle observe les étudiants, note qui détourne les yeux ou se tourne vers son voisin pour emprunter le livre, comme s'il le voyait pour la première fois.

— Ce roman est souvent considéré comme gothique, poursuit-elle. Certains d'entre vous pourraient ne pas être de cet avis. Il est bien sûr tout à fait possible de le lire comme une histoire féministe au sujet de la fin du monde ou une sorte d'étude de cas sur la pédophilie.

Des rires fusent. Elle lève la tête. Ce n'était pas censé être une blague.

— Le texte était à l'origine une commande - James devait écrire une histoire de fantômes en douze parties, qui serait publiée dans un magazine littéraire.

Elle frissonne, ferme brièvement les yeux.

— C'est un livre aux nombreux fantômes. Des illusions à l'intérieur d'autres illusions. D'inquiétants champs magnétiques.

En face d'elle, un jeune homme lève la main.

— Des champs magnétiques ? demande-t-il en ayant l'air d'enfoncer une porte ouverte. Que voulez-vous dire ?

Elle se contente de le dévisager.

— Pouvons-nous attendre une seconde avant de poser les questions ? dit-elle en dressant une main vers lui d'un air défensif.

Le jeune homme hoche la tête nerveusement, baisse les yeux sur son livre.

— On pourrait se demander jusqu'à quel point les fantômes sont bien réels, poursuit India. On pourrait se demander jusqu'à quel point les enfants sont vraiment maléfiques. Nous ignorons si nous pouvons faire confiance au narrateur. Que savons-nous alors ? Nous savons qu'une gouvernante arrive dans une vaste propriété isolée. Elle s'occupe de ces enfants qui ne sont pas les siens. Des orphelins. Qu'est-ce qu'un enfant sans parents ? Un citoyen parmi d'autres. Une personne, sans liens et autonome. Son existence est constituée par la contrainte et la soumission. Alors que se passe-t-il si l'enfant échappe à l'ordre disciplinaire de la famille ? La vie d'un jeune orphelin est peut-être très grande et très libre ? Peut-être très solitaire et dangereuse ? Dans le livre, les enfants vivent une vie en dehors de l'ordre établi, jusqu'au jour où la gouvernante apparaît. Celle-ci ne peut pas être libre, parce qu'elle doit rendre des comptes au patriarche. C'est une fausse mère. Elle se déplace dans les ténèbres, s'éloignant d'elle-même et s'enfonçant dans la mort. Le texte est construit dès le début autour de sa douleur et de sa chute. Peut-être est-elle morte depuis le début. Peut-être meurt-elle un peu plus à chaque page. Elle se hante elle-même et hante les enfants en temps réel, elle est un fantôme qui erre dans les lieux jusqu'à ce que tout devienne fantôme. Qu'est-ce qu'une gouvernante ? Certainement autre chose qu'une femme. Autre chose qu'une nourrice. Une mère de substitution. Elle n'a que la canne et son costume. Elle parle et vous êtes censé l'écouter, la tête baissée. Si vous lisez attentivement, tout est là, noir sur blanc. Le livre témoigne d'une tragédie avant que celle-ci n'ait lieu. Vous êtes le témoin d'un meurtre. Vous voyez les enfants mourir et vous n'intervenez pas. Vous êtes complice du crime. Vous êtes l'ordre maléfique. Les enfants sont des enfants jusqu'à ce que la gouvernante les soumette. Elle les transforme en spectres. Ils deviennent de plus en plus sinistres, de moins en moins enfantins. Mais il n'existe pas d'enfants sinistres comme nous le savons, seulement d'horribles adultes qui tendent des miroirs déformants. L'astuce du livre est que les enfants restent des enfants. Lorsque nous les prenons pour des monstres, ce sont nos yeux qui sont monstrueux. Il n'y a pas d'innocence dans ce monde. L'enfance n'est sinistre que rétrospectivement. Les enfants vivent au plus près de la mort, sont la mort incarnée dès leur plus jeune âge, et sont donc attirés par tout ce qui est mort, d'une manière magnétique. La gouvernante est le spectre d'elle-même et les enfants sont attirés par elle, comme par un gouffre au milieu d'une belle clairière. Jusqu'à la dernière page, jusqu'au moment où elle étouffe l'enfant et où il meurt, c'est à elle que nous nous sommes alliés. C'est nous qui sommes la gouvernante. L'histoire est un bourreau. Si tout se passe bien, les enfants finiront par obtenir la liberté qui leur revient de droit.

Elle cligne des yeux et lève la tête vers ses étudiants, remarque que ses joues se sont enflammées. Ils la dévisagent, bouche bée, comme si elle avait déclaré quelque chose de terrible, des paroles incompréhensibles qui n'auraient pas dû être prononcées. Qu'a-t-elle dit ? Elle regarde ses mains, elles tremblent. Elle se ressaisit, baisse les yeux vers ses notes, ne saisit pas vraiment ce qui est écrit. Perturbée, elle se tourne vers une de ses étudiantes les plus assidues et lui demande de lui dire comment elle a compris le livre. La jeune femme a l'air surprise et hésite un instant, mais se met ensuite à parler, d'une voix forcée et absolument sans passion. India souffle. Elle se penche en arrière et tente de calmer ses mains. Dans la rue, une classe d'écoliers passe. Elle entend leurs voix claires et le claquement de leurs chaussures. Elle ferme les yeux, disparaît en elle-même. Se sent s'enfoncer dans le sol et au-delà. Elle n'entend rien et ne voit rien. Puis elle ouvre les yeux et entend un silence assourdissant. Il a dû s'écouler un certain temps. Elle se sent engourdie. Elle contemple les étudiants, les visages vides qui l'observent. Au-dessus de la porte, l'horloge indique qu'il reste une demi-heure de cours. Elle se racle la gorge.

— Je ne crois pas que nous irons plus loin aujourd'hui, dit-elle avec la voix de quelqu'un d'autre. À la semaine prochaine.

Les étudiants rassemblent leurs affaires et disparaissent, aussi vite que possible, comme s'il y avait un champ de force autour d'elle, se dit India, ce qui est de mauvais augure et qu'il faut donc éviter à tout prix. Personne ne vient poser de question, pas même l'un des flagorneurs habituels.

Elle pense au dimanche, au cinéma qui était presque désert et ainsi seulement pour eux, les garçons en rang avec du pop-corn et un soda à l'orange dans les mains, complètement excités dans le noir, et puis le film, scène après scène, où tout était peint en couleurs vives. Qui sont ces enfants ? Treize jours se sont écoulés. Elle les avait vus dans le train, en route vers la plage. Ils avaient surgi dans la maison de Desma. Un instant, elle s'imagine que ce sont des escrocs tous les trois, des imposteurs en miniature, et l'instant d'après la honte coule sur elle comme un sirop épais lorsqu'elle se rappelle que ce sont des enfants et rien d'autre, que c'est elle l'imposteur, une adulte qui joue à la maman parce que cela lui convient. Ce mauvais soupçon qui a commencé à s'immiscer quelque part au fond de son cœur. Le soupçon qu'elle est en train de se transformer en gouvernante. Qu'elle est un fantôme qui s'est déguisé en garde d'enfants pour hanter leur vie.

Elle se passe la main sur le visage comme Kallas a l'habitude de le faire. Elle rassemble ses papiers et se dirige vers son bureau. À l'intérieur, l'air est étouffant, elle va ouvrir la fenêtre, puis va droit au bureau de Nadja, où elle ouvre le tiroir et trouve un paquet de cigarettes et un briquet, attrape sa veste et sort précipitamment de la pièce, comme si elle voulait échapper à quelque chose, comme si elle était poursuivie. Elle descend l'escalier en courant, fait un signe de tête à Klaudia à l'accueil et pousse la porte d'un coup d'épaule.

Dans la rue, tout est comme d'habitude. Des gens, des chiens, une circulation dense. Le ciel est colossal et d'un vert éclatant. Elle s'assied sur les marches et allume une cigarette qu'elle fume rapidement. Au-dessus du parc de la ville, le soleil est suspendu, elle sait qu'il se reflète dans l'étang en contrebas, ovale et brillant, à peine réel. Elle tire une bouffée, étend ses jambes devant elle et aperçoit Nadja de l'autre côté de la rue. Elle est avec Gideon. Ils ont l'air amoureux, fous l'un de l'autre. India écrase sa cigarette déjà consumée, lève la main et leur fait signe.

Les enfants sont couchés, vêtus des chemises blanches d'India. Ils ont noué des torchons autour de leurs têtes et leurs joues sont étrangement rouges, comme s'ils les avaient peintes avec du fard à joues. Personne ne l'a entendue arriver. India se tient à la porte du salon et les contemple. Au même instant, Domenico et Grimaldi tournent les yeux vers elle, comme s'ils avaient senti simultanément qu'elle était là, dans l'ombre, à les épier. Ils la regardent. Elle tente de sourire, mais n'y parvient pas.

— Nous jouons à l'hôpital pour enfants, dit Domenico.

— Nous avons de la fièvre et nous sommes très malades, explique Grimaldi avec sérieux. Kallas est une infirmière qui nous prépare des médicaments à boire, même s'ils sont dégoûtants.

Elle hoche la tête solennellement, voulant jouer le jeu.

— Oh là là, dit-elle.

Elle fronce les sourcils. Ignore la gêne qui s'enroule autour de sa gorge. Elle marmonne un peu, essaye de ressembler à un médecin.

Elle abaisse une paire de lunettes invisible sur le bout de son nez.

— Oui, je vois ça, dit-elle. Vous avez vraiment l'air très malades.

Domenico et Grimaldi acquiescent gravement. Ils font penser à des enfants en pleurs dans un tableau, mélodramatiques et presque artificiels dans leur enfantillage. Elle s'avance vers eux, fait semblant d'approcher un stéthoscope de leurs cœurs.

— Il vaut mieux que j'aille à la cuisine aider l'infirmière Kallas avec les médicaments, dit-elle l'air inquiète.

— Oui, c'est probablement mieux, dit Domenico en échangeant un sourire avec Grimaldi.

À côté d'eux, Alexander est allongé, en train de lire un livre avec concentration. Il n'a pas levé les yeux depuis qu'elle est entrée dans la pièce, mais donne l'impression de participer au jeu. Un enfant plus âgé qui n'arrive pas à quitter l'enfance. Il est étendu de tout son long sur un matelas, la couverture remontée jusqu'au menton. Il ressemble à un jeune mondain grabataire envoyé à la montagne pour se remettre d'une maladie pulmonaire mortelle. Elle voit qu'il lit *Dracula*, l'exemplaire de sa propre enfance. Elle se rappelle avoir souligné les passages les plus sanguinaires pour ne jamais les oublier. Mais elle les a tout de même oubliés, elle se souvient seulement des mouvements disciplinés du stylo, de l'encre qui coulait sur les pages d'une manière vampirique, ou du moins le pensait-elle à l'époque.

— Ne vous inquiétez pas, chers patients, dit-elle en remettant ses lunettes invisibles dans la poche de sa poitrine. Je peux vous assurer que vous êtes en de bonnes mains.

Dans la cuisine, Kallas remue le contenu d'une grosse casserole. La pièce dégage une forte odeur de lait et d'eau de rose et de quelque chose qu'elle ne parvient pas vraiment à identifier. Kallas est penché sur la marmite, très concentré, ajoutant des gouttes de quelque chose d'huileux dans son breuvage magique. Ses cheveux tombent sur son front et il les écarte de la main.

— Salut mon amour, dit-il sans lever la tête. Viens goûter.

— Salut, dit-elle en s'approchant.

Elle s'appuie contre lui, inspire son odeur.

Kallas prend une cuillère à café dans le tiroir et la plonge dans sa décoction. India ouvre la bouche et il enfonce la cuillère dedans. Il attend sa réaction pendant qu'elle avale.

— Ça a un goût de lait qui a tourné, dit-elle en frissonnant.

— Tu plaisantes ?

Il attrape la cuillère et goûte lui-même. Il frissonne aussi, mais lui fait quand même une mine d'enfant offensé.

— C'est délicieux, déclare-t-il. Le médicament miracle. Je devrais le breveter.

— Si vous le dites, infirmière, déclare-t-elle, se laissant aller dans sa douceur.

Elle va ouvrir la fenêtre, inspire l'air lourd du début de l'automne, épais et riche, et comme surgi des couches invisibles de la terre. En bas, dans la cour, le jeune homme ratisse les premières feuilles tombées. Tout est comme d'habitude. Quelqu'un a oublié une robe sur la corde à linge. Elle est suspendue, pourrissant et devenant plus pesante et plus souillée à chaque jour qui passe, elle n'est plus bleu pigeon, mais vert sale et le tissu est raide.

— Tu peux sortir les tasses ? demande Kallas derrière elle.

Elle se retourne et le regarde, l'aime tel qu'il est là, priant ses dieux pour que rien ne se brise entre eux, pour qu'un jour tout rentre dans l'ordre. Elle attrape trois petites tasses avec des croix rouges. Elle les a achetées dans un marché aux puces il y a de nombreuses années, même si c'était de la porcelaine de poupée, destinée à être utilisée pour jouer à l'infirmière. Elle comprend maintenant qu'elles étaient dans le placard de la cuisine en attendant précisément ce jour.

Elle prépare soigneusement un petit plateau. Sur les serviettes, elle dépose pour chacun une pastille pour la gorge d'un brun foncé et qui sent le camphre et la menthe. Elle coupe un vieil œillet fané et le place dans un verre. Elle se tourne vers Kallas pour lui remettre le tout. Il est en train de nouer un torchon autour de sa tête, il s'apprête pour le rôle et se transforme en un instant en infirmière Kallas, avant de prendre le plateau avec une courbette solennelle.

Les enfants se sont endormis et la lune est suspendue au-dessus des toits. India et Kallas partagent une cigarette dans la cuisine. Elle le contemple dans la lumière du plafonnier. Il est beau, fatigué, ne ressemble à personne. Il a une traînée de fard de l'un des petits sur une joue, depuis qu'il s'est allongé entre eux par terre pour leur lire à haute voix le livre des chevaliers. Il se penche vers elle et pose la main sur son cou, l'embrasse rapidement.

— J'ai parlé avec Desma aujourd'hui, dit-il.

Elle ouvre de grands yeux.

— Elle m'a demandé comment ça s'était passé avec les autorités.

Elle hoche la tête, baisse le regard.

— Je lui ai juste dit ce qu'il en était, poursuit-il.

— Et qu'en est-il alors ?

— Eh bien, tous les formulaires, que les enfants sont toujours chez nous. Elle vient récupérer sa voiture demain.

Elle acquiesce.

— J'ai eu une crise de panique au boulot aujourd'hui, dit-elle.

— Quelle sorte de panique ?

— Comme si je me demandais comment nous en étions arrivés là.

Elle le regarde par-dessus la table. Il hoche la tête.

— Je ne comprends pas ce qui se passe, ajoute-t-elle. Je ne parviens pas à suivre.

— Moi non plus, dit Kallas en prenant une profonde bouffée.

— Et puis j'ai commencé à beaucoup penser aux enfants, poursuit-elle. À les blâmer en quelque sorte. Et s'ils n'avaient pas surgi ce soir-là. Et qu'est-ce que c'est que ce foutu bazar ? Ce genre de pensées.

Kallas hoche la tête, regarde par la fenêtre.

— Et puis je suis rentrée à la maison et je les ai vus couchés comme des patients de sanatorium, dit India.

— Oui.

— Oui. Et puis tu étais dans la cuisine avec le médicament miracle.

Il opine du chef.

— Alors tu as tout oublié, parce qu'il y avait aussi un plateau à préparer avec des tasses d'hôpital et à porter aux mourants, poursuit-il pour elle.

— Exactement. Et puis nous avons disparu dans ce livre lorsque tu l'as lu à haute voix.

— Exactement, répète-t-il.

— Mais ça ne va pas.

— Qu'est-ce qui ne va pas ?

— On ne peut ni souhaiter qu'ils ne soient jamais arrivés, ni rêver qu'ils puissent rester, dit India.

— Non, ça ne va pas.

— Et pourtant, nous continuons.

Kallas hoche la tête.

— Mais demain, Desma vient ici, dit-il.

Elle acquiesce, retire la cigarette de sa main.

— Demain, Desma vient ici et elle sait toujours quoi faire.

Ils se regardent. Dans la cour, les lampadaires s'allument et quelque part, quelqu'un écoute de la musique. Dans l'immeuble juste en face, un couple danse lentement dans un appartement. Ils rient et penchent leurs têtes en arrière, sans se soucier de rien.

Elle traverse le parc de la ville, il fait nuit. Dans l'appartement, Kallas et les enfants sont couchés et dorment. Elle ne veut pas penser à eux. Elle s'entend s'ordonner de se taire, dans le silence, très fort, comme une mère qui en a assez et lève la main.

Elle se mord durement la lèvre, serre les poings. Au-dessus d'elle, le bruit des oiseaux, elle regarde dans cette direction. On ne les distingue pas dans l'obscurité, mais elle, elle les voit quand même, ce grattement qui rappelle un disque rayé venant d'une autre époque définitivement perdue, sa propre enfance. L'odeur du tabac et puis ce bruit. Elle aimerait ne pas avoir de souvenirs. Pouvoir marcher dans la rue et juste être humaine. Comme la plupart des gens. Elle lève à nouveau le regard, plisse les yeux vers le haut. Crie à la cime des arbres :

— Houhou.

Pas de réponse. Les oiseaux s'en moquent, ce ne sont que des oiseaux.

Elle reste un instant à guetter, puis continue à avancer dans l'obscurité et atteint l'autre côté, la sortie qui donne sur la place, où les lampadaires brillent toute la nuit. Elle se glisse par la grille et poursuit sur le trottoir le long du haut mur qui entoure le parc. Elle sent toujours la végétation toute proche, même si elle ne la voit pas, l'humidité au sol de l'autre côté du béton. Il n'y a plus personne dehors. Juste quelques taxis et puis elle. Une criminelle, pense-t-elle, une minable kidnappeuse. Elle tremble, suit le mur, frôle de temps en temps le crépi de son épaule, comme quand on marche aux côtés d'une amie, pense-t-elle. Nadja. Elle envisage un instant de se rendre chez elle, elle est sans doute encore réveillée, en train de boire quelque chose à côté de la radio, toutes les lampes allumées, comme toujours, à toutes les heures possibles et impossibles de la journée. Elle est sur le point de faire demi-tour, de se précipiter vers l'appartement de son amie à l'autre bout de la ville, mais alors elle se rappelle que Nadja est sûrement avec Gideon, occupée à quelque chose de nouveau et d'heureux qui n'a pas encore été approfondi. De toute façon, il est impossible de partager cela avec qui que ce soit, pense-t-elle. Cette nuit invraisemblable, sa vie secrète.

Elle traverse la rue déserte et aperçoit son visage dans une vitrine, complètement étranger, une autre femme à un autre endroit, entièrement libre. Elle détourne le regard et poursuit à pas rapides. Elle parcourt une petite place qu'elle n'avait jamais remarquée auparavant. Elle est baignée par la lumière des lampadaires, une scène solitaire qui n'attend personne. Elle s'y dirige, comme si c'était urgent, comme si quelque chose l'appelait, pour disparaître ensuite parmi les ruelles.

C'EST À PEINE L'AUBE. India n'a pas dormi. Dehors, la lune brille aux côtés du soleil qui se lève. Elle a erré à travers la ville la moitié de la nuit. Elle a marché et marché jusqu'à ce que, par ce qui lui a semblé être une coïncidence, elle se soit retrouvée face à sa propre porte. Depuis, elle reste assise dans la cuisine, à feuilleter des livres. Des livres sur des voleurs d'enfants, des mères. Elle a regardé le ciel où aucune étoile n'était visible. Devant elle, les livres. Pages après pages de femmes et d'enfants. Pas d'hommes. Des enfants et des femmes et, de temps en temps, une sainte. Sous une photographie en noir et blanc sans personne, elle a lu : *Le registre confirme que la nounou a baptisé le garçon en secret et l'a gardé comme le sien*. India scrute le ciel, qui bientôt sera complètement clair. Il y aura de la brume, des gens iront se promener le long du fleuve.

Elle se lève et traverse l'appartement, contemple les enfants, qui dorment profondément, transpirant de leur façon habituelle. Elle ne sait pas quoi faire d'elle-même, va et vient dans l'appartement, maîtresse de château qui hante un manoir habité sur une lande, elle flotte entre les pièces, ouvre une fenêtre et la referme.

Pour finir, elle décide d'appeler Nadja, va chercher son téléphone dans la chambre et s'enferme dans la salle de bain. Elle s'assied sur le sol carrelé et s'appuie contre la baignoire. La sonnerie retentit, elle ferme les yeux et attend. Ça sonne et sonne encore à l'autre bout du téléphone, elle attend. Le temps s'arrête, elle le ressent fortement, chaque instant est aussi le précédent. Comme de nulle part, quelqu'un dit : *On joue à la maman jusqu'à ce qu'on le devienne*. Elle ferme les yeux.

Une scène où les femmes font leur entrée, vêtues de noir. Elles savent ce qu'elles font. Elles vont et viennent entre la fenêtre et la cuisine, portant des citrons et du pain brun, des assiettes, un fromage blanc, ouvrant une bouteille qui sent la prune. Elles s'interpellent, maternelles, rient au-dessus des plats, arrangent la table, préparent tout. Une carafe d'eau glacée est posée au centre de la table, puis, comme sur un signe convenu, l'une d'elles va se pencher à la fenêtre et appelle à grands cris les enfants qui traversent la cour en courant, légers et étourdis, de la poussière se levant autour de leurs pieds. Les femmes les regardent, maternelles. Elles sont toutes mères, mais personne ne peut dire comment cela s'est fait. De simples femmes ordinaires qui, à un moment donné, ont commencé à bouger rituellement et en cercle, ont commencé à vivre leurs vies dans l'orbite des enfants. Les enfants sont des planètes sacrées et les mères des servantes qui les vénèrent. Des mains tendues qui ajustent un col, qui passent brusquement le peigne à travers les cheveux.

India sursaute lorsqu'elle entend la voix noyée de sommeil de Nadja. Le temps sort de son vide et reprend à nouveau son cours. Devant ses yeux, les images, les mères et les enfants, s'évaporent, elle se frotte le visage. Elle regarde l'heure.

— Je t'ai réveillée. Il n'est que six heures et demie. Je suis désolée.

— Il est arrivé quelque chose ?

Nadja a l'air inquiète, mais toujours à moitié assoupie, comme si elle sombrait.

— Je ne sais pas, je me sens si bizarre.

— Tu veux venir ici ? demande Nadja.

— Les enfants dorment encore.

Elle entend Nadja soupirer, le bruissement de sa couette.

— Et quand ils se réveilleront, Kallas sera là, dit-elle.

— Oui, Kallas sera là, répète-t-elle.

— Tu viens ?

— J'arrive.

— Achète quelque chose en chemin, je prépare le café.

Nadja raccroche avant qu'India n'ait le temps de répondre. Elle reste assise un instant, le téléphone à la main. La fenêtre de la salle de bain est ouverte, elle laisse entrer l'air frais du ciel élevé. Elle se lève et la ferme. Se tient un instant debout devant le miroir et essaye de s'apercevoir. Ne voit rien. Elle traverse l'appartement rapidement, mais en silence. Personne ne se réveille. Elle regarde les enfants. De petits cupidons tombés d'une fresque de plafond pour atterrir chez elle. Elle enfile sa veste, ses chaussures, écrit un mot à Kallas et disparaît de l'appartement. Tout en un seul long mouvement. Ce n'est qu'une fois dans l'ascenseur qu'elle reprend son souffle. Elle tourne le dos au miroir, compte les étages.

Dès qu'elle quitte l'immeuble, sa tête s'éclaircit. Sa nuit blanche s'éloigne et son pas se fait plus léger. Elle achète du pain à la boulangerie ouverte toute la nuit, puis prend le tramway pour les quelques arrêts vers chez Nadja. De l'autre côté de la vitre, la ville qui vient de se réveiller est belle, brillante d'une pluie matinale fugace qui laisse des motifs sur l'asphalte et les façades. Elle descend du tramway et s'engage dans la rue de Nadja. Elle avance rapidement. Il n'y a personne dehors.

Nadja habite l'étage d'une vieille villa entourée d'un jardin bien entretenu et parfumé. India marche le long du sentier de gravier, slalome entre les flaques d'eau et les jouets oubliés, se dépêche de monter l'escalier jusqu'à la porte d'entrée. Au rez-de-chaussée vit une famille avec des enfants, elle entend des bruits et des voix provenant de leur appartement, une odeur de pain brûlé et de nourrisson.

Elle frappe à la porte et tend à Nadja le sac chaud de la boulangerie. Nadja s'en empare, se penche en avant et pose sa main sur le cou d'India, lui donne un baiser bruyant sur le front.

— Viens, on va prendre un café, dit-elle.

India accroche sa veste, traverse doucement le petit appartement douillet où aucun homme n'habite. Nadja est déjà dans la cuisine. De la fenêtre arrive un parfum de violettes, de pluie. India s'assied à la table de la cuisine, contemple ses mains et écoute le bruit de l'eau, de la machine à café, le tintement de la porcelaine des tasses qui s'entrechoquent.

— Où est Paloma ? demande India en cherchant autour d'elle dans la pièce, comme si elle allait apercevoir la fillette ébouriffée quelque part, cachée sous la table ou coincée dans un placard.

— Chez son père, dit Nadja. Alors ça a duré un peu hier soir.

Nadja la regarde en s'esclaffant et, l'espace d'un instant, tout semble simple. La radio est allumée, elle l'est toujours ici, une voix parle de la météo, du rapide changement des saisons, de l'automne, de la dévastation après l'incendie sur la côte, pas de victimes, mais beaucoup de blessés, des maisons réduites en cendres, de la végétation détruite, des chevaux morts. Une fillette est interviewée, dans le fond on entend le silence, le bruissement de la mer, puis sa voix : *Je suis allée réveiller ma maman.*

— Je n'arrive pas à croire que vous étiez au milieu de tout ça, dit Nadja.

— Moi non plus.

Pendant un bref instant, India est de retour dans la maison de Desma. Les roses sont fanées et l'air est salé. Elle voit les enfants. Ils jouent dans le jardin et rien n'a encore eu lieu.

— Ça sentait quoi ? demande Nadja.

India sursaute, secoue rapidement la tête, comme pour chasser une mouche. Elles se regardent.

— Comme les incendies de printemps, mais en plus intense, dit-elle. Et puis un peu le plastique brûlé.

India marche, les bras chargés de provisions. Le soleil est encore haut dans le ciel. Toute la journée, elle est restée assise dans la cuisine de Nadja. Elles ont bu du café froid, ont mangé du pain. La radio a parlé et reparlé de l'incendie. Des interviews d'ouvriers de l'usine et d'agriculteurs, des prévisions météorologiques sur le risque de propagation du feu – on exhorte les habitants à remplir les réserves d'eau le long de la côte. Nadja s'est assise sur le sol, en tailleur. Elle a évoqué Gideon, son histoire d'amour. Elle a gesticulé et rougi. Elles étaient des écolières, posant leurs mains sur leurs joues brûlantes. Elles ont ri, se sont installées sur le rebord de la fenêtre. India s'est immergée dans la vie de Nadja pour se libérer un moment de la sienne.

Puis, Kallas a téléphoné à India pour lui rappeler que Desma venait dîner, et India, tout à coup pressée, s'est précipitée en bas de l'escalier. Nadja l'a saluée de la main depuis la fenêtre de la cuisine et India a couru vers le tramway, dépassant les petits enfants du rez-de-chaussée qui jouaient dans la boue et les flaques d'eau. Le soir approche maintenant, elle le voit. Il est posé comme un trait droit sur le fleuve lorsqu'elle entre dans la cour. Des voix s'élèvent d'un balcon quelque part et elle détourne un instant la tête dans cette direction. Puis elle aperçoit les garçons. Ils ont l'air heureux. Ils jouent sous la corde à linge. Elle les appelle et ils se tournent vers elle.

— Tu *étais* où ? crie Grimaldi.

Il la regarde sévèrement.

— Oui, *où* ? s'écrie Domenico.

Elle éclate de rire et répond qu'elle était dans les boutiques à faire les courses, lève un sac en plastique rempli d'abricots pour preuve. Alexander siffle violemment et toise les petits d'un air de défi. Ils se raidissent comme sur commande, attendant les ordres. Alexander incline la tête et les petits hochent la leur. Puis ils se dépêchent de rejoindre India et de la débarrasser de ses sacs et des bouteilles qu'elle portait dans les bras. Le jeu se mêle à la corvée, ils se transforment en mules, hennissent et tournent autour d'elle. Alexander tient la porte et aide les petits à franchir le seuil. Ils prennent l'ascenseur de l'immeuble, sans rien dire.

Dans l'appartement, ils la nomment chef, pour qu'elle puisse leur affecter leurs tâches. Et c'est alors que le travail commence. Domenico et Grimaldi plient des serviettes en papier pour en faire des oiseaux. Dans la cuisine, Alexander se place à côté des casseroles avec Kallas. India traverse l'appartement et dispose des fleurs dans de petits vases. De l'autre côté de la fenêtre, le jour tombe et le soir monte et monte jusqu'à ce que le ciel soit complètement rose. De sa terrible nuit, il ne reste rien, à part un vague picotement dans les doigts. Ils écoutent de la musique et toutes les fenêtres sont ouvertes. L'ambiance est parfaite. Desma doit venir et c'est la fête. Les enfants enfilent leurs chemises et Kallas lui tend un verre de vin. Elle se met du rouge à lèvres, se tient longtemps devant le miroir, elle est presque à nouveau elle-même. *Oui, chef*, disent les garçons lorsqu'elle leur demande de changer le disque. Elle entend le crachotement du vieux tourne-disque, leurs voix étouffées, des bruissements accompagnés de chuchotements. Et alors, parmi tous les disques qu'ils auraient pu choisir, *Lascia ch'io pianga* commence à tonner dramatiquement dans les haut-parleurs. Elle se penche vers le miroir et y aperçoit les enfants, alignés près de la fenêtre ouverte, guettant Desma, l'air du soir sur leurs joues rougies. La musique explose et tout est très beau. Grimaldi fait un pas de danse grandiose et le disque saute. Au même instant, l'interphone sonne. Les enfants se tournent vers India et rayonnent.

— Elle arrive ! s'écrie Domenico et tous trois se précipitent vers la porte pour accueillir leur invitée.

Ils semblaient impatients de la revoir, comme lorsque vous attendez un ami très cher, quelqu'un que vous avez toujours connu, une personne qui vous a connu avant que vous deveniez ce que vous êtes devenu.

India se tient derrière les enfants, passe la main dans les cheveux emmêlés de Grimaldi et prend note de ne pas oublier de les peigner. Les enfants sont fébriles et excités, ils n'avaient pas osé espérer revoir Desma. Domenico compte les étages sur le panneau au-dessus de la porte de l'ascenseur. India imagine la cage de l'ascenseur, imagine ce que cela ferait de tomber dans cet espace vide à l'intérieur, la tête la première, d'atterrir lourdement au fond, au niveau du sous-sol, et de regarder le colosse là-haut, plusieurs tonnes de métal, qui pourrait peut-être se détacher ou pas de son câble pour se précipiter vers elle dans l'obscurité. L'ascenseur sonne. India lève la tête à l'instant où les portes s'ouvrent.

— Et voilà, finalement nous nous retrouvons ! dit Desma en adressant un large sourire aux enfants.

Elle a toujours l'air de venir d'un autre univers, comme si elle était née de la mer, entourée d'une brume scintillante. Elle embrasse d'abord India, puis les enfants sur les joues. India prend sa veste, l'accroche à un cintre et Desma se met à distribuer paquets et sacs de bonbons, tend à India une bouteille de vin qu'elle porte dans la cuisine, où Kallas est en train de transférer la nourriture dans un grand plat.

— Elle est là, annonce India en se sentant comme une secrétaire.

Kallas lève la tête et acquiesce, comme il le ferait à une secrétaire puis disparaît vers l'entrée et Desma.

India les entend à travers les cloisons se parler à voix basse, chuchotant presque. Elle verse le vin et sort les bouteilles de soda du réfrigérateur. Elle porte le tout sur un plateau. Les enfants sont assis sur le sol du salon et déchirent chacun le papier cadeau de leur journal intime avec cadenas en laiton. Grimaldi s'approche d'elle avec de grands yeux, tenant le livre dont la couverture en cuir rouge est ornée d'un G en relief. C'est incompréhensible que quelque chose d'aussi luxueux puisse exister, et elle voit de la stupéfaction dans ses yeux.

— Comme c'est beau ! dit-elle en lui souriant.

Il acquiesce, porte le volume à son visage pour le humer.

— Que s'est-il passé depuis la dernière fois ? demande-t-elle à Desma, qui vient d'apparaître dans l'embrasure de la porte.

Desma hausse les épaules, semble absente, puis se précipite vers le balcon, comme si elle y avait repéré quelque chose. L'idée que Desma aussi se sente surveillée frappe India. La peur constante que quelqu'un enregistre tout ce qu'on dit. Des agents doubles déguisés à la table voisine ou même cachés dans les murs, derrière le papier peint.

— Ils travaillaient encore dans les montagnes lorsque nous sommes partis vers la ville, dit Desma en se retournant vers la pièce. On entendait leurs voix le soir et tout sentait encore fortement le brûlé. Nous avons dû étendre le linge à l'intérieur.

— Pourquoi n'êtes-vous pas partis plus tôt ? demande India.

Desma hausse à nouveau les épaules.

— Il y a quelque chose avec le feu, je suppose. C'est facile de rester au plus proche de lui jusqu'à ce qu'il soit trop tard.

— Heureusement que ça n'a pas été trop tard, dit Alexander

Desma lui sourit et acquiesce.

— Est-ce que quelqu'un est mort ?

Tout le monde regarde Domenico, sauf Grimaldi qui est assis par terre à côté de lui l'air paniqué. Il se tourne vers Domenico.

— Mort ?! dit-il. Est-ce que nous aurions pu vraiment *mourir* ?

— Mais non, mais non, dit Desma, personne n'est mort.

Kallas entre avec le plat, le pose entre les bougeoirs. India aide les enfants à se lever, les pousse vers la table. Ils s'asseyent à leurs places habituelles, comme s'ils n'avaient jamais rien fait d'autre. Kallas fait un geste de la main et les enfants commencent à se servir.

— Mais beaucoup ont perdu leur travail, dit-il. Certains ont même perdu leur maison.

— Est-ce qu'ils auront une nouvelle maison ? demande Grimaldi.

Desma secoue la tête.

— Je ne pense pas.

Alexander se penche par-dessus la table, attire le regard de Desma.

— Pourquoi ça s'est mis à brûler ? demande-t-il.

— Les gens croient que c'était à cause de la chaleur, répond-elle. Peut-être que quelqu'un a laissé tomber un miroir dans l'herbe qui a capté les rayons du soleil.

— Est-ce que c'est comme ça que ça commence à brûler ?

Domenico observe Desma, l'air sceptique.

— Ça *peut* commencer à prendre feu comme ça, dit-elle.

Il se tourne vers India, qui hoche la tête en signe de confirmation.

— Ce que les gens disent, poursuit Alexander. C'est vrai ?

Desma échange un regard avec Kallas. Ils semblent soupeser quelque chose. Kallas hausse les épaules de manière presque imperceptible.

— Qu'est-ce qu'ils disent ? demande Domenico, les yeux braqués sur Desma.

— Certains croient que ce sont les patrons qui ont allumé le feu à l'usine, dit-elle.

— Les patrons ? dit Grimaldi.

Kallas hoche la tête.

— Pourquoi voudraient-ils mettre le feu à leur propre usine ? s'étonne Domenico.

— Pour gagner de l'argent, explique Alexander en regardant les petits. C'est arrivé une fois quand j'étais petit. Dans la ville où j'habitais à l'époque. Quelqu'un a mis le feu à son propre salon de beauté et il a gagné plein d'argent.

Il se rend immédiatement compte d'en avoir trop dit, a l'air de vouloir se plaquer la main contre la bouche. Le silence qui suit ne ressemble à rien. Ils se regardent les uns les autres, tous abasourdis de son erreur, la faille dans l'illusion.

— Comment s'appelait la ville ? finit par demander India, d'une voix à peine audible ; elle se racle la gorge, puis répète, un peu plus fort : Comment s'appelait la ville ?

Alexander la fixe. Quelque chose s'est ouvert dans son regard, comme si la vérité était suspendue dans l'air entre eux. Mais elle voit alors une ombre se dessiner sur son visage. Il se referme, à la vitesse de la lumière. Il a peur, pense-t-elle. Il est effrayé et seul. Il ne fait confiance à personne.

— Peu importe, dit Alexander en essayant de rire de l'incident.

Il hausse les épaules. De chaque côté de lui, Grimaldi et Domenico ont l'air perdus.

— Quand tu étais *petit* ? demande Grimaldi en regardant Alexander, terrifié.

Le silence s'installe autour de la table. À l'extérieur de la fenêtre, on n'entend rien, mais le soleil est suspendu, lourd et rouge, juste au-dessus des toits. Dans quelques minutes, il va disparaître dans le fleuve.

— Tout le monde a été petit un jour, dit Kallas, conciliant, en caressant la joue de Grimaldi. Même Desma.

Grimaldi écarquille les yeux, essaye de réprimer un sourire. Puis son rire commence à perler. Desma rit avec lui.

— Tu t'imagines ? dit-elle. Que j'ai été une enfant comme tous les autres.

Domenico se met lui aussi à rire. Et puis le rire se répand autour de la table. India voit Alexander se pencher en arrière. Il lance un regard de remerciement à Kallas, puis contemple ses mains. India rassemble les assiettes et les couverts.

— Qui veut du dessert ? demande-t-elle aussi négligemment qu'elle le peut.

INDIA TRAVERSE LE PARC en direction du supermarché. Le bassin de la piscine est vide et dégage une forte odeur de chlore. Elle contemple les platanes et les trembles. Un bruissement se fait entendre au-dessus d'elle. Elle regarde dans cette direction. Un grand oiseau l'observe du haut d'une branche. C'est le jour où l'automne, comme venu de nulle part, cesse d'être une prémonition et devient réel. Tout ce qui vit s'obscurcit et même l'eau des canaux semble alourdie par l'humidité.

Elle suit le chemin de gravier à travers le parc. Un peu plus loin, des fillettes en uniforme scolaire passent. Les institutrices tiennent des parapluies jaunes au-dessus de leurs têtes, comme pour les protéger d'une pluie invisible. Peut-être est-ce cet air humide qui les a conduites à ouvrir leurs parapluies, peut-être autre chose, une impulsion les poussant à protéger ces innocentes d'une menace invisible qu'elles soupçonnent de bientôt se manifester. Une des fillettes se penche pour lacer sa chaussure, elle ramasse un caillou en se redressant. Elles doivent se rendre au musée d'art à l'autre bout du parc, où les saules pleureurs se balancent au-dessus de l'étang artificiel et où les lampadaires sont suspendus au-dessus des sentiers tels des globes chauds. Le bâtiment du musée est un bloc de béton qui se détache magnifiquement au milieu de la végétation dense. India y va parfois. Elle paye l'entrée juste pour s'asseoir un moment dans les salles fraîches, sur un banc de bois où quelqu'un a laissé une brochure.

Elle voit les filles disparaître entre les arbres, de petites apparitions bleu foncé comme aspirées par le vert, puis tourne son regard vers le ciel un instant avant de poursuivre son chemin. Pas d'avion aujourd'hui, mais l'hélicoptère de l'hôpital. Le gravier crisse sous ses chaussures et la poussière tourbillonne autour d'elle. Elle se met sur la pointe des pieds pour atteindre la poignée du portail, sur lequel s'enroule le lierre. À travers les barreaux, elle distingue le kiosque à journaux qui se trouve au milieu du carrefour animé. Elle repense aux souvenirs d'enfance de Lafayette, à son histoire de couteau qui avait dû se dérouler ici même. Mais elle aperçoit alors quelque chose du coin de l'œil. L'affiche des gros titres de journaux sur le mur à côté de l'auvent attire son attention.

Elle s'approche, plisse les yeux, ne comprend d'abord pas ce qu'elle voit. L'image ne veut pas se composer. Puis elle est frappée de plein fouet. Ce sont les visages des enfants qui la regardent depuis le papier jaune clair. Mais seulement les petits. Domenico et

Grimaldi, sans Alexander. D'abord, elle croit avoir mal vu, qu'il s'agit d'un mirage, le produit de ses yeux fatigués, mais elle lit ensuite le titre :

FRÈRES TOUJOURS INTROUVABLES

Les yeux de Domenico et les dents de Grimaldi brillent au-dessus du texte. C'est une photo de vacances à la plage et ils portent le même maillot de bain à rayures. Ils affichent un grand sourire et, dans le fond, on distingue un hôtel de bord de mer, pas tellement différent de ceux qui se trouvent près de la maison de Desma.

Tout s'obscurcit devant les yeux d'India et elle s'appuie contre quelque chose, le mur d'un bâtiment ou une clôture, elle ne sait pas, mais elle sent quelque chose se tordre en elle. Elle rouvre les yeux, fixe les enfants encore une fois. Elle parcourt le reste de la distance jusqu'au kiosque et demande un exemplaire. Elle ne croise pas le regard de la marchande, roule le journal, le fourre dans la poche de son manteau, et retourne dans le parc précipitamment. Elle choisit les chemins les plus sombres, s'enfonce de plus en plus loin dans la végétation dense et finit par trouver un banc au milieu de nulle part, sous un hêtre rouge où les branches pendent lourdement. Elle ouvre le journal et lit l'article, tremblant comme si elle avait une très forte fièvre.

Il est écrit que les garçons ont disparu de chez eux. C'est de l'autre côté de la frontière. Presque un an s'est écoulé. La police avait presque perdu tout espoir, mais venait de progresser dans l'enquête. La décision a été prise de publier à nouveau la photo des enfants, au niveau international, au cas où quelqu'un dans les pays voisins serait entré en contact avec eux durant les derniers mois.

En India émerge un vague souvenir. Elle a déjà lu cette information, elle a déjà vu cette même photo auparavant. Elle regarde autour d'elle, a l'impression d'être surveillée. Elle a la nausée. Sa tête résonne. *Tu l'as toujours su.* Le banc est humide sous elle, elle sent l'eau s'infiltrer à travers ses vêtements jusqu'à sa peau. Elle transpire et grelotte, pose sa main sur sa poitrine. *Tu l'as toujours su.* Elle ferme les yeux et respire. Ne sait rien. Ne peut rien faire. Elle roule le journal, le cache sous son manteau. Puis elle commence à marcher, lentement et de façon contrôlée, tel un cheval de dressage, pour rentrer par le parc. *Tu l'as toujours su.* Elle a l'impression que quelque chose s'approche d'elle à pas de loup depuis le sous-bois. L'eau dans le bassin brille lorsqu'elle passe, comme si quelqu'un se trouvait au fond et l'observait à travers un périscope. Elle secoue rapidement la tête, poursuit son chemin.

Elle regarde tout droit jusqu'à ce qu'elle sorte du parc et sente le sol dur sous ses pieds. Ses talons claquent sur le trottoir. Elle marche en ligne droite, dépasse affiche de journal après affiche de journal, ne comprend pas comment elle ne les a pas remarquées plus tôt. Les yeux de Domenico et les dents de Grimaldi, mais où est Alexander ? Elle avance de plus en plus vite, et finit par courir. Sa nausée pulse toujours dans sa gorge. Dès qu'elle entre dans la cour, elle tombe à genoux près d'un des bassins et vomit dans l'eau claire. Elle est sûre que quelqu'un l'a vue depuis l'un des balcons, mais elle ne regarde pas dans cette direction. Elle se lève et s'essuie la bouche du revers de la main, puis marche la tête baissée vers la porte de l'immeuble. Dans l'ascenseur, elle aperçoit son visage dans le miroir. Elle est devenue très vieille, pour finir, une femme des marais. Elle entrevoit le journal qui dépasse de son manteau. Les yeux de Grimaldi la dévisagent à travers le noir d'imprimerie. Elle a une nouvelle fois envie de vomir, mais se raidit pour ne pas le faire. Elle ferme les yeux et compte aussi longtemps qu'elle le peut, jusqu'à ce que cela sonne et que les portes de l'ascenseur s'ouvrent.

Dans la cuisine, Kallas joue aux cartes avec les enfants. Grimaldi a l'air d'avoir volé toutes les noix, la monnaie avec laquelle ils jouent. Elle prononce le nom de Kallas et il lève les yeux. Elle voit son effroi. Comme si elle était devenue un monstre, une chose qui aurait rampé depuis le royaume des morts pour avertir les gens des horreurs qui les attendent là-bas. Elle fait un mouvement de la tête, un geste qui signifie qu'il doit venir. Le temps passe très vite et très lentement. Sa peau la picote et quelque chose grandit dans sa gorge. Il se lève et la rejoint rapidement. Les enfants sont absorbés, jettent les cartes sur la table et se crient dessus, comme des voyous dans un tripot clandestin. Kallas tend les mains, l'attrape.

— Viens, dit-il.

Il l'entraîne dans la chambre, ferme la porte et la fait s'asseoir sur le bord du lit. Elle ne peut plus respirer. Dehors, le tramway roule à toute vitesse en crissant. Quelque chose goutte de ses cheveux et tombe sur ses genoux. Ça sent les algues, la pourriture.

— Tu me fais peur, dit-il. Que s'est-il passé ?

Elle ne peut pas le regarder. Elle sort le journal et le lui jette.

LA JOURNÉE S'ÉCOULE, leurs mains font ce qu'elles ont à faire. Ils envisagent d'appeler les autorités immédiatement, mais se résolvent à attendre, à ne pas prendre de décision hâtive.

Ils couchent les petits de bonne heure. Kallas lit le livre des chevaliers d'une voix mécanique, comme si quelqu'un sortait le conte d'une machine. Les enfants sont nerveux, stressés, comprennent que quelque chose ne va pas. La fenêtre reste ouverte. Ils mettent du temps à s'endormir.

Dans la cuisine, India verse de l'eau dans la théière. Derrière elle, Alexander est assis à la fenêtre. La radio est allumée, mais le son est si bas qu'on n'entend rien. Quelqu'un court sur le chemin en gravier dans la cour. India sort trois verres à thé et un sucrier. Le plancher craque dans le couloir et elle tourne la tête dans la direction du bruit. Kallas apparaît dans l'embrasure de la porte.

— Ils dorment, dit-il. On s'assied ?

India regarde Alexander, lui fait signe de venir. Ils s'installent autour de la table. Kallas verse le thé, fait circuler le bol de sucre. India porte son verre à sa bouche, ne dit rien. Alexander contemple ses mains, lourdes et enfantines sur la table. Kallas tend le bras et éteint la radio.

— Je vais vous raconter ce qui s'est passé, dit Alexander en se tournant d'abord vers India, puis Kallas. Si vous promettez de ne pas vous mettre en colère. Parce que si vous vous mettez en colère, c'est que vous n'aurez pas écouté. Ça sera la preuve.

Il baisse les yeux.

— Les adultes n'écoutent jamais, poursuit-il. Ils se mettent en colère à la place. Peut-être parce qu'ils ne veulent pas savoir que les enfants sont par exemple très malheureux ou ont parfois envie de mourir. Alors ils crient parce qu'on a raconté la vérité vraie.

— Nous t'écoutons, dit Kallas. N'est-ce pas, India ?

India essaye de ravaler sa rage, hoche la tête avec raideur. Elle tend la main vers Alexander dans une tentative de paraître conciliante. Il ne la prend pas, il sait que le geste est faux.

— En tout cas, dit-il. Ce qui est arrivé, c'est que je suis parti. Parfois, j'ai l'impression que je marche depuis toujours. Je ne me souviens de rien d'autre, je suppose, mais quelquefois il me vient une image où je suis presque endormi, comme dans un rêve, mais réel, où quelqu'un est assis à côté de moi dans une chemise de nuit qui sent le savon. Elle pose son front contre le mien et m'appelle : *Petite lune*. En tout cas. J'ai marché et marché, c'étaient mes journées ordinaires, en quelque sorte. Il y avait parfois du soleil et parfois de la pluie et mes pieds étaient mouillés dans mes sandales, mais ils séchaient rapidement. C'était une grande ville, mais je l'ai traversée et je me suis retrouvé dans un quartier résidentiel. Tout y était propre, même les rues et les bouches d'égout. Ça sentait bon partout, comme les fleurs, et de grosses voitures brillantes étaient alignées. Les ombres étaient longues parce qu'il était tard dans la journée, et je me suis étiré pour ressembler davantage à mon ombre. J'ai marché, marché et reniflé l'endroit, jusqu'à ce que j'arrive à un lilas qui sentait plus fort que les autres. Je voulais rester un moment auprès de cette senteur, alors je me suis installé sur le trottoir, le dos contre la clôture qui entourait le jardin où se trouvait le lilas. Je suis resté assis là un long moment, j'ai fermé les yeux et j'ai savouré l'air, qui était assez frais, mais aussi crémeux. J'ai entendu des gens passer. Je crois que j'ai entendu des chevaux et des chiens. Lorsque j'ai rouvert les yeux, une nourrice poussait justement un landau noir sur le trottoir d'en face. Elle m'a souri, comme si elle me trouvait laid ou bizarre. Je ne lui ai pas rendu son sourire, parce que je ne le fais jamais quand quelqu'un veut paraître gentil, mais sans l'intention de l'être. Je me suis levé et j'ai brossé la poussière de mon pantalon, puis je me suis mis sur la pointe des pieds pour regarder le lilas. Il était dans un grand jardin où tout était très beau et très propre. J'ai escaladé la clôture pour mieux voir. Un peu plus loin, près d'un escalier en pierre qui menait à une véranda en verre, deux enfants et une femme étaient assis à une table. La femme a coupé un fruit en deux morceaux, puis elle a tendu les bras et a présenté les morceaux devant les bouches des enfants. Ils secouaient la tête et serraient les dents, mais la femme a posé le fruit et ouvert leurs mâchoires jusqu'à ce qu'ils ouvrent grand la bouche. Elle a enfoncé les moitiés de fruit d'un mouvement rapide, comme si elle s'en moquait, puis les a forcés à refermer la bouche. Elle n'a rien dit, elle l'a juste fait. Les enfants ont mâché et mâché, mais ils avaient les larmes aux yeux. Le plus petit avait les joues toutes rondes parce que le fruit n'avait pas assez de place là-dedans. On aurait dit qu'il allait vomir, mais au lieu de ça, ça s'est mis à couler de son nez, comme une mélasse orange. J'ai pensé que c'était parce qu'il avait peur de vomir et qu'il demandait à son corps de ne pas le faire. Ils mâchaient et mâchaient, mais ne parvenaient pas à avaler. La femme restait assise en silence et les contemplait. Pour finir, ils ont avalé, comme si elle les contrôlait du regard. Et puis ils ont encore avalé, et j'allais sauter de la clôture pour partir, quand j'ai vu le plus grand des deux s'attraper la gorge et écarquiller les yeux. Il agitait les bras, s'est levé et a commencé à faire de petits cercles en marchant. Au début, je n'ai pas compris, puis j'ai pensé qu'il avait quelque chose de coincé. Ça se voyait qu'il ne pouvait pas respirer, mais la femme est juste rentrée dans la maison, comme si elle était en colère qu'il ne parvienne pas à respirer, et le plus petit s'est mis à pleurer. Il pleurait, pleurait, pleurait, jusqu'à donner l'impression que lui non plus n'arrivait plus à respirer. Et c'est là que j'ai eu peur. Parce que j'ai pensé qu'évidemment elle allait revenir, c'est ce qu'une maman fait, elle revient et te sauve quand tu as quelque chose de coincé dans la gorge, ou quand tu as rêvé à quelque chose de terrible dans la nuit, oui, une maman vient t'aider. Mais elle ne revenait pas. C'était ça le problème, elle ne revenait pas. Elle avait refermé la porte vitrée derrière elle et laissé les enfants seuls, là, dans le jardin. Alors j'ai eu peur, bien sûr, et puis j'ai escaladé la clôture, ou plutôt j'ai sauté de la clôture, mais sans bruit, et je me suis précipité vers l'enfant qui me regardait fixement, les yeux presque éteints, et alors je lui ai fait une chose que j'avais apprise une fois quelque part où j'étais resté tout un hiver. J'ai tenu l'enfant devant moi et j'ai appuyé à un endroit précis juste au-dessus de son estomac. Et alors il s'est passé un instant qui m'a semblé durer de très très nombreuses années, comme si le temps s'était arrêté et que je pouvais entendre les étoiles là-haut se déplacer en tourbillons autour des planètes. Et alors il s'est mis à tousser et à vomir et à tousser un peu plus, et le morceau de fruit jaune a atterri dans l'herbe avec un peu d'autre chose, quelque chose qui sentait l'aigre et puis des morceaux de quelque chose de blanc et de spongieux. Il clignait des yeux encore et encore, il ne pouvait même pas pleurer, je crois, mais le plus petit se tenait à côté de lui et pleurait et pleurait sans parvenir à s'arrêter, alors j'ai eu besoin de le consoler pour qu'il ne devienne pas trop bizarre à son tour. Et puis je ne sais pas comment c'est arrivé, mais j'ai chuchoté aux enfants qu'ils devaient me suivre, que nous devions nous dépêcher, et puis nous sommes partis, silencieux comme des panthères. J'ai dit : *Maintenant, on va marcher sans faire de bruit, comme des panthères.* J'en ai attrapé un de chaque main, et on est partis loin de cette femme en passant par la grille. Je crois que c'était parce que j'avais besoin de les sauver, pour que je puisse les réconforter. Nous avons marché jusqu'à une petite place, qui se trouvait à quelques rues de là, et il y avait une petite fontaine avec de l'eau bleu clair qui sentait la piscine, et nous nous sommes assis à côté de la fontaine. J'ai consolé le plus petit et je lui ai dit que tout irait bien, mais là le plus grand s'est mis à pleurer, alors je lui ai dit la même chose. Et, oui, on est restés assis là un moment en silence. Le petit a pris ma main et ne voulait pas la lâcher, elle était toute moite. Le plus grand s'est endormi, la tête contre mon épaule. Et, oui, c'étaient Grimaldi et Domenico, mais vous l'avez peut-être déjà compris. Et le truc, c'est qu'ensuite ils m'ont suivi. Je ne sais pas pourquoi, mais c'était ce qui devait arriver.

Il lève la tête et croise le regard d'India par-dessus la table. Sa colère s'est complètement dissipée. Elle se sent comme une idiote. Elle fait un signe de tête en direction d'Alexander et regarde ses mains. Kallas souffle, bruyamment, comme s'il avait retenu sa respiration. Elle voit qu'il a envie de pleurer, qu'il se force à ne pas le faire.

— J'aurais fait la même chose, dit-il.

Kallas et Alexander s'observent par-dessus la table.

— J'aurais fait la même chose, répète-t-il. (Il se tourne vers India et lève un doigt en l'air.) Sans hésiter.

India acquiesce.

— Quelque chose ne va pas lorsque les enfants doivent se sauver les uns les autres, dit-elle, d'une voix qui semble fragile, presque rauque, comme si elle avait crié sur quelqu'un toute une nuit. Tu le sais, non ?

Alexander hoche la tête, détourne le regard.

— Je ne suis pas sûre que j'aurais été aussi courageuse que toi, poursuit-elle.

Alexander veut empoigner la théière. Ses mains tremblent violemment. India les attrape au vol et les tient. Ils se regardent. Kallas verse davantage de thé dans les tasses. Il se penche vers Alexander et pose une main sur son épaule. India porte la tasse à ses lèvres. Le thé est amer et tiède, elle l'avale. Kallas allume une cigarette et la fumée ondule vers le plafond. L'odeur chimique lui permet de se détendre un peu. India inspire profondément, ferme brièvement les yeux.

— Es-tu triste d'en parler ? demande Kallas.

Alexander hausse les épaules.

— Tu ne te souviens vraiment de rien de ton enfance ? l'interroge encore India. Quelque chose à propos de tes parents ?

— Que veux-tu dire par *parents* ? répond-il.

Elle hausse les épaules à son tour.

— Ceux qui t'ont nourri et se sont occupés de toi. Ceux qui t'ont appris des choses.

— Oui, eh bien dans ce cas, je suis mes propres parents.

— Comment ça ?

— C'est moi qui prends soin de moi.

India hoche la tête.

— Okay, mais tu as bien été petit, comme tout le monde ? dit-elle.

Alexander baisse le regard, fait glisser son doigt sur le bord de sa tasse de thé.

— Je n'en ai aucun souvenir.

— Aucun souvenir ? répète Kallas.

— Pas le moindre.

— Je n'ai aucun souvenir non plus, dit India. Ça ne veut pas dire que ça n'est pas arrivé.

Alexander lève les yeux, ricane un peu.

— Peut-être que je suis né grand, dit-il.

— Je peux bien l'imaginer, dit Kallas en souriant.

Alexander porte sa tasse à sa bouche et boit, frissonne et tend la main vers le bol de sucre.

— Tu ne te souviens pas de ta maman ? poursuit India.

— Je crois qu'elle travaille dans un dancing qui s'appelle Le Cosmo, dit Alexander.

— C'est ce que tu m'as raconté quand nous étions chez Desma ?

Alexander hoche la tête.

— Et ton papa ? demande Kallas.

— À quoi sert un papa de toute façon ? riposte Alexander.

Alexander et Kallas se regardent et rient. Un rire triste. Ils se ressemblent étrangement. Les mêmes yeux très âgés et le même sourire étincelant.

— Pourquoi êtes-vous venus à la maison de Desma ce soir-là ? demande-t-elle alors.

— Nous étions sur la plage.

— Mais pourquoi ? insiste Kallas en lui tendant une cuillère à café.

— Grimaldi voulait aller à la plage, alors nous sommes allés à la plage.

— En train, dit India

Alexander hoche la tête.

— Je vous ai vus dans le couloir, dit-elle.

— Je sais.

— Comment avez-vous acheté les billets ? veut savoir Kallas.

Alexander ne dit rien, détourne le regard vers la fenêtre, vers le ciel du soir.

— J'ai mes méthodes.

— Quelles méthodes ? demande Kallas.

— Si je les décris, ce ne seront plus mes méthodes.

Alexander contemple ses mains.

— Okay, dit India. Et après ?

— Nous étions sur la plage et nous avons ramassé des coquillages, dit Alexander. Ou plutôt, les autres ont ramassé des coquillages, moi j'ai lu un livre que j'avais trouvé dans le train.

— Quel livre ? demande Kallas.

India lui lance un coup d'œil, levant les sourcils d'un air interrogateur. Quelle importance ? Kallas hausse les épaules.

— *Le comte de Monte-Cristo*, dit Alexander.

Kallas et Alexander échangent un regard appréciateur. Comme deux experts, pense-t-elle.

— Puis cet homme a failli se noyer, mais aucun adulte ne semblait s'en préoccuper. À part vous, poursuit-il. J'ai entendu Kallas et Lafayette dire qu'ils allaient l'accompagner à l'hôpital. Sauf que c'était avant qu'on sache comment vous vous appeliez.

Alexander passe la main à travers la flamme de la bougie. Un tour stupide qu'elle avait vu Kallas faire de nombreuses fois.

— Nous sommes restés longtemps sur la plage. Nous, nous voulions savoir ce qui était arrivé à l'homme. Je m'inquiétais.

— Pourquoi ? demande Kallas.

Alexander hausse les épaules.

— Il y avait une fille sur la plage qui nous a donné une orange à chacun. Elle en avait beaucoup. Dans un sac en plastique. Nous avons mangé rapidement parce que nous avions faim. *Vous mangez comme des chiens*, a-t-elle dit, avec la voix d'une belle dame. Puis j'ai demandé à la fille où vous habitiez. Alors elle a dit que c'était le cercle de Desma, de la même voix distinguée qu'avant, et puis elle a montré où se trouvait la maison, on ne pouvait pas la rater parce que le jardin était en désordre, a-t-elle dit.

Kallas éclate de rire, hoche la tête.

— Et alors vous êtes venus et vous avez frappé à la porte de Desma ? dit India.

Alexander acquiesce. Il porte la tasse à sa bouche et boit.

— C'est facile de faire croire aux adultes qu'on ment, dit-il. Parfois, quand quelqu'un demande où sont nos parents, je dis juste la vérité. Et alors les gens éclatent d'un rire fort, vous savez, comme ça, on tourne le visage vers le ciel et on rit direct, ha ha ha, comme si j'avais raconté une bonne blague. Après, ils nous laissent tranquilles.

Le silence s'installe. L'ascenseur se déplace dans sa cage et quelqu'un dévale l'escalier.

— Désolé si nous n'avons pas écouté, dit Kallas.

Alexander écarquille les yeux et éclate de rire, presque adulte le temps d'un instant. India voit un jeune homme dans son visage, puis une personne âgée.

Entre les deux, c'est vide, comme si Alexander était la sorte de personne qui est d'abord jeune puis vieille, sans aucune transition.

— Ne vous en faites pas, dit Alexander. Vous, vous écoutez. Parfois, vous ne comprenez peut-être juste pas ce que vous avez entendu.

India hoche la tête, regarde par la fenêtre. Dehors, le soir est épais comme du velours et la lune est suspendue, grande et ronde au-dessus du toit des immeubles. Ils restent assis un moment, simplement à se contempler. L'eau coule dans les canalisations et, dans le salon, les couettes des enfants bruissent.

— Il faut que tu dormes, dit India.

Alexander hoche la tête. Il avale son thé froid et frissonne un peu. Kallas l'accompagne dans la pièce voisine. India entend les petits bouger, la fenêtre qui s'ouvre et le bruit sourd lorsqu'Alexander s'allonge sur son matelas. On dirait que Grimaldi s'est réveillé. La voix d'enfant aiguë et puis celle de Kallas, grave, calme. India jette un regard vers le calendrier mural accroché à côté de la porte. Ils ont oublié de changer de mois. Ils sont en septembre maintenant, presque octobre. Pourtant, le tableau des moissons d'août rayonne vers elle dans l'éclat dur du néon au plafond.

Kallas apparaît à la porte. Il l'observe un moment avant de revenir s'asseoir, face à elle. India fixe la table, essaye de gratter un peu de la vieille cire de bougie avec son ongle. Kallas paraît impatient, faisant passer et repasser son verre de thé vide entre ses mains. Elle tend la main vers lui, mais cela aussi semble faux. Il l'attrape comme n'importe quel objet, la déplace d'avant en arrière sur la table, son regard complètement absent. Elle le dévisage. La lumière du plafonnier est dure. Il a l'air tellement fatigué, pense-t-elle, la mine défaite. Elle se lève et éteint la lampe, allume d'autres bougies avant de les disposer sur la table. Elle pose le briquet.

— Qu'est-ce qu'on fait maintenant ?

Il ne répond pas. Elle répète sa question, un peu plus fort.

— Qu'est-ce qu'on fait maintenant ?

Il s'adosse à sa chaise.

— Ce qui doit être fait, dit-il.

— Et qu'est-ce que c'est ? Ce qui doit être fait.

Il ne répond rien. Elle soupire.

— Tu parles comme un oracle, dit-elle en se sentant infiniment fatiguée. Dis-le simplement.

Le silence s'installe un moment.

— Tu m'entends, Kallas ?

Le soir change dehors, s'approfondit. Elle va ouvrir la fenêtre de la cuisine. Se tourne vers lui.

— S'ils prennent les enfants, on se transformera en pierres pleureuses, dit-elle.

Il souffle, allume une cigarette, ne la regarde pas.

— Alors qu'est-ce qu'on fait maintenant ?

— Ce qui doit être fait, dit-il.

Une rage incontrôlable l'envahit. Elle se retient de claquer la fenêtre.

— Tu te fous de moi ? rugit-elle aussi doucement qu'elle le peut, car elle ne veut pas que les enfants l'entendent.

Il évite son regard, disparaît au loin. Elle pose sa main sur la table entre eux, le force à la regarder. Il a l'air épuisé. Elle remarque bien qu'il est ailleurs, quelque part où personne n'a le droit d'aller.

— Écoute, dit-il, fatigué. Tout va s'arranger. Demain.

— Demain ?

Il hoche la tête, prend une bouffée de sa cigarette.

— Nous irons voir les autorités. Demain. Et alors nous allons simplement leur raconter tout ce qui est arrivé.

— Tu es sûr ?

— Oui, quoi d'autre.

Elle le regarde, les yeux écarquillés.

— Nous avons hébergé les enfants chez nous plusieurs semaines, dit-elle. Ils vont croire que nous le savions.

— Oui, mais nous ne le savions pas, dit-il.

— Ils sont sur chaque affiche de journal en ville.

Sa voix est stridente et désespérée. Pathétique.

— Nous ne le savions pas, répète-t-il.

— J'ai l'impression que je le savais, dit-elle en cachant son visage dans ses mains.

Elle essaye d'arrêter le sentiment de panique. Le sifflement dans ses oreilles. L'étrange cliquetis.

— Nous ne le savions pas, insiste Kallas en lui prenant la main ; il n'a pas peur. Et puis Alexander pourra raconter ce qu'il a vu.

— Ils vont les lui renvoyer, à elle, crache India.

Elle tourne son regard vers le plafond, a envie de crier. Kallas hoche la tête.

— Et Alexander va se retrouver en foyer, poursuit-elle.

Kallas ferme les yeux brièvement, se frotte le visage.

— Nous raconterons les choses telles qu'elles sont, et nous dirons que nous voulons qu'ils restent ici chez nous, dit-il.

— Tu vis dans un rêve, Kallas.

— Peut-être, répond-il. Mais on ne sait jamais.

— Si, on le sait, rétorque-t-elle.

— Arrête. On ne sait jamais.

— Nous n'aurions jamais dû aller à la mer.

Il souffle, secoue la tête, ne la supporte pas.

— Tu n'aurais jamais dû répondre quand Desma a appelé, lance-t-elle.

Elle le regarde. Le mépris dans son regard à lui. Elle sait qu'elle est une très petite personne. Elle montre les dents, quitte la pièce.

Il est tard, mais elle sait que l'épicerie près du rond-point est ouverte jusqu'à minuit. Kallas est toujours assis dans la cuisine, elle l'entend taper, le bruit des touches. Elle enfile sa seule robe rouge. Se place un instant à la fenêtre ouverte dans la chambre. Dehors, c'est une ville fantôme, où l'on ne voit personne à part les chiens. Au-dessus d'elle, le ciel est noir et rempli d'étoiles. Elle aperçoit l'étoile Polaire et la ceinture d'Orion, le clair de lune par-dessus les toits des bâtiments. Chez le voisin, on entend de la musique et des rires. Elle se penche et remarque les volutes de fumée qui s'échappent de sa fenêtre. Dans l'immeuble d'en face, la femme coud. Elle regarde ses mains travailler. Le tissu est épais, à motifs et brillant comme de la soie. Elle est assise, courbée, tend la main de temps en temps pour attraper des ciseaux ou la pelote à épingles. Dans le fond, il y a des enfants. Ils dorment sur un matelas à côté de la table de couture.

India se retourne et traverse l'appartement. Dans le salon, les enfants dorment. Elle se demande si on les voit depuis l'autre côté, si la femme là-bas a assisté à toute la pièce, tous les actes, et ce qu'elle en a pensé dans ce cas. India caresse la joue de Grimaldi. Elle s'agenouille à côté de Domenico et fait la même chose. Elle observe Alexander. Il est impossible de savoir s'il dort ou pas. Son visage est aussi impénétrable qu'un masque funéraire. Elle se penche en avant et appuie sa bouche contre son front. Il ouvre les yeux. Elle les referme en posant ses mains en coupe dessus, chuchote quelque chose d'inaudible, quitte la pièce.

Elle marche dans les rues et tout est comme la dernière fois. Les bars sont vides et elle ne croise personne. Sur une place, une ambulance est garée. Des personnes vêtues de blanc franchissent un portail. Ils s'avancent dans le hall, aucun enfant à l'horizon. Une ampoule est suspendue au plafond, éclairant les murs, jaune foncé et enflammés. Le fleuve sent fort le fleuve et, au-dessus de la ville, le ciel est tout à fait statique, tel un plafond de béton. Exactement comme chaque automne, elle se rend compte que plus personne ne peut venir ici, comme si la ville était une institution à haut risque dans un endroit impossible et oublié, inaccessible à tous sauf à ceux qui y habitent. La vie se déroule exactement comme la mort. Personne ne vient ici et personne ne s'en va. Mais bientôt, la dernière tempête de l'automne arrivera et réveillera la ville de son sommeil. Le gris se fera plus sombre pour devenir noir, et, avec l'hiver, tous recommenceront à vivre. Les gens marcheront le long des boulevards et respireront. Ils attraperont des flocons de neige avec la langue. Tout gèlera. Elle verra cela se produire.

Elle achète le pain qu'ils vont manger au petit-déjeuner. Du lait et du café. Quelques pommes. Elle place le tout dans son filet à provisions. Elle fait un signe de tête à la vendeuse qui lui souhaite une bonne nuit, puis retourne à la maison. Dans les rues, les chiens courent, en quête de nourriture. Quand elle s'approche de l'appartement, la pluie se met à tomber. L'asphalte sent le fer et le soufre. Le reste du chemin, elle se colle contre les façades et protège les provisions de la pluie avec son châle.

Elle se tient un instant devant la porte d'entrée de leur immeuble. Dans l'obscurité, les pierres brillent. Tout est mouillé, odorant. Elle regarde plus loin vers la corde à linge, où la robe est toujours suspendue. Peu de temps s'est écoulé, mais rien n'est pareil. Elle ouvre, disparaît à l'intérieur du bâtiment.

LE MATIN ARRIVE. Ils n'ont pas dormi. Le soleil est blanc et effrayant. India sert le thé, mélange le sucre. Ses mains s'activent. Elles coupent le pain, versent le lait, ouvrent la fenêtre, ferment la fenêtre, dans un tremblement permanent. Elles réveillent les enfants. Leur donnent du pain et de la confiture. Leur caressent les cheveux. Allument la radio et l'éteignent de nouveau. Les enfants sont assis côte à côte sur les matelas du salon. Ils regardent le sol, sans rien dire.

Puis Kallas commence à parler, très doucement. Il explique ce qui va se passer. Ses mains restent près de son corps, il ne gesticule pas. Il explique que c'est la seule solution. Il raconte ce à quoi s'attendre quand ils arriveront dans le bâtiment blanc, quelles questions leur seront posées. Il baisse le regard et dit qu'ils ne se reverront peut-être plus. Les enfants hochent la tête, les yeux fuyants.

India ne le supporte pas. Elle se met à la fenêtre et regarde dans la rue, où les autres femmes partent pour leur journée en traînant leur progéniture. C'est lundi. Tout est comme d'habitude. Elle veut crier, mais ne le fait pas. Elle se retourne et jette un coup d'œil à l'horloge sur le mur.

— Il est l'heure, dit-elle.

Les enfants se regardent.

— Ça va bien se passer, leur ment-elle. Nous allons faire tout ce que nous pouvons pour que vous puissiez rester ici avec nous.

— Et si ça ne marche pas, ajoute Kallas, nous nous assurerons que vous serez bien, où que vous alliez.

Alexander le toise.

— Tu mens, dit-il comme si quelque chose d'incroyable venait de se jouer et que nul ne réagissait.

India voit le choc sur le visage de Kallas. Il sait lui-même qu'il ment.

— Vous ne pourrez pas vous assurer que nous irons bien si nous ne pouvons pas rester ici chez vous, dit-il. Ce n'est pas vrai.

Il se tourne vers Grimaldi et Domenico.

— Ce n'est pas vrai.

Les petits le dévisagent, les yeux écarquillés, puis regardent India.

— Je suis désolé, dit Kallas en s'approchant d'Alexander, qui repousse sa main et se détourne.

— Nous ferons tout ce que nous pouvons, dit India en regardant Domenico et Grimaldi. Personne ne doit avoir peur.

Elle fixe Alexander, essaye de le calmer pour qu'il n'effraye pas les autres.

— Je suis désolé, répète Kallas.

— On y va ? dit Alexander froidement en se levant.

Il tend les mains vers Domenico et Grimaldi. Ils en saisissent chacun une et se lèvent. Dans l'entrée, ils enfilent leurs chaussures et mettent leurs sacs sur leurs dos. India passe rapidement un peigne dans leurs cheveux. Kallas met sa veste et elle choisit ses bottes à talons hauts. Puis ils se tiennent un instant là, tous les cinq, et se contemplent. Kallas hoche la tête, India fait un signe de la sienne. Quelque chose se termine.

Les enfants marchent sur le trottoir un peu devant eux, main dans la main. India a des sueurs froides et la tête embrumée. Kallas avance à côté d'elle. Il est tendu et perdu dans ses pensées. Autour d'eux, la ville est comme elle a toujours été. Tout suit son cours habituel. Le fleuve et les montagnes, la végétation brûlée. Les travailleurs et leurs chiens fatigués. Une lueur jaune qui vous accompagne où que vous alliez. Elle jette un coup d'œil vers chaque vitrine qu'ils passent. Ils ressemblent à une famille, une famille très malheureuse.

Ils arrivent au bâtiment blanc. Tout est silencieux autour d'eux et ils traversent le jardin où tout se meurt. Kallas tient la porte pour les enfants, qui avancent le dos raide comme dans une procession, une procession funéraire, pense India, et, l'espace d'un instant, tout est horrible, presque insupportable. Elle prend la main de Grimaldi et la serre fort. À l'intérieur, il fait frais et gris. India conduit les enfants vers un banc et les aide à retirer leurs sacs à dos. Elle leur donne à chacun une pomme verte et s'assied à côté d'eux. Derrière le comptoir de l'accueil, c'est le même homme que la dernière fois où elle est venue. Elle regarde Kallas. Il hoche la tête et traverse la pièce.

Elle attrape le sac en papier et en sort une pomme pour elle-même. Elle prend une bouchée un peu trop grosse. Ses dents se figent et elle frissonne. Là-bas, près du comptoir, Kallas est calme. Pour une fois, ses mains sont complètement immobiles. L'homme regarde dans ses papiers, ne bronche pas, saisit son téléphone et compose un numéro. La conversation est brève. India n'entend pas ce qu'il dit, même si elle s'y efforce. Les enfants mâchent et mâchent encore à côté d'elle. Il règne une forte odeur de pomme et de détergent, comme si quelqu'un venait de nettoyer le sol sous leurs pieds. Kallas salue l'homme d'un signe de tête professionnel et s'approche du banc.

— Il a appelé une personne qui va nous aider, dit Kallas en regardant les enfants.

Il leur fait un sourire incrédule, mais qui ne trompe personne.

Alexander hausse les épaules en soupirant. Les petits continuent de manger leur pomme, ont l'air de se concentrer sur le fruit brillant pour ne pas avoir à se concentrer sur cette journée impossible. Kallas paraît triste et perplexe. Il semble délibérer avec lui-même un instant puis s'assied à côté d'Alexander et se penche vers lui en chuchotant quelque chose qu'India n'entend pas. Le visage d'Alexander est d'abord complètement fermé, furieux, mais Kallas n'abandonne pas, il chuchote et chuchote jusqu'à ce que la dureté contenue dans les yeux d'Alexander fonde. India voit la transformation se produire. Et alors l'eau arrive, les digues se brisent et Alexander se met à pleurer. D'abord tout doucement, avec retenue, puis plus fort, plus pur, comme un enfant, jusqu'à ce que tout son corps tremble et que ses larmes tombent sur sa chemise, grasses et mouillées, comme de grosses gouttes de pluie. Personne ne dit rien. Grimaldi et Domenico ne font que le dévisager. India tend la main vers eux, leur sourit pour leur assurer que tout va bien, qu'il n'y a pas de danger. Kallas prend Alexander dans ses bras. Il se débat, mais Kallas le tient fermement contre lui jusqu'à ce qu'il abandonne et presse son visage contre l'épaule de Kallas, pleure et pleure et pour finir devienne tout petit, recroquevillé sur le banc, disparaissant dans les bras de Kallas. India croise le regard de Kallas par-dessus la tête des enfants. Il y a dans ses yeux un doute qu'elle n'a jamais vu auparavant. Il tourne son visage vers le plafond, pour retenir les larmes dans ses yeux à l'aide de la gravité. India l'a vu faire de si nombreuses fois, mais jamais ainsi. Quand elle croise à nouveau son regard, ses yeux sont noirs. Il secoue rapidement la tête, puis la détourne.

Un certain temps s'écoule. Alexander semble s'être endormi dans les bras de Kallas et les petits sont plongés dans leurs propres pensées. India scrute l'horloge près de l'ascenseur, exactement comme la fois précédente, mis à part que cette fois, elle voudrait arrêter le temps. Elle regarde Kallas. Il ne dit pas un mot, refuse de la regarder. India penche sa tête en arrière et ferme les yeux, essaye de disparaître. Elle est sur le point de s'endormir lorsqu'elle prend conscience d'un bruit de pas. Des pas décidés qui se déplacent sur le sol. Ils augmentent en intensité et s'arrêtent juste devant eux. Elle ouvre les yeux et découvre un grand homme avec de petites lunettes rondes qui se dresse face à eux. India a le sentiment de l'avoir déjà vu, mais ce n'est pas possible.

— Suivez-moi, dit-il en se retournant et commençant à se diriger du même pas cadencé vers une porte un peu plus loin dans la salle d'attente.

India rassemble toutes les affaires, remet les sacs sur le dos des enfants et ramasse les trognons de pomme dans le sac en papier. Kallas aide les enfants à se lever, les pousse devant lui. Ils se précipitent à la suite de l'homme qui, pense India, ne semble pas être le genre de personne à attendre qui que ce soit. Ils le suivent en haut d'un escalier et le long d'un immense couloir avec un numéro sur chaque porte. Çà et là, une grande fenêtre carrée donne sur la ville. India regarde dans chaque bureau devant lequel ils passent. Elle voit des enfants maussades et des adultes brisés, des jeunes sans espoir placés sur des chaises carrées en face de bureaucrates sans visage qui feuillettent et feuillettent encore leurs nombreux papiers et apposent de vieux tampons, le tout sans broncher. India pense qu'elle peut renifler l'odeur de la suprématie et celle de la soumission. Elle tourne les yeux vers le sol, du stratifié vert, essaye de se concentrer sur les chaussures qui claquent et la respiration des enfants. Au bout du couloir, l'homme montre un banc, identique au précédent, et leur demande de s'asseoir, puis disparaît dans un des bureaux avant de fermer la porte.

Ils s'asseyent en rang. India regarde dans le vide. Elle se sent lourde comme une pierre millénaire. Toute la tristesse de la vie converge sur elle. Elle ferme les yeux, fait semblant de couler et de se poser au fond de la mer pour y mourir, parmi les épaves et les coraux. Devenir une pierre. Devenir rien. Les enfants parlent doucement de quelque chose, elle n'entend pas de quoi, on dirait un conte. Et Kallas a l'air d'une ombre à travers ses paupières. Elle cligne des yeux plusieurs fois. Les ouvre. Elle regarde Kallas appuyé sur ses genoux, le visage caché dans ses mains.

À côté de la porte est accrochée une corbeille contenant des brochures sur les foyers et les familles d'accueil. India tend la main et en prend une, se met à en feuilleter frénétiquement les pages. Sur la page centrale, on voit deux enfants d'âges différents, habillés de vêtements identiques, pantalons blancs et chemises assorties, les cheveux courts ou soigneusement noués dans le cou. D'une belle écriture, à côté de la photo agrandie d'un dortoir bien rangé du foyer, il est inscrit : *Chez nous, les enfants ont le droit d'être des enfants.* India frissonne, continue de feuilleter la brochure. Elle voit les responsables du foyer et le personnel de nuit, des femmes blondes aux mains larges et aux joues poudrées. Tous ont un sourire diabolique, pense-t-elle, des yeux bleu pâle, éteints. Une page affiche des carnets faits par les enfants, avec une sorte de motif batik comme s'ils avaient été plongés dans l'aquarelle. Sur la suivante, différents produits photographiés d'en haut dans une lumière blanche, avec le prix indiqué en travers des produits dans une police de caractère brillante. Une usine d'enfants, pense-t-elle et elle froisse la brochure. Elle essaye de viser la poubelle un peu plus loin, mais la rate, abandonne. Au même instant, l'homme ouvre la porte du bureau et les appelle par leurs noms de famille. Kallas redresse la tête, se lève un peu trop vite. India se penche vers les enfants.

— Nous revenons tout à l'heure, dit-elle.

Tous les trois ont l'air effrayés.

— Ça ne prendra qu'un petit moment, n'est-ce pas ? dit-elle en se tournant vers l'homme avec un sourire désespéré.

Il ne répond pas.

— N'est-ce pas ? insiste Kallas.

Il y a quelque chose de menaçant dans sa voix.

L'homme regarde Kallas, puis les enfants. Il acquiesce à contrecœur. India soupire et se lève.

— Nous allons juste parler un peu, dit-elle.

Ils hochent la tête, détournent le regard. Elle fouille dans son sac à main et finit par sortir le chocolat qu'elle espérait y trouver quelque part, parmi le rouge à lèvres et les mouchoirs. Elle le tend à Alexander, qui l'accepte sans un mot.

Le bureau est si petit qu'il suscite la claustrophobie. Sur les murs, rien d'accroché, à part une photo du bâtiment dans lequel ils se trouvent. Cela semble incroyablement étrange, pense India, de décorer un bâtiment avec des photos de ce même bâtiment. Elle fixe le papier peint. Elle se sent absorbée par le mur, devenir le mur.

De la pièce d'à côté, on entend un cri étouffé. On dirait quelqu'un qui se trouve dans une profonde vallée recouverte d'une épaisse couche de neige qui assourdit tout, un bruit sourd et un peu effrayant, enveloppé dans un calme perfide, la fausse sécurité après une nuit de nombreuses avalanches. India tressaille lorsque Kallas pose sa main sur son bras, elle le regarde, puis l'homme qui s'est installé de l'autre côté du bureau. Elle cligne des yeux, se penche en avant.

— Excusez-moi, dit-elle. Qu'avez-vous dit ?

— J'ai demandé comment les enfants se sont retrouvés chez vous.

India jette un coup d'œil à Kallas, se sent incapable de parler, toujours assimilée au mur, contemple ses mains.

— Ils sont venus nous voir et nous les avons aidés, dit-elle.

— Vous et Kallas ?

— Non, moi, et Desma.

— Desma ?

— Oui, Desma, dit-elle. La sœur de Kallas.

— Sa sœur ?

Elle croise le regard perplexe de Kallas, qu'est-ce qu'elle raconte ?

— Non, pardon. Son amie. Sa plus vieille amie, se reprend-elle. C'était chez elle que nous étions. Au bord de la mer.

— Alors Kallas n'a pas aidé les enfants ? demande l'homme d'une voix laconique.

— Si, mais..., poursuit-elle.

Elle hésite encore et encore. Elle ne veut pas trébucher ou faire le moindre faux pas dans cet échange.

— Si, mais quoi ?

L'homme la regarde droit dans les yeux. Son regard est mort, une carcasse devant laquelle on passe sur l'autoroute. Des iris gris et de petites pupilles.

— Il s'est mis en colère parce que nous les avions laissé dormir dans la chambre d'enfant, finit-elle par dire.

— Kallas s'est mis en colère ? dit l'homme.

— Et puis il a dit que nous devions appeler la police.

— Oui ?

— Et alors c'est ce que nous avons fait.

— Et ?

— C'est un homme qui a répondu, dit India.

— Dans ce cas, pourquoi les enfants sont-ils dans le couloir en ce moment, au lieu d'être auprès de leurs parents ?

India regarde Kallas, écarquille les yeux.

— Parce que la police n'est jamais venue, dit Kallas.

— Ils ne sont pas venus ?

— Écoutez. (Les mains de Kallas sortent de leur sommeil. Il fait un geste brusque vers l'homme de l'autre côté de la table.) Il y avait le feu dans les montagnes, un incendie dans une usine là-haut. Partout, on entendait des sirènes et il y avait beaucoup de fumée. Le lendemain matin, le ciel était rouge et nauséabond. Et c'est alors que nous avons décidé de les ramener en ville, pour pouvoir contacter les autorités ici.

— Au lieu de rappeler, dit l'homme sèchement.

— Nous avons appelé, mais personne n'a répondu, explique India. Tout le monde était à l'usine. Le feu se propageait et les gens avaient peur. Nous avons vu les voisins de Desma verser de l'eau sur la pelouse et les fleurs. Nous avons rempli des bassines d'eau et les avons placées autour de la maison.

— Et les enfants ?

— Les enfants avaient peur, vous pouvez comprendre ça quand même, siffla Kallas.

— Et quand tout cela est-il arrivé alors ?

L'homme semblait insensible, imprenable comme une montagne.

India baisse la tête.

— Quand est-ce arrivé, India ? répète-t-il.

— Il y a trois semaines, répond-elle à contrecœur.

— C'était il y a trois semaines ?

— Oui.

Elle ne relève pas la tête.

— Vous avez gardé les enfants chez vous pendant trois semaines ? dit-il froidement.

— Oui, dit India en croisant son regard.

— Comment cela se fait-il, si vous me permettez de poser la question ?

— Je suis venue ici, dès que nous sommes arrivés en ville, dit-elle comme pour se défendre.

— Ici aux autorités ?

Elle acquiesce, se tourne vers Kallas qui semble à nouveau avoir complètement disparu en lui-même.

— Oui, exactement.

— À qui avez-vous parlé ?

— L'homme à la réception.

India se tourne vers Kallas pour avoir de l'aide, mais ne parvient pas à l'atteindre, il est ailleurs.

— Il m'a donné une liste de formulaires à remplir, dit-elle. Attendez.

Elle sort une liasse de papiers de son sac et les lui tend.

— Vous a-t-il demandé d'amener les enfants ici ?

India le regarde d'un air interrogateur.

— L'homme à la réception, dit-il.

India secoue la tête. Elle ne cligne pas des yeux.

— Il a dit qu'il valait mieux qu'ils restent chez nous jusqu'à ce que les formalités administratives soient terminées, dit-elle.

Silence.

— Il pensait que ce serait trop compliqué de leur trouver un foyer.

L'homme secoue la tête de manière presque imperceptible en écrivant une note dans la marge. Il lève les yeux et regarde Kallas.

— Kallas ? dit-il.

Kallas regarde par la fenêtre, où le soleil est accroché, blanc au-dessus des toits. Il a retiré sa montre et l'a posée sur la table.

— Kallas ?

— Êtes-vous pressé ? lance Kallas avec agacement.

— Pressé ?

Pour la première fois, une réaction dans les yeux gris. Une sorte de stupéfaction.

— Oui, êtes-vous pressé ?

— Non, je...

L'homme commence à tripoter ses lunettes.

— Alors pourquoi cette obstination ? demande Kallas sans détourner le regard.

— Il est de la plus haute importance que...

— Oui, eh bien posez vos questions alors. (Kallas écarte les mains et s'adosse à sa chaise.) J'écoute.

— Vous travaillez avec..., dit l'homme, incertain.

— Je suis employé par une institution gouvernementale, répond Kallas.

— Quelle sorte d'institution ?

— Est-ce que ça a de l'importance ?

Silence.

— Avez-vous déjà voulu avoir des enfants ? demande l'homme.

India le regarde avec surprise, ne comprenant pas d'où vient une telle question. Elle ne peut figurer dans aucun des formulaires qu'il a sur la table devant lui.

— Jamais, répond Kallas avec hostilité.

— Pourquoi pas ?

— Avez-vous un père ? demande Kallas.

Il sait qu'il a la main maintenant. Il regarde l'homme droit dans les yeux.

— Oui ?

— Alors vous savez très bien pourquoi je n'ai jamais voulu avoir d'enfant.

— Des pères ?

— Interdisez les pères et tous seront épanouis, déclare Kallas.

India ne le regarde pas, mais elle sait qu'il sourit.

— Avez-vous des enfants ? demande India.

— Non, répond l'homme, confus.

Ils gardent le silence un moment. La circulation dans la rue s'intensifie. India entend tout par la fenêtre ouverte.

— Pour moi, ça n'a aucune importance ce que vous nous faites maintenant, dit-elle comme de nulle part. Les enfants avaient besoin d'aide et nous les avons aidés.

— Vous voulez que les enfants restent chez vous ? demande l'homme.

— Quelle question ! dit Kallas.

India regarde avec colère par la fenêtre.

— S'ils prennent les enfants, on se transformera en pierres pleureuses, dit-elle pour elle-même.

— Qu'avez-vous dit ? demande l'homme.

— Rien.

Elle le regarde, aimerait plaquer sa main contre sa bouche.

— Qu'avez-vous dit ? répète-t-il, d'une voix plus forte.

— Ce que nous voulons n'a pas d'importance, dit-elle.

— Ce ne sont pas vos enfants, rétorque-t-il.

India éclate de rire et regarde Kallas. Elle ne sait pas ce qui a pris possession d'elle.

— Je sais très bien que ce ne sont pas mes enfants, dit India en s'avançant sur sa chaise, appuyant ses coudes sur la table. Dites-moi, siffle-t-elle, qui est leur mère ?

Ils se regardent par-dessus la table. L'homme recule, comme si elle l'effrayait.

— C'est la femme d'un directeur habitant la ville de l'autre côté de la frontière, dit-il comme s'il cachait quelque chose.

India éclate de rire, presque méprisante.

— Je sais, dit-elle.

— Pourquoi posez-vous la question alors ?

India hausse les épaules. Elle s'étonne d'elle-même.

— Je l'ai vue en photo, répond-elle. Et Alexander nous a parlé d'elle.

— Et que dit Alexander ? demande l'homme.

— Il dit qu'elle a été violente envers les garçons, dit Kallas très calmement. Qu'elle est dangereuse.

L'homme baisse les yeux sur ses papiers, y souligne quelque chose.

— *Grimaldi* et *Domenico.*

Kallas acquiesce.

— Elle est peut-être violente, mais c'est leur mère, dit l'homme.

India écarquille les yeux.

— Putain, mais qu'est-ce que vous racontez ? rugit-elle.

— Oui, que voulez-vous dire exactement ? renchérit Kallas.

India se penche sur la table. Elle aurait pu le gifler.

— Je veux juste dire qu'elle est leur mère malgré tout, dit l'homme, soudain embarrassé.

— C'est la chose la plus dingue ! s'exclame India.

— Les choses qu'on entend dans cet endroit ! renchérit Kallas.

Ils foudroient l'homme du regard, qui baisse les yeux et commence à feuilleter ses papiers.

— Et Alexander, alors ? poursuit-il sans lever la tête.

— Alexander n'appartient à personne, répond Kallas.

— Que voulez-vous dire ?

— Je ne crois pas qu'il soit l'enfant de qui que ce soit.

— Comment pouvez-vous le savoir ?

— Je ne dis pas que je sais, je dis que je crois.

— Mais qu'est-ce qui vous fait croire ça ?

— Il est seul, explique Kallas. De bout en bout, comme s'il l'avait toujours été. Et quand je lui pose la question, il se contente de rire. Comme si c'était une pensée ridicule, vous comprenez ? Quelqu'un comme lui ne peut pas avoir eu de parents.

— A-t-il dit son nom de famille ?

— Kallas le lui a demandé, dit India en regardant ses mains.

— Et qu'a-t-il répondu ?

— Ça varie, dit-elle. Mais le plus souvent, c'est un Bonaparte.

— Un descendant de l'empereur ?

— Exactement, dit Kallas. Orphelin, mais royal.

— Quelle langue parle-t-il ?

— Je l'ai entendu parler trois langues, dit India. Aussi couramment toutes les trois d'après ce que j'ai pu entendre.

— Pourquoi n'êtes-vous pas venus nous voir avant ?

— Je vous l'ai déjà raconté, dit India.

Elle et l'homme se regardent chacun de son côté de la table.

— Il est noté ici que vous avez rendez-vous dans un peu plus d'une semaine.

Elle acquiesce.

— Pourquoi êtes-vous venus dès aujourd'hui ?

India baisse les yeux.

— J'ai traversé le parc municipal hier, se force-t-elle à répondre. Et devant le kiosque à journaux, il y avait une affiche de journal avec le visage des enfants.

— Ce que je ne comprends pas, c'est comment vous avez pu rater cette information, dit-il. Durant tout l'hiver, ils étaient sur chaque affiche de journal.

India hausse les épaules, enfonce ses ongles dans ses paumes. Elle jette un coup d'œil en coin à Kallas et espère qu'il répondra, parce que sa propre bouche est comme remplie de gravier.

— Nous aurions aimé ne pas l'avoir ratée, dit Kallas et elle entend à sa voix qu'il le pense.

Kallas ne détourne pas le regard. L'homme hausse les sourcils, secoue légèrement la tête. Continue à feuilleter. Personne ne dit rien. Il cherche longtemps, a l'air de trier les formulaires dans différentes piles. Il sort pour finir deux actes de naissance. La date de naissance des enfants et leur véritable nom. Il leur tend une photographie, une photo de famille. Le cœur d'India commence à battre fébrilement dans sa poitrine et ses oreilles bourdonnent. Elle tend la main vers la photo.

Domenico et Grimaldi sont assis l'un à côté de l'autre sur un large escalier de pierre. De chaque côté de l'escalier se tiennent un homme et une femme. Personne ne sourit. Au-dessus d'eux, le soleil est à son zénith. C'est une villa blanche avec des roses trémières dans les plates-bandes et du lierre sur la façade. India se penche en avant, étudie le visage de la femme.

Les enfants sont toujours assis les uns à côté des autres sur le banc. India pense à la première fois où elle les a vus. Le couloir du train et l'orange, les billes et leurs doux chuchotements. Maintenant, ils ressemblent à trois condamnés à mort en route vers le bourreau. Elle s'avance vers eux, s'agenouille devant le banc et leur tend la photographie. Domenico la prend des mains d'India, l'observe, les sourcils froncés.

— Qui est-ce ? demande-t-il.

— C'est toi et ta famille, dit-elle. Vous venez de la ville de l'autre côté de la frontière.

Domenico interroge Alexander du regard avant de se tourner vers India.

— Vos parents sont des personnes très importantes, poursuit-elle. Toi et Grimaldi avez grandi dans une belle maison juste à l'extérieur de la ville. C'est là qu'Alexander vous a trouvés. Tu t'en souviens ?

— Alexander dit que nous avons tout inventé, rétorque Domenico.

— D'accord, mais là, je te dis que c'est la vérité, insiste-t-elle en jetant un coup d'œil à Alexander.

— Il ne faut pas croire tout ce qu'on entend, riposte Alexander sèchement.

India regarde Kallas qui s'est placé un peu plus loin, les bras le long du corps. Elle fait un mouvement de la tête et il acquiesce, s'assied à côté d'Alexander. India se retourne vers les petits.

— Et toi, alors, Grimaldi ? dit-elle. Te souviens-tu de ta maman ?

— Les cheveux roux, répond-il sans lever les yeux du coquillage en plastique qu'il tient dans ses mains.

— Les cheveux roux ?

Grimaldi acquiesce.

— Elle, là, elle a les cheveux roux, dit India en montrant la photo. Tu te rappelles son nom ?

Grimaldi jette un coup d'œil en coin à la photo.

— Alexander dit que nous l'avons inventée.

— Vous ne l'avez pas inventée, lui dit India.

Elle rapproche la photo tout près de son visage.

— Regarde. Là, c'est toi et là, c'est Domenico, assis juste à côté de toi. Tu te souviens de son nom, à lui ?

Elle désigne l'homme qui se tient sur la droite de l'escalier de pierre.

— Lui, là, il n'est pas gentil, décrète Domenico en appuyant son doigt sur le visage de l'homme.

Grimaldi secoue la tête.

— Pas gentil, confirme-t-il en ayant l'air un instant très petit. Pas gentil du tout.

— Il marche vite dans la maison. Alors nous devons nous cacher dans une de nos cachettes, explique Domenico.

Grimaldi hoche la tête, ne dit rien. Il enfonce ses mains dans ses poches, cherchant quelque chose avec concentration. Puis il les tend vers India.

— Laquelle est la plus belle ? demande-t-il.

India regarde les pierres qui brillent dans ses mains d'enfant moites.

— Quelle pierre je trouve la plus belle ?

Grimaldi acquiesce.

— Celle-là, répond-elle en touchant une pierre noire aux reflets roses.

Grimaldi confirme d'un hochement de tête.

— Elle vient du fleuve, déclare-t-il en levant son regard vers elle.

Il sourit un peu, mais son regard est hanté.

— Le jour où nous sommes allés au cinéma ?

Grimaldi opine de la tête.

— On a tous eu un soda et du pop-corn, dit-il.

— Je me souviens, dit-elle en se mordant la langue.

Au même instant, la porte s'ouvre et l'homme sort, une pile de papiers à la main. Il appelle India et Kallas, leur demande de le suivre un peu plus loin dans le couloir.

— Que se passe-t-il maintenant ? s'enquiert India.

— Les enfants restent ici jusqu'à ce qu'une décision soit prise.

— Combien de temps cela prendra-t-il ? demande Kallas.

— Dans un premier temps, la commission doit décider si les enfants peuvent retourner chez vous en attendant le traitement du dossier ou si nous devons prendre d'autres mesures.

— Prendre d'autres mesures ?

India regarde d'abord Kallas, puis l'homme.

— Les placer dans un foyer ou leur trouver une famille d'accueil, explique l'homme.

India baisse les yeux vers le sol, essayant d'éviter les images qui surgissent dans sa tête, les uniformes et les responsables, les yeux tristes des enfants.

— Quand cette décision sera-t-elle prise ? demande Kallas.

— Avant la fin de la journée, répond l'homme. Ils ne peuvent pas dormir ici cette nuit.

— Alors ils pourront peut-être venir avec nous ? demande India, réalisant à quel point elle semble naïve.

— C'est à la commission de trancher. Les plus jeunes vont certainement être rendus aux personnes qui en ont la garde aussi rapidement que possible. Jusqu'à ce que leur identité soit confirmée, il est de notre responsabilité de nous occuper de leur bien-être. Nous avons des établissements qui fonctionnent très bien, vous devez le comprendre. On peut tout à fait considérer qu'il est dans l'intérêt des enfants d'être placés dans une de ces institutions.

— Ils devraient être autorisés à rester chez nous, proteste Kallas, une pointe de désespoir dans la voix. C'est dans l'intérêt des enfants de rester chez nous.

— Mais ce ne sont pas vos enfants, dit l'homme.

— Ce ne sont les enfants de personne, dit Kallas, durement.

— Que voulez-vous dire ? fait l'homme, étonné.

— Les enfants n'appartiennent à personne, dit Kallas.

L'homme grogne.

— Les enfants exécutent les ordres des pères, mais ils n'appartiennent jamais aux pères, poursuit Kallas. On ne possède pas celui que l'on soumet. Vous devriez bien le comprendre, putain.

— Que voulez-vous dire ? dit l'homme en ayant l'air sincèrement surpris.

Kallas lui sourit ironiquement, son regard est acéré.

— Ce que je veux dire, dit-il, c'est que ce n'est ni à vous ni à moi de décider de la place de ces enfants.

— La commission va décider au mieux dans l'intérêt des enfants, dit l'homme impatiemment.

India a l'impression qu'il croit que Kallas est fou, qu'ils sont fous tous les deux.

— Allez-vous parler avec les enfants ? demande India.

Il hoche la tête.

— Ils vont dire qu'ils souhaitent rester chez nous, dit India avec espoir.

— Mais d'un point de vue purement légal..., commence l'homme.

Kallas soupire.

— La loi ne sait rien des lois cosmiques, dit-il un peu trop fort.

— Nous sommes sur Terre, Kallas, dit l'homme avec lassitude. Il y a des règles.

Le regard d'India va de l'un à l'autre puis croise celui de l'homme.

— Il est temps de leur dire au revoir, dit-il avec condescendance. Les enfants doivent être emmenés pour passer un entretien et un examen médical.

Il se redresse, se tient presque au garde-à-vous, puis disparaît à nouveau dans son bureau. India se tourne vers les enfants. Ils sont toujours assis sur le banc, et ne disent rien, comme figés en plein mouvement. Elle prend la main de Kallas. Elle doit presque le traîner jusqu'au banc, tout son corps résiste. Ils se placent devant les garçons, essayent de les regarder. Alexander se lève. Les autres le suivent à contrecœur. Ils restent debout un moment à contempler le sol tous les cinq. Les chaussures usées de Kallas et les bottes rouges d'India. Les chaussures à lacets presque neuves des enfants.

— Nous devons y aller maintenant, dit India pour finir.

Les enfants acquiescent, comme s'ils avaient attendu justement cet instant, comme si depuis le début ils avaient su comment le jeu se terminerait.

— Avec un peu de chance, nous allons nous revoir bientôt, poursuit-elle, en essayant de sourire.

— Nous ferons ce que nous pouvons, dit Kallas en tendant la main vers eux.

India se penche en avant et les prend dans ses bras l'un après l'autre, absorbe leurs odeurs d'enfant et celle de son propre shampoing. Elle caresse la joue de Grimaldi et dégage une mèche de cheveux du front de Domenico. Elle serre Alexander fort et longtemps, même s'il se tient complètement raide, les bras le long du corps, comme s'il avait quitté son propre corps et se trouvait quelque part loin du monde. Kallas ébouriffe les cheveux des petits et les chatouille un peu, les faisant rire au milieu de cette impossibilité. Il les lâche et se tourne vers Alexander, pose les bras sur ses épaules et lui murmure quelque chose. Alexander hoche la tête et Kallas murmure encore. Les yeux d'Alexander s'illuminent, il baisse le regard, entoure Kallas de ses bras et serre fort.

Puis ils entendent un claquement retentissant et tous les cinq se retournent dans un même mouvement. Ils voient une femme arriver dans le couloir. Elle ressemble exactement à celles de la brochure. Ses cheveux sont jaune pâle et raides de laque. Elle se place près du banc sans dire un mot, jetant un regard inquisiteur sur India et Kallas. India trouve qu'elle cligne des yeux au ralenti. Les cils bleus montent et descendent lentement, en même temps que les paupières poudrées. La femme fait un signe de tête à Kallas, ignore India et se tourne vers les enfants.

— Allez, dit-elle. Vous trois, vous venez avec moi.

India et Kallas se tiennent devant le bâtiment. Ils se retournent et regardent la façade blanche une dernière fois, accrochant un instant leur regard au troisième étage. L'homme derrière le comptoir leur a dit que c'est là que les enfants se trouvent. On allait les nourrir et on leur a promis que Grimaldi pourrait garder son coquillage. Ils ne disent rien. Il fait frais et les nuages sont chargés d'humidité au-dessus des toits.

Dans l'appartement, tout est comme ils l'ont laissé. Ils font bouillir de l'eau, se préparent un thé fort qu'ils ne boivent pas. Ils fument des cigarettes et ne disent rien. Ils attendent, se tournent autour. L'homme a dit qu'il appellerait avant le soir. Ils se répètent sa promesse. Une décision devait être prise, c'est bien ce qu'il a dit ? En concertation avec ses collègues, dans le respect des lois, des directives et des principes généraux. Ensuite, il appellerait.

Personne n'appelle, les pièces sont silencieuses et les heures passent. Dehors, il pleut. Aucun enfant ne joue dans la cour. India s'avance et presse son nez contre la fenêtre. Il fait froid, octobre est presque là.

Dans la cour, le jeune homme ramasse les premières feuilles tombées. Il est trempé, mais continue quand même à travailler.

Kallas et India s'asseyent l'un en face de l'autre à la table de la cuisine, s'enfoncent dans le silence et y restent. Sur le calendrier mural, les feuilles d'automne luisent, maintenant rouges. Un des enfants a dû tourner les pages pour le mettre à la bonne image sans qu'ils s'en rendent compte. Une convulsion parcourt le corps d'India. Elle veut se battre ou crier, elle se penche en avant et presse fortement sur ses tempes. Kallas joue avec son briquet. Il allume la flamme et l'éteint. Il tient le feu entre ses doigts. Ils entendent la pluie contre la fenêtre. Ils entendent l'ascenseur, les machines à laver, les voisins. Une fenêtre ouverte qui claque quelque part. Rien de cela ne les touche le moins du monde, ils sont hors du temps.

C'est alors que le téléphone de Kallas sonne dans la pièce voisine. Ils se regardent par-dessus la table. Pendant un instant, tout est clair comme du cristal. Le fleuve bouillonne et les montagnes craquent. Le soleil vacille quelque part derrière les nuages. Un tremblement traverse tout ce qui est vivant. Kallas se lève et va répondre.

Elle l'entend parler à voix basse dans la pièce d'à côté. Elle aurait pu se lever et essayer d'entendre ce qu'ils disent, mais elle ne le fait pas. Elle sait déjà comment cela va se terminer, que cela n'aurait jamais pu se finir autrement. Elle reste assise et voit tout lui glisser entre les doigts. Elle écoute la voix de Kallas, les pauses et le sérieux. La lueur d'un phare de voiture se faufile dans la pièce, jaune et annonciatrice de malheur, elle la suit des yeux. Dans la rue, on entend l'autre vie, les gens et la circulation, la pluie battante. Le plancher craque et elle regarde dans cette direction. Kallas se tient dans l'embrasure de la porte. Elle ne le reconnaît pas, il a un nouveau visage. Elle se lève rapidement, se sent mal.

— Qu'ont-ils dit ?

— Tu sais ce qu'ils ont dit.

Il semble sérieux, bien éveillé.

— Dis.

— Les petits ont été récupérés par leurs parents et Alexander a été placé temporairement dans une famille d'accueil quelque part de l'autre côté du fleuve. Ils ont décidé de ne pas donner suite à l'affaire. Nous ne serons pas poursuivis.

Sa voix est froide comme jamais auparavant. Une froideur dénuée de colère, entièrement indifférente à elle, comme si elle n'était qu'une inconnue qu'il croisait dans la rue.

— Poursuivis ? Que veux-tu dire ?

Elle est complètement faible, existe à peine.

— Pour ce que nous avons fait, dit Kallas.

— Je ne comprends pas.

— Les parents auraient pu nous accuser de séquestration d'enfants.

India écarquille les yeux. Elle retombe sur sa chaise.

— C'est tout ? C'est fini maintenant ?

— Ça a toujours été fini, répond-il.

— Tu es obligé de parler comme ça ? dit-elle. Comme dans un roman.

Il se contente de la dévisager.

— Laisse-moi tranquille, dit-il en la regardant.

Dégoûté, songe-t-elle, comme s'il ne pouvait pas la supporter.

— Mais qu'est-ce que tu croyais ? dit-il avec un petit sourire froid.

Et il s'en va. Il sort sans se retourner. Il ne la regarde pas. Elle le suit des yeux. La porte claque. Elle laisse tomber ses mains sur la table.

C’EST UNE SOLITUDE qui ne ressemble à nulle autre. Elle s’imagine qu’il ne reviendra jamais. Il ne reviendra jamais. Elle reste dans l’appartement et commence à se transformer. Elle finit par devenir un tout petit arbre. Noueux, refermé sur lui-même. Elle est carbonisée, devient une poudre noire qui se mélange à la terre.

Elle devrait appeler Nadja, mais ne le fait pas. Elle allume une cigarette et fume lentement. Elle respire de cette façon. Elle s’assied à la fenêtre de la cuisine, pose une main sur le rebord pour ne pas tomber. Dans la cour, les voisins passent avec leurs enfants. Des provisions et des poussettes. Une abondance de choses. C’est l’heure des familles, où les cris des enfants résonnent dans la cage d’escalier. Des nourrissons affamés et des écolières survoltées qui grimpent aux murs. Plus tard, un grand silence se pose sur l’immeuble. Les enfants dorment, on respire. Alors, les autres adultes rentrent. Silencieux et le regard baissé. Des infirmières et des professeurs d’université. Des hommes avec des mallettes. Des gens comme elle. Ceux qui n’ont pas d’attaches.

Elle prend une profonde bouffée dans ses poumons. Elle y garde la fumée longtemps avant d'expirer avec un soupir. Elle murmure son nom trois fois, comme une incantation. Elle écrit son initiale dans la fumée qui flotte devant son visage. Et quelque part en ville, Kallas erre dans les rues, complètement dissous mais très clair aussi, la pensée aiguisée comme un couteau.

Il ouvre la porte au moment où l'obscurité de la nuit se dissipe et le soleil se lève sur les toits. Elle le reconnaît aussitôt. Le scintillement et la profondeur. Il est à nouveau lui-même. Il a acheté du pain et du café. Il s'approche d'elle. Ils restent debout ainsi longtemps, sa bouche pressée contre son front. Ils s'asseyent à la table de la cuisine.

D'abord, ils se taisent. Regardent dans le vide. Comme deux enfants assis sur une place de village quelque part, attendant les adultes. Un long moment s'écoule. Par la fenêtre montent les bruits du petit matin. Un pétale de rose tombe du bouquet posé sur la table. Ils voient la chute se produire comme en accéléré. Lorsque le pétale atterrit, Kallas commence à parler, comme si c'était le signal, qu'il était temps.

— Quand j'étais enfant..., dit-il en la regardant de l'autre côté de la table, et elle se penche vers lui. Quand j'étais enfant, ce n'était même pas une question.

Sa voix est douce et feutrée, complètement vulnérable après sa nuit blanche.

— C'étaient les filles qui jouaient à ce genre de jeux, poursuit-il. Elles étaient les mamans et l'enfant pouvait être n'importe quoi, une pomme de pin ou une poupée de chiffon. Je n'ai jamais joué au papa. Je m'asseyais dans un arbre et j'étais spectateur. Il arrivait parfois que Desma et moi on mette le feu à un objet et qu'on le regarde brûler. La seule chose dont je me souviens de mon père, c'est que je m'étais promis de ne jamais lui ressembler. Je me suis promis de ne jamais être un père. Comme si c'était quelque chose qu'on choisissait.

Il rit doucement. India regarde la table, puis par la fenêtre.

— Comme si on pouvait renoncer à quelque chose qui n'a jamais été de notre ressort, dit-il.

Il regarde India, secoue un peu la tête, comme s'il avait de la difficulté à trouver ses mots.

— Ce que je veux dire, c'est que ça n'a jamais été à moi de décider.

Ils se contemplent.

— Et puis, c'est à peine si j'ai eu le temps d'être leur père. Mais j'ai quand même l'impression d'avoir perdu mes enfants.

Elle acquiesce.

— C'est impossible d'oublier des enfants, dit-il. On ne peut pas souhaiter que ça ne soit pas arrivé.

Ils regardent leurs mains, tournées vers le haut, comme s'ils capitulaient. Ils ne savent pas comment se réconforter l'un l'autre. India tend la main. Kallas pose sa main sur la sienne. Ils restent assis ainsi. Rien ne les aide.

— Je n'ai jamais voulu être mère, dit India pour finir.

Elle ne se souvient plus de ce que cela signifie.

— Je sais, dit-il.

— J'avais peur que quelque chose de désagréable ne se transmette en héritage, je suppose.

Il hoche la tête.

— Tu avais l'habitude de dire ça, dit-il avec un petit sourire. Tu étais très déterminée.

Elle acquiesce, se mord la langue.

— Tu le regrettes ? lui demande-t-il.

Son visage est totalement ouvert. Pour la première fois, elle a l'impression de pouvoir le voir en entier.

— Que veux-tu dire ? demande-t-elle.

— Veux-tu avoir des enfants maintenant ?

— Quels enfants ?

— Tes propres enfants.

Elle le regarde, confuse.

— Des enfants de ta chair et de ton sang.

Elle secoue rapidement la tête, comme pour rejeter quelque chose.

— Jamais, dit-elle.

Kallas contemple ses mains.

— On ne peut pas remplacer de vrais enfants par des enfants imaginés, déclare-t-elle.

Ils se taisent. Écoutent la circulation à l'extérieur et les enfants des voisins qui jouent dans la cour. Tout est comme d'habitude. Elle le regarde. Si usé et beau. Elle a envie de le mettre au lit, de le laisser dormir mille heures.

— Tu étais si bien avec les enfants, dit-elle en sentant qu'elle a envie de pleurer. J'ai été si heureuse de te voir avec eux.

— Pareil pour toi, dit-il en lui souriant.

India enfonce ses ongles dans ses paumes de main. Elle observe le pétale de rose entre eux sur la table. Elle s'imagine qu'elle peut en sentir l'arôme. De l'huile parfumée.

Elle croise son regard.

DANS LA MÊME COLLECTION
FICTIONS

BOMANN, Anne Cathrine, *Agathe*
(traduit du danois par Inès Jorgensen), 2019

BOMANN, Anne Cathrine, *En dehors de la gamme*
(traduit du danois par Christine Berlioz
et Laila Flink Thullesen), 2023

ELÍASSON, Gyrðir, *Les excursions de l'écureuil*
(traduit de l'islandais par Catherine Eyjólfsson), 2017

ELÍASSON, Gyrðir, *Au bord de la Sandá*
(traduit de l'islandais par Catherine Eyjólfsson), 2019

ELÍASSON, Gyrðir, *La fenêtre au sud*
(traduit de l'islandais par Catherine Eyjólfsson), 2020

ELÍASSON, Gyrðir, *Requiem*
(traduit de l'islandais par Catherine Eyjólfsson), 2022

HJARTARSON, Dagur, *La dernière déclaration d'amour*
(traduit de l'islandais par Jean-Christophe Salaün), 2019

JANSSON, Tove, *Fair-play*
(traduit du suédois par Agneta Ségol), 2019

JANSSON, Tove, *Le livre d'un été*
(traduit du suédois par Jeanne Gauffin), 2019

JANSSON, Tove, *La fille du sculpteur*
(traduit du suédois par Catherine Renaud), 2021

JANSSON, Tove, *Voyages sans bagages*
(traduit du suédois par Catherine Renaud), 2024

KARHU, E.L., *À mon frère*
(traduit du finnois par Claire Saint-Germain), 2023

KARILA, JUHANI, *La pêche au petit brochet*
(traduit du finnois par Claire Saint-Germain), 2021

KORNELIUSSEN, Niviaq, *Homo sapienne*
(traduit du danois par Inès Jorgensen), 2017

KORNELIUSSEN, Niviaq, *La vallée des fleurs*
(traduit du danois par Inès Jorgensen), 2022

LYKKE HOLM, Johanne, *Strega*
(traduit du suédois par Catherine Renaud), 2022

LYKKE HOLM, Johanne, *Soleil rouge*
(traduit du suédois par Catherine Renaud), 2025

NIELSEN, Jóanes, *Les collectionneurs d'images*
(traduit du danois par Inès Jorgensen), 2021

OLLIKAINEN, Aki, *La faim blanche*
(traduit du finnois par Claire Saint-Germain), 2016

RAVN, Olga, *Les employés*
(traduit du danois par Christine Berlioz
et Laila Flink Thullesen), 2020

La Peuplade a été fondée
par Mylène Bouchard
& Simon Philippe Turcot.

Direction littéraire
Mylène Bouchard

Édition
Mylène Bouchard
Paul Kawczak
Marc-Antoine Gilbert

Révision linguistique
Pierrette Tostivint

Correction d'épreuves
Caroline Louisseize

Design graphique et mise en page
Atelier Mille Mille

Illustration en couverture
Stéphane Poirier

Soleil rouge a été mis en page en Lyon,
caractère dessiné par Kai Bernau
en 2009 et en Din Next, caractère dessiné
par Akira Kobayashi en 2009.

Achevé d'imprimer en France
par CPI en novembre 2024.

No. d'impression : 2080439